ちくま文庫

E. M. フォースター短篇集

E. M. フォースター
井上義夫 編訳

筑摩書房

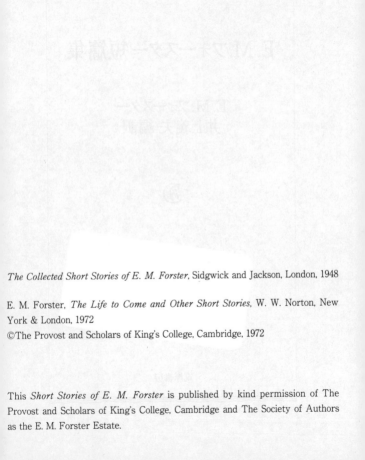

The Collected Short Stories of E. M. Forster, Sidgwick and Jackson, London, 1948

E. M. Forster, *The Life to Come and Other Short Stories*, W. W. Norton, New York & London, 1972

目次

E・M・フォースター短篇集

提供：getty images

コロヌスからの道 *The Road from Colonus*

I

ルーカス氏が一行の先を行くことにしたのは、別にはっきりした理由に思い当たったからではなかった。事によると独《ひと》りで身を処することが貴重になる年齢に手が届こうとしていたからかもしれない。独立独歩などというものは、あっという間に消え失せてしまう。気配りや気遣いに飽き飽きしたルーカス氏は、若い連中を振り切って独りで驟馬《らば》を駆り、独りで驟馬から降りるのはこたえられないと思った。あるいはまた昼食を待たされたあとで、到着した一行に向かい、「なに別にどうってことはないがね」というときの得も言われぬ楽しさを味わいたかったのかもしれない。

そこでルーカス氏は、子供のように矢も楯もたまらず、自分の踵《かかと》で動物の脇腹を蹴り、驟馬使いには太い棒で同じ脇腹を叩かせ、尖った棒で突っつかせて、花をつけた灌木の茂みを抜け、アネモネと水仙《アスフォデル》の原を過ぎて丘を駆け下りると、やがて小川のせせらぎが耳に届き、一行が昼食をとることになっている鈴懸《すずかけ》の木立が見えるところにやってきた。

英国で見かけたとしてもやはり素晴らしい、実に大きくて複雑に絡み合った、ちらちら震える麗《うるわ》しい緑の葉をまとった木立である。さらにここギリシャでは、すでに四月の日差しに焼かれたあのギラギラする景色のなかの、唯一珍しい涼所《すずみどころ》になっている。その木立のあいだに、ちっぽけな一軒の旅籠《はたご》が潜み隠れていた。泥土でできた覚束《おぼつか》ない建物で、広い木のバルコニーがついている。その上に坐った老婆が糸をつむぐかたわらで、立ってオレンジの皮を食べているのは一匹の茶色い子豚である。濡れた下の地べたには子供が二人うずくまり、何やら昔からある指遊びをしている。彼らに較べて別段清潔そうにも見えない母親の方は、建物のなかで米をいじくりまわしている。フォーマン夫人なら、これすべていかにもギリシャ的と言いそうな図である。潔癖なルーカス氏は、ありがたい、食べ物を持参してきてよかった、おまけに戸外で食べることになっていると思った。

それでもルーカス氏はここに来て嬉《うれ》しかった（騾馬使いの手をかりてもう騾馬から降りていた）。フォーマン夫人が先に着いていて自分の考えそうなことを先に言われなくてよかった、と思った。半時間のあいだはたっぷり、エセルの顔を見なくて済むことさえ嬉しかった。エセルは末娘でまだ嫁いでいない。愛情の濃い、我意を通さない娘だから、衆目の一致するところ、後半生を父親に捧げ、老後の父の慰めになるはずだった。フォーマン夫人は口癖のようにエセルをアンティゴネ（オイディプス王の娘）と呼び、ルーカス氏もオイディプス王（それと知らずにテーバイ王の父を殺害し、自ら王となって母を娶った神話上の人物。ソフォクレスに『オイディプス王』『コロヌスのオイディプス』がある）の役を演じようとした。その役だけが衆人の認める唯一の役のように思われた。

ルーカス氏とオイディプス王のあいだには、老年に向かっているという共通点がある。彼自身にさえそれはもう明白なことになってきた。というのも、彼はもう他人の雑事に関心をもてなくなったので、勢い相手の話をうわの空で聞いていることが多い。話すのは好きな方だったが、何を喋ろうとしていたかを思い出せないことがよくあったし、首尾よく思い出せたとしても、苦労して思い出す値打ちなどなかったという気がした。言葉遣いと身振りが融通の利かない型通りのものになっていたから、かつては受けの良かった昔話も白けるばかりで、黙っていてもしゃべっていても、結局意味のないことに変わりはなかった。それでもルーカス氏は、今まで健康で活発な日々を送ってきたのだった。たゆみなく働いて金を儲け、子供たちに教育を受けさせた。誰が悪いのでも何の罪でもない。ただ年老いたというだけのことだった。

そのときルーカス氏は、長年の夢が叶い、ここギリシャの地に身を置いていた。四十年前に「ギリシャ熱」に罹《かか》ってからは、ギリシャの地を踏みさえすれば、自分の人生は無駄に終わったということにはならないだろうと思い続けた。しかしアテネは埃っぽく、デルフォイでは雨が降り、テルモピレー（スパルタ軍がペルシャ軍を撃退した、ギリシャ中部の海岸沿いの隘路）は平べったいばかりの場所だった。ルーカス氏は、連れの一行が賛嘆の声を上げるのに驚き、同時に冷笑的な気分に襲われた。ギリシャもイギリスも同じこと、老いさらばえているのはこの自分で、老人の目には、テームズ河を見てもエウロタス川（ペロポネソス半島南部の川。古代スパルタがその西岸にあった）を見ても何ら異なるところはない——。ギリシャは経験から生まれるそういう論理を覆してくれる最後の拠り所だったのに、それも結局詮無《せんな》いことだったと思えてきた。

にも拘《かかわ》らず、それと知らぬ間にある変化が生まれた。ギリシャに来てから、ルーカス氏は不満を抱くようになったが、この不満というものには生命の蠢《うごめ》きが潜んでいるからである。自分は絶えず運命に翻弄されるだけの人間ではない。何か大きなことが間違っている。自分が相手にしているのは偶々《たまたま》出現した敵でもなければ生半可《なまはんか》な敵でもない。このひと月というもの、ルーカス氏は、同じ死ぬのなら闘って死にたいという奇妙な願いに取りつかれたからである。

「ギリシャは若者のための土地だが」と、鈴懸の木立の下に立ったルーカス氏は独り言《ご》ちた。「儂《わし》もその中にはいってやる。自分のものにしてみせる。木の葉は再び緑に、水は再び甘く、空は青々とした空にしてみせる。四十年前にはそうだった。それを取り戻してみせる。厭なもんだ、齢《とし》を取るのは。取り繕うのは、もうやめにしよう」

ルーカス氏が二歩足を運ぶと、途端に踝《くるぶし》のところで冷たい水がゴボゴボと音を立てた。

「この水はどこから流れてきているのだろう？　儂には、それも分からんのだな」

丘の中腹はずっとカラカラに乾いていたのを思い出した。それなのに、道は突然、湧き出る水に浸かっている。

愕《おどろ》いて立ち止まったルーカス氏は言った。「木のなかから流れてきてる——空っぽの木の窪みから？　そんなものにはお目にかかったこともないし、考えてみたこともなかった」

旅籠の方に傾《かし》いだ鈴懸の巨木は、なかが空ろになっていた。木炭を採るために燃やしたためだが、まだ生命のあるその幹から弛《たゆ》みなく泉が噴き出し、樹皮を羊歯《しだ》と苔で覆い、騾馬の通う道に溢れ出して、果ては彼方に肥沃な牧草地をつくりだしていた。純朴な田舎の民が、その分に応じて美と神秘に捧げものをしたと見え、幹を抉《えぐ》って作った龕《がん》には社《やしろ》があり、一本の燈明と「聖処女」の小さな絵が収まっている。ナイアス〔泉や川、湖に住む美しい女性の姿をしたニンフ〕とドリュアス〔木や森に住むニンフ〕の共同の住まいを「聖処女」が引き継いだわけである。

「こんなに素晴らしいものは見たことがないな。幹のなかに入ったら、どこから水が来てるか分かるんだが」

社を冒瀆《ぼうとく》するような気がしてルーカス氏は一瞬ためらったが、「この土地を儂のものにしてやる。なかに入って儂のものにするんだ」という自分自身の言葉を思い出して笑みを泛《うか》べた。そこで、対決姿勢とでも言えるような格好で、なかの石を目指して勢いよく跳びこんだ。

水は絶え間なく、虚ろな根方と木の見えない裂け目から音もなく湧き出し、琥珀《こはく》色の素晴らしい溜りをつくっていた。そこから樹木の縁を伝って外の地面に流れ出ているのだった。口に含むと水は甘い味がした。上を見上げると、黒い筒になった幹の彼方に、青い空と緑の木の葉があった。それで自分の考えたとおりだと思ったが、今度は微笑《わらわ》ずに別のことを思い出した。

自分より先にここに入ってきた者がいるのだった。——実際ルーカス氏は、奇妙な同胞意識に襲われた。この場所を統《す》べる「力」に捧げられたささやかな奉納品が樹皮からぶら下がっていた。ブリキでできた小さな手足と眼、頭や心臓のグロテスクな模型——どれもみな、失った力が戻ってきたり、知恵や愛情を取り戻した記念の印だった。ここには、自然のなかの孤独というようなものは微塵《みじん》もない。人間の悲哀と歓びが一本の樹の胸にまで圧しつけられているのだから——。ルーカス氏は両腕を伸ばし、焦げた柔らかい木肌に押し当てて均衡をとると、後ろの幹に背中がつくまでゆっくりと上体を反らした。そうやって眼を閉じると、動いているのに同時に心安らかな、逆巻く波と長い格闘を演じた泳ぎ手が、結局その波濤《はとう》は目的地まで連れて行ってくれると悟ったような、不思議な気分に浸され出した。

そこでルーカス氏はじっと動かず、足許の流れだけを意識して、万物はひとつの流れであり、自分はその流れにのって動いていると思いながら凭《もた》れていた。

ついには衝撃が来て、ルーカス氏は我に返った。おそらく最終の「目的地」に打ち上げられたのである。眼をあけると、想像もしなかった、何とも言いようのないものがあたりに満ち、万物は掌《たなごころ》を指すように明瞭に、善《よ》きものに見えたのだから――。

かがんで仕事をしている老婆の姿勢と、子豚のすばしこい動きに意味があった。羊毛の糸玉がだんだん小さくなってゆくことにも意味があった。驟馬にまたがり、ちろちろ流れる川をこえて歌を口ずさみながらやって来る若者の姿に美があり、声をかけるその挨拶にまことがある。項《うなじ》を垂れた水仙の一群と水のせせらぎにも、意図というものがあるというわけではない。陽射しは偶然《たまたま》、広がる木々の根方に影の模様を投げかけるというものがある。ほんのわずかの時間のうちに、ルーカス氏はギリシャだけでなくイギリスを、人生を発見した。そんなルーカス氏にとって、洞《ほこら》のなかにもうひとつ奉納品を付け加えて吊るすことは馬鹿げたこととは思えなかった――五体満足で欠けたところのない人間の小さな模型を、である。

「あら、お父さんだわ。マーリン〔アーサー王を助けた魔法使いにして予言者〕ごっこをしてるんだわ」

まったく気づかないうちに一行が到着していたのだった。エセルとフォーマン夫人、グレアム氏と通訳とガイドを兼ねた英語を話す地元の男だった。ルーカス氏は、洞のなかから胡散臭《うさんくさ》そうな眼で彼らを見た。彼らは突然馴染みのない人間になっていた。なすことすべてに大様《おおよう》さがない。ぎくしゃくして粗雑だった。

「手をお貸ししますが」とグレアム氏が言った。いつも年長者に対して礼儀正しい若者である。

ルーカス氏はちょっと腹が立った。「ありがたいが、ひとりでちゃんとやれる」と答えたものの、洞の外へ出ようとした瞬間、脚《あし》が滑《すべ》り、泉の中に足を突っ込んでしまった。

「あら、お父さんたら！　何してるの？　よかったわ、驟馬に着替えを積んできて」

エセルは甲斐《かい》甲斐《がい》しく世話をし、きれいなソックスと乾いたブーツを渡すと、昼食の入った籠の置いてある敷物の上に父親を坐らせた。そうしておいて、他の連中と森の探索に出かけた。

彼らは有頂天になって戻ってきた。ルーカス氏もその歓談の輪のなかに入ろうとしたができなかった。どうにも彼らは鼻持ちならない。上っ面だけの俗っぽい情熱につかの間動かされているだけだ。あたりいちめんに花開いた、永続的な美を感知する能力がない――。それでもルーカス氏は、自分がどんなふうに感じたか、説明するだけはしてみようとして口を開いた。

「儂はこの土地の風景に大いに満足しておる。非常に感じがよろしい。樹木がいい。ギリシャにしては実にいい。澄み切った清水が湧き出る、この泉にもどこか詩的なところがある。人間も優しく、洗練されとる。まったくもって、魅力的な場所だ」

フォーマン夫人は、そんな生ぬるい褒《ほ》め方じゃ駄目だわ、と言った。

「鐘や太鼓で探しても見つからない場所なのよ！」と彼女は言った。「こんなところで暮らして死んでゆければ本望というものだわ。アテネに戻らなくていいのなら、私、ほんとうにここにしばらく居たい！　ソフォクレス〔古代ギリシャの三大悲劇詩人の一人で「コロヌスのオイディプス」の作者〕のコロヌス〔アテネ中心部の西のはずれの地区。古代ギリシャでは行政区を形成した〕を思い出させるじゃない」

「そうね。じゃあ私、居ることにする。絶対そうすべきだわ」とエセルが言った。

「そう！　そうしなさいよ。あなたとお父さんで！　アンティゴネとオイディプスね。当然、コロヌスに留まらなきゃ」

ルーカス氏は、興奮のあまり息苦しくなった。洞のなかにいたときには、自分はどこにいても幸せになれると思ったが、この数分の会話で迷夢から覚めた。もうあちこち旅する気になれなかった。この鈴懸の木蔭と汚れのない音楽から離れたとたん、昔考えたことやあの気だるさがよみがえってくる。また追いつかれる。この旅籠《はたご》で、優しい眼をした優雅な地元の人たちとともに眠り、蝙蝠《こうもり》が薄明の世界を飛び交うのを眺め、月が出て黄金《きん》色の景色が銀色に変わるのを見る——そんな一夜を過ごせば、もう昔に逆戻りすることはない。やっと取り戻した王国に、しっかり根を下ろすだろう、と思った。しかし口を衝《つ》いて出てきた言葉は、「ここで一晩泊まってもいいがね」というものだった。

「一週間でしょ、お父さん。そのくらい泊まらなきゃ、罰が当たるわ」

「それじゃあ、一週間。一週間だ」娘が自分の言葉を訂正したのは癪《しゃく》にさわったが、小躍りしたいような気持でルーカス氏は言った。昼食の間じゅう、一行には物も言わず、もう馴染みになったその場所と、すぐに友人にもなり連れ合いにもなる人たちを見つめていた。旅籠には、老婆と中年の女性、若者と子供がふたり住んでいるだけだったし、まだ誰とも話もしていないが、彼らは、この祝福された木蔭で動くもの、息づき存在するものがすべてそうであるように、ルーカス氏には愛《いと》おしい人たちだった。

「出発《アン・ルート》！」フォーマン夫人の甲高い声がした。「エセル！　グレアムさん！　いつか終わるのよ、いちばんいいことだって」

「今夜は、だ。あの人たちは社《やしろ》のそばの燈明に灯りをつける。そしてみんなでバルコニーに坐って、ことによるとどんな捧げものをしたか話してくれる」ルーカス氏はそんなことを考えていた。

「失礼ですが、ルーカスさん。お坐りになってる敷物を畳みたいと思ってるようなんですが」とグレアムが言った。

立ち上がりながらルーカス氏は考えた。「エセルを先に寝かせにゃならん。そのあとで儂も自分の捧げもののことを話すことにしよう――是が非でも、あれは奉納せねばならん。儂とあの人たちだけになったら、あの人らはきっと分かってくれる」

エセルは父親の頬に触って言った。「お父さんたら！　三度も呼んだのよ。騾馬はみな勢ぞろいしてるのよ」

「騾馬、だって？　いったい誰の騾馬かね？」

「私たちの騾馬にきまってるじゃない。みんな待ってるのよ。ああ、グレアムさん、手を貸してお父さんを乗せて下さらない？」

「何のことだかさっぱり分からんな、エセル」

「ねえ、お父さん。大事な大事なお父さん、たら。出発しなけりゃならないの。夜にはオリンピアに着いていないといけないの。分かってるでしょ」

勿体《もったい》ぶった声で自信満々のルーカス氏は言った。「エセル、お前ね。儂はいつも、もう少し思慮を働かせて計画を立ててほしいと思っとったんだよ。お前にだって、ここで一週間逗留することは分かってるだろ？　そもそもお前が言いだしたことじゃないか」

エセルはびっくりした。それでぞんざいな口調になった。「なんて馬鹿げたことを考えてるのよ。冗談だってことぐらい分かってたでしょ。もちろん、居られればいいと言ったのは本気だったけど」

「ほんとに世の中、思い通りになれば苦労はないのにね」すでに騾馬の背にのっていたフォーマン夫人が言った。

「だけど、お父さん。私が本気で言ってるとは思わなかったでしょうね」落ち着いた声になったエセルが言った。

「思ったさ。そりゃあ思ったとも。だから、お前、儂らがここに泊まるという前提に立ってだな、計画を全部立てたんだ。したがって、だ。じつに具合がわるい。儂には、出発するなんてことは、できない相談なんだ」

ルーカス氏は、まことに確信ある風情でそう言ったので、フォーマン夫人とグレアム氏は脇を向き、気づかれないようにニタッと笑うことになった。

「不用意な言い方をしてごめんなさい。でもね、私たち、ばらばらで行動するわけにはゆかないの。一晩でも泊まったら、パトラス〔ギリシャ西部にある港町〕から出る船に乗れなくなるの」

フォーマン夫人は、それとなくグレアム氏の注意をひいて見事なエセルの采配ぶりを讃えた。

「パトラスの船など儂にはどうでもいい。お前がここで泊まるべきだと言った以上、そうするまでのことだ」

旅籠の住人たちは、いま進行中の口論が自分たちに関係があるということを第六感で感じているようだった。老婆は糸をつむぐ手を休め、若者と二人の子供は、応援でもするようにルーカス氏のうしろに立った。

どんなに説得され、どんなに懇願されても、ルーカス氏は動じなかった。ほとんど何も言わなかったが、彼の覚悟は決まっていた。なぜなら初めて、自分の日々の生活が間違いのないものに思えたのだから――。イギリスに戻る必要がどこにあろう？　居なくなって淋しいと思ってくれる者などいないではないか。友人たちは、死者になったか冷淡になったかのどちらかだ。エセルは儂を愛してくれていると言えるが、当然ながら他にも自分だけの関心事がある。他の子供にはめったに会わない。それ以外の血縁者はジユリアだけだが、この女は怖ろしくもあれば憎たらしくもある。だから、あれこれ思い迷う問題などではない。幸福と平和を与えてくれる場所を離れるなど、臆病者、いや馬鹿者のすることでしかない。

とうとうエセルは、父親の機嫌をとるために――自分の現代ギリシャ語の腕前をひけらかすためもあって――鳩が豆鉄砲を食ったようなガイドを伴い、部屋を点検すべく旅籠に向かった。旅籠の女は歓声を上げてエセルを迎え、若者は人目のない時を見計らってルーカス氏の騾馬を厩舎に連れて行こうとしていた。

「止めろ！　この馬鹿ったれ！」そう叫んだのは、日頃から外国人というのはその気になれば英語が解ると言い張っていたグレアム氏だった。若者は言われたとおりにしたから、グレアム氏の説は正しかったことになる。みんなはその場を動かず、突っ立ったままエセルが戻ってくるのを待った。

エセルは、スカートを押さえながら旅籠から出てきた。後ろにいる通訳は、値切って買った子豚を小脇に抱えていた。

「お父さん、私ね、お父さんのためなら何でもするつもりよ。だけどあの旅籠に泊まるのは――とてものこと駄目だわ」

「というと何だな――蚤《のみ》がいるというわけか？」

エセルは遠回しに、「蚤」というのは正確でないと言った。

「それじゃあ、これで決まりですね。ルーカスさんが潔癖症なのは分かっていますから」とフォーマン夫人が言った。

「決まったわけじゃないぞ。エセル、お前は先に行きなさい。お前なんかいなくてもいい。そもそも、なぜお前に相談したのかも分からん。儂はひとりで泊まるからな」

「まるで話にならないわ」エセルは癇癪《かんしゃく》をおこして言った。「年寄りのお父さんをどうやってひとり放っておけるっていうの？　どうやって食事するのよ。お風呂に入るのよ。手紙だってパトラスで待っているの。船に乗れなくなるのよ。そうしたらロンドンのオペラも観られなくなるし、一ヶ月間、約束もめちゃめちゃになってしまう。それに、まるで一人旅ができるみたいな口を利いちゃって」

「刺されるかもしれませんよ」グレアム氏が口を添えた。

　ギリシャ人たちは黙っていたが、ルーカス氏が顔を向けるたびに、手招きで、旅籠にいらっしゃいと言っていた。子供たちはコートの端をつかんで引っ張りかねない様子だったし、バルコニーの老婆は、もう完全に糸をつむぐのを止め、訴えかけるような神秘的な目でルーカス氏を見つめていた。格闘中のルーカス氏の心のなかで、この問題は巨大なかたちを纏《まと》い始めた。この場所で泊まろうとしているのは、単に若さを取り戻したためでも、美しいものを見たためでも、幸せを見つけたためでもない。そうではなく、あの旅籠であの人らといると、きっと世界の表面を変貌させる至高の出来事が起きるからだ、と思った。そう信じた瞬間には圧倒的な力があったので、ルーカス氏は言葉と論理を役立たずなものとして棄て、自分の強力な未来の同盟者の助力を請うた。黙《もだ》す人々、つぶやく水、ささやく木々に頼った。その場所全体が、明瞭なひとつの声で彼に呼びかけていたからであり、騒々しい彼の敵たちは刻々《こっこく》、無意味で馬鹿げたものになっていたからである。彼らはやがてうんざりして、ぺちゃくちゃ喋《しゃべ》りながら日向《ひなた》に去る。彼はひとり、涼しい木蔭と月の光、来るべき運命の手にゆだねられる。

事実すでに、フォーマン夫人とガイドは、キイキイ鳴く子豚といっしょに進み始めていた。彼らの闘いは、もしエセルがグレアム氏を引きこんでいなかったら永遠に続いたかもしれない。

「助けてくださらない?」と彼女はささやき声で言った。「お父さんたら、もうお手上げなんですもの」

「議論は得意じゃないんですが――他のやりかたでしたら」そう言ってグレアム氏は、恰幅《かっぷく》のよいルーカス氏を満足げに見おろした。

エセルはちょっとためらってから言った。「どんなことでも結構ですわ。結局はお父さんのためになるんですもの」

「それじゃ、お父さんの驟馬をすぐに連れてきてください」

そういうわけで、闘いに勝ったと思ったとたん、ルーカス氏は体が突然宙に浮くのを感じ、横ざまに鞍のうえに坐ると等しく、騾馬が速歩《そくほ》で進み始めたのである。ルーカス氏は無言のままだった。何も言うことがなかった。木蔭から日向に出、せせらぎの音が消えたと思ったときにさえ、顔には別段表情らしきものも泛《う》かばなかった。グレアム氏は、帽子を手にしてそのそばを走りながら、詫《わ》びの言葉を並べていた。

「私にあんなことをする権利がなかったことはじゅうぶん承知してます。だからほんとうに謝ります。だけどいつの日か、あなたも私が——あっ、痛《いた》!」

グレアム氏の背につぶてが命中した。石を投げたのは例の少年で、騾馬のあとをつけていたのである。少年のうしろには妹がいて、これもまた手当たり次第に石を投げた。エセルは金切り声でガイドを呼んだが、フォーマン夫人といっしょに先を行っていたガイドが戻ってくるまえに、またひと悶着起《もんちやくお》きた。ギリシャ人の若者が行く手に立ちふさがり、ルーカス氏の騾馬の轡《くつわ》めがけて突進してきたのである。幸いグレアム氏は手練《てだ》れのボクサー。瞬時をおかず相手のお座なりのディフェンスを破ると、くだんの若者は、口からたらたら流れる血を水仙の花のうえに垂らしてもう地面にのびていた。そのころにはガイドも到着し、憐れな兄の末路を見て恐れをなした子供たちは攻撃の手を休めた。こうして救助隊は——そう呼べればの話だが——散り散りになって森に消えたのである。

「悪餓鬼《わるがき》めが!」勝ち誇ったグレアム氏が笑いながら言った。「現代のギリシャ。国中いたるところかくのごとし。父上が宿泊すれば金になるという算段ですな。したがって、我々がその金を盗んでると思っているんです」

「ほんとに怖ろしいですわ——単純な野蛮人ね、あれ。ほんとにお礼の言葉もありませんわ、父を助けてくださって」

「私が残酷な人間だと思わないでいただければ——」

「とんでもないですわ」と、エセルはちょっと吐息をつきながら言った。「私、力というものはちゃんと讃えますの」

とこうするうち、騾馬の隊列は陣容を整え、フォーマン夫人の言葉を借りれば雄々しく失意に耐えたルーカス氏も、騾馬の背に心地よげに腰をおちつけた。再度の襲撃を恐れ、一行は反対側の山腹を急ぎ足で駆けぬけた。エセルが機会を見て父親に手荒い処断を詫びたのは、椿事《ちんじ》に富んだくだんの場所がはるか彼方に遠ざかったときのことである。

「お父さんたら、まるで別人になったみたいだったわ。私、すっかり怖《こわ》くなってしまった。でも、今はいつものお父さんに戻ったような気がする」

ルーカス氏は口を閉ざしたまま。それでエセルは、父親が自分のしたことに腹を立てたのも無理からぬことだと考えた。

山の地勢は不思議ないたずらをする。一時間前に出発した場所が、突如はるか下方に出現した。旅籠はドーム型をした緑の木立に隠れて見えないが、空き地には人が三人立っている。澄んだ空気を通して、敗けないぞと言っているのか、さようならと言いたいのか、いずれかすかな叫び声が届いてくる。

ルーカス氏は、ためらいがちに騾馬の歩みを止めて手綱《たづな》から手を離した。

「ねえ、お父さん、そっちじゃないのよ」

エセルが優しい声で言った。

ルーカス氏がその声に従うと等しく、剣呑な景色は山の突出部の蔭に永遠に姿を消した。

II

朝食時だったが、霧が濃いためガス燈に灯がついていた。ルーカス氏が不愉快な前夜のことについて話していた。数週間のうちに結婚することになるエセルが、テーブルに両腕をのせて聴いていた。

「最初に玄関のベルが鳴って、次にお前が劇場から戻ってきたんだ。それから犬が吠えだし、次は猫の番だ。朝の三時に、そこいらのチンピラが歌なぞ歌いながら通り過ぎて行った。そう、それから、そう、すぐ頭の上でパイプの水がゴボゴボ音を立てた」

「それって、トイレの水が流れただけだと思うけど」草臥《くたび》れ顔のエセルが言った。

「とにかく、ゴボゴボいう水の音くらい儂《わし》の嫌いなものはないんだ。この家じゃ、一睡もできやせん。もう出ていくことになるさ。次の三ヶ月は更新しないと思うね。きっぱりと家主に言ってやるさ。儂が更新しない理由は、この家では一睡もできんからだと。もし家主が口答えをしたらだ——口答えって——何か言うことがあるかな、家主に？」

「トースト、もうすこしどう、お父さん？」

「ありがとう」ルーカス氏がトーストを手にすると、しばらく安らぎの時が訪れた。

それも束の間、ルーカス氏は再び話し始めた。「隣の家のあの練習のことな、儂がおとなしく我慢してるなどと思ったら大間違いだって、ちゃんと手紙で言ってやったよな、エセル？」

「そのとおりよ」と答えたエセルは、手紙が相手に届かない算段をしていた。「家庭教師の女性と話をしたの。別なふうにしますって言ってたわ。ジュリア叔母《おば》さんもうるさいのは大嫌いだし、きっと静かになると思うわ」

ルーカス氏の家族のうちでは妹のジュリアだけが未婚だった。そのためエセルが家を出たあと、ジュリアが代わって家事にあたることになっている。しかしジュリアの名が出たのはよくなかった。ルーカス氏は、ながながと吐息のようなものをつきはじめたが、幸い郵便配達夫が来たのでそれも止《や》んだ。

「あら、おかしな小包だこと！　これ、私宛てだわ。何なのかしら、いったい。ギリシャの切手が貼ってある。何だか、胸がドキドキするわ」

開けてみると、水仙の球根がいくつか入っていた。フォーマン夫人が、温室で植えるようにと、アテネから送ってきたのだった。

「いろんなこと思い出すじゃない？　水仙、覚えているわよね、お父さん？　おまけにギリシャの新聞で包んでる。まだ読めるかしら、私？　以前は読めたわよね」

エセルはしゃべり続けた。隣家の子供たちの笑い声を、朝食時の父親が好んで苦情の種にするあの哄笑を、かき消せればいいのにと思いながら——。

「ねえ、聞いて！「地方の惨劇」ですって。何やら悲しい記事を選んじゃったみたい。でも、いいわ。「火曜日に、メッセニア〔ペロポネソス半島西南部にある行政区の名前〕のプラタニステで衝撃的な事件が起きた。一本の大木が」——私、なかなかのものでしょ？「夜のうちに倒れ」——ちょっと待って——まあ、なんてこと！——「小さな旅籠のバルコニーにいたと思われる五人の住人を圧し潰して死に至らしめた。老齢の女主人マリア・ロマイデスと四十六歳になるその娘の死体は容易に識別できたが、孫息子の死体は」ああ、続きは怖ろしくて読めない。私、こんなことしなけりゃよかった。それに、プラタニステって、以前聞いたことがあるような気がする。春に、私たち、そこにいなかった？」

「昼食をとったよ」ぼんやりとしたルーカス氏の顔にかすかに当惑の色が浮かんだ。

「たぶん、そりゃあ、ガイドが子豚を買ったところだな」

「もちろんだわ。そこなのよ」と、神経質な声でエセルが言った。「あのガイドが子豚を買ったところよ。ああ、怖ろしい」

「とても怖ろしい話だ」隣家の子供の声になかば気を取られていたルーカス氏が言った。

エセルは急に真剣な顔で立ち上がった。

「まあ、なんてこと！ お父さん、これ、古い新聞なのよ。最近の出来事じゃなく、四月のことなの——十八日の火曜日の夜——私たち——午後にはたしかにそこにいたのよ」

「その通りさ」とルーカス氏は言った。胸に手を当てたエセルは、ほとんど口が利けないという風だった。

「お父さん、ねえ、お父さん、ちゃんと言っておくわよ。お父さんはあそこで泊まりたがったの。あの人らはみんな——あの半分野蛮人みたいな気の毒な人たちは、お父さんを引きとめようとしたけど駄目だった。あの人たち、死んでしまったのよ。あそこは、もう滅茶苦茶になって、川の流れまで変わってしまったんですって。ねえ、お父さん、もし私がいなかったら、アーサーが助けてくれなかったら、お父さんは死んでしまってたのよ」

　苛立たし気にルーカス氏は手を振った。

「女家庭教師など話にならん。直接手紙を書いて、「この家を引き払う理由は、犬が吠えること、隣の子供に我慢がならないこと、ゴボゴボいう水に耐えられないこと」と言ってやろうか」

エセルは父親がぺちゃくちゃ喋るままにしておいた。間一髪のところで難をのがれたことに圧倒され、長いあいだ口が利けなかった。ようやく口を開くと、「こんな危ないところを助かると、神の摂理を信じる気になるわ」と言った。

家主宛ての手紙に余念がないルーカス氏は、なんの返答もしなかった。

パニックの話　*The Story of a Panic*

I

ユースタスが自分自身の経歴を――「経歴」と呼べればの話だが――もち始めたのは、確かにラヴェッロ〔イタリア・アマルフィの海岸にある美しい町〕にほど近い栗林のなかで過ごしたあの午後のことだった。のっけから告白しておくと、私は文才、文飾などとは縁もゆかりもない単純素朴な男である。それでも、誇張せずに話をする才能はあると自負しているので、八年前に起きたあの異様な出来事について偏見を交えずに語ることにしたのである。

ラヴェッロというのは快適な土地で、そこにまた快適な小さなホテルがある。私たちはそのホテルで素敵な人たちと相識《そうしき》になった。その人たちというのは、まずロビンソンという独身の姉妹で、年のころ十四歳ぐらいの甥のユースタスと既に六週間滞在していた。サンドバッチ氏もまたかなりの期間滞在していたが、この人はイングランド北部のある教区で副牧師を務めていた人で、健康を害したためやむなく職を辞し、保養のためにラヴェッロに来た。そのうちにユースタスの教育係を引き受け――と言うのも当時ユースタスの教育はまるでお粗末なものだったので――わがイングランドの有名なパブリック・スクール〔私立の中・高等学校〕に入学できるようにと、刻苦勉励の最中だった。加えて、自称画家のレイランド氏と、最後に感じのいい女主人シニョーラ・スカフェッティと、英語を話す、これも感じのいいウエイターのエマニュエレがその面々ということになる。ただしエマニュエレは、問題の出来事が起きたころには、病気の父親を見舞いに行っていたためラヴェッロにはいなかった。

口幅《くちはば》ったい言い方だが、私と妻と二人の娘は、この小さな集団に快く迎え入れられたのだと思う。私自身もこの一団の大部分の人間が好きになったが、なかに二人だけ、まったく好きになれない者がいた。画家のレイランドとロビンソン姉妹の甥のユースタスがその二人だった。

レイランドは、とにかく傲慢で嫌な男だったが、そのことは話のなかにいやというほど出てくるから、ここで縷説《るせつ》する必要はない。しかしユースタスの方は、特筆に値する、筆舌に尽しがたいほどむかむかする少年だった。

概して私は少年が好きだったから、そのときにもいつでも仲良しになる気でいた。しかし私と娘たちがユースタスを散歩に誘うと、「そんな苦役はご免です」と言う。それで私が「泳ぎに行かないか」と言うと、「僕、泳げないんだ」と来る。

「イギリスの男の子なら泳げなきゃ。小父《おじ》さんが教えてあげるよ」

「ねえ、ユースタスったら、いい機会じゃないこと」とロビンソン嬢が言った。

ところがユースタスの言《げん》たるや、「僕、水が怖いの」なのである。――男の子が水を怖がるとは！――そこで無論、私の方は口を噤《つぐ》んでしまった。

彼が本当に勉強熱心な少年だったとしたら、私にはそのこともさして気にならなかっただろうが、彼は一生懸命遊ぶこともない代わりに、一所懸命勉強するというのでもなかった。何が好きかと言えば、テラスのゆったりとした椅子でくつろぐことと、背をかがめて摺り足で埃を上げながら大通りをぶらつくこと――。当然にも顔は蒼白く、胸の狭い、筋肉の発達していない少年だった。叔母たちは彼のことを虚弱体質と思っていたが、彼にとって本当に必要なのは規律と訓練なのだった。

記念すべきその日、私たちは揃って山中の栗林にでかけることになった。「揃って」と言っても、ジャネットだけは、余り出来の良くない大聖堂の水彩画を仕上げるために居残ることになった。

こういう瑣事《さじ》について記すのは、それらが私の記憶のなかでその日の出来事と分かちがたく結びついているからなのだが、同様に、ピクニックの途中で交わされた会話も全部いっしょになって私の脳裏に刻み込まれている。二、三時間山道を行ったとき、ロビンソン姉妹と私の妻を乗せてきた驢馬《ろば》だけをその場に残し、全員が徒歩で谷間の最高部を目指すことになった。いま調べてみると、その谷の正式の名は「ヴァローネ・フォンタナ・カローソ」とある。

それ以前にもまたそれ以降も私は幾度も景勝の地を訪ねたが、このときの景色ほど気に入った美しい景色を見たことはなかった。谷間の果ては巨大なコップに似た窪みになっており、周囲の険阻な山々から下《くだ》り落ちる渓谷が、きらきら光る放射状の光線を注ぎ込んでいた。この谷間と渓谷と渓谷のあいだの尾根はすべて青々と茂った栗の葉で蔽われていたから、景色全体の印象は、空に向かって開かれたたくさんの指のある緑の掌《てのひら》に似ていた。それがぴくぴくと動いて私たちを摑みとろうとしているような感じである。谷をずっと下ったはるか彼方にラヴェッロの町と海が遠望できたが、それが別世界の唯一のしるしだった。

「まあ、何てきれいなところなの。きっと素敵な画《え》ができるわね」娘のローズが言った」

「その通り」とサンドバッチ氏が言った。「ヨーロッパの名画廊でも、たいていはこの景色の十分の一でも美しい風景画を掛けていりゃあ鼻高々というもんですよ」

「ところがそうじゃないんですね」と言ったのはレイランド。「この景色はお粗末な画にしかならない。まったく絵には向いてないんです」

「あら、どうしてなんでしょう?」ローズが、レイランドには勿体《もったい》ない敬意をこめて尋ねた。

「まず第一に、ですね。空を背にした山の線が、ですね。どうしようもない程まっすぐじゃないですか。もっと切れ目があって、多様性に富んでませんとね。それに私たちがいるところ、ここからじゃあ、遠近法の活躍する余地がない。さらに、何ですか、この色合いは。単調なうえに潤いがない、と来てる」

「絵に関しては門外漢ですが——」私は口を挟んだ。「知ってるふりをする気もありませんが、美しいものは、この目で見れば分かりますし、この景色には至極満足してますがね」

「そうですとも。満足しないでどうします！」姉のロビンソン嬢がそう言い、サンドバッチ氏も同じことを言った。

「ああ、あ。皆さんはですね、自然の芸術的なかたちを写真の景色と混同してるんですな」

可哀想《かわいそう》に、そのときローズは写真機を携えていた。だからこのレイランドの言は無礼千万だと私は思ったが、不愉快なことは望まない性質《たち》なので、ただそっぽを向き、妻とメアリー・ロビンソン嬢が昼食を——あまり美味そうでもない昼食を——広げるのを手伝った。

「ねえ、ユースタス。こっちに来てあなたも手伝って」と叔母の一人が言った。

その朝のユースタスは特に機嫌が悪かった。例によって私たちと一緒に来たがらないので、叔母たちも、ホテルにいてもいいわと言いかねないほどだった。その場合にはジャネットにもとばっちりが来て苛々しなければならないところだったが、私は叔母たちの許可を得て、運動の大切さについてかなりきつい言葉で説いて聞かせた。その結果同行することになったものの、おかげで常にも増してむっつり黙り込んだ、扱いにくい子供になっていた。

従順は彼の長所に非《あら》ず。何かしろと言われると、判で捺《お》したように何故そうなのかと尋ねる。命令に服するとしても、ブツブツ不平を言いながらそうする。私に男の子がいれば、いつも気持ちよく行動するよう躾《しつ》けるところだった。

「僕、いま――叔母さん――行くからね」

やっとのことでそう言ったが、ユースタスは道草を食い、木を切り取って笛を作っていた。昼食の用意ができたのを見すましてやってこようという寸法だった。

「こりゃあ、君、見上げたもんだ。最後にお出ましになって、他人の労働の分け前に預《あず》かるとは」私がそう言うと、ユースタスはため息をついた。冷やかされるのには耐えられないのである。私は手を尽してやめさせようとしたが、メアリー嬢は愚かにも彼にチキンの手羽を与えると言って聞かなかった。陽射しと空気、森のたたずまいを楽しむ代わりに、甘やかされた子供の食べ物のことで長々と議論をしている――そう思って一瞬腹を立てたことを今も憶《おぼ》えている。

しかし朝食が終わると、ユースタスの姿は以前より人目につかなくなった。木の幹のところに行き、笛を作るために樹皮を剝がし始めたからである。珍しく何かをしているユースタスを見るのは、私にはありがたいことだった。私たちはゆったりとした姿勢で「無為の楽しみ《ドルチェ・ファール・ニエンテ》」を味わうことにした。南国の栗の木は、北国のたくましい栗の木に較べれば、ちっぽけでひ弱な若衆というところだった。それでも彼らが山と谷の輪郭線を蔽っているさまは、見た目に非常に心地よかった。その蔽いには二ヶ所の切れ目があって、空き地になっている。私たちはその切れ目に坐っているのだった。

何本かの木を伐採した結果できた空き地だというので、狭量なレイランドは森の所有者を弾劾《だんがい》し始めた。

「詩はことごとく自然の中から消え失せてるんだ。自然の湖と沼地は干拓の対象となり、海には堤ができ、森林は伐採される。どこに行っても、俗物たちが荒廃させた跡ばかり見ることになる」

地所《じしょ》に関しては私にもいくらか経験がある。そこで、大木がすこやかに育つには伐採の必要性が大《だい》なのだと答えてやった。それに、所有者が自分の土地から一切利益を得てはならないというのは理不尽な話である。

「風景を見て金儲けのことを考えるのなら、そりゃあ所有者のしていることも心地よいかもしれませんが、木が現金になると考えること自体、私には胸が悪くなることなんです」

「価値があるからという理由で自然の贈り物を軽蔑するのは、私には理解できないんですがね」丁寧な言葉遣いで私はそう言った。

それでもレイランドは黙らなかった。「それはどうでもいいことなんです。私たちは皆、骨の髄まで俗物精神に染まっている。私も例外じゃありません。ネレイス〔ギリシャ・ローマ神話の海の精〕たちが海からいなくなったのも、オレイアス〔同じく山の精〕たちが山から消えたのも私たちのせいなんだ。実に恥ずかしいことです。牧羊神《パン》が森に棲めなくなったのも同じなんです」

「牧羊神だって！」サンドバッチ氏の艶やかな声が緑の谷間に響きわたった。谷間が、まるで大きな緑の教会に変わったようだった。「牧羊神は死んだんです。だから森に棲めなくなったんですよ」そう言ってサンドバッチ氏は、キリストが生まれたころ沿岸部を航海していた水夫たちが「偉大な神、牧羊神が死んだ」と大きな声で叫ぶのを三度聞いたという、印象深い話をし始めた。

「その通り。偉大な牧羊神は死んだんだ」そう言ったレイランドは、芸術家たちがこの上なく愛好する、あの見かけだけの悲惨さのなかに埋没していった。葉巻の火が消えていることに気づき、私に火を貸してくれと言わねばならないほどだった。

「まあ、おもしろい話だこと。私にも古代史の知識があればいいのに——」ローズが言った。

「そんなことは一向に気にならないかね、ユースタス？」そう言ったのはサンドバッチ氏だった。

ユースタスの笛は完成まぢかだった。顔は上げたものの、叔母たちに注意されることのないあの渋面をつくっただけで、一切返答をしなかった。

私たちは種々さまざまな事柄について話し合ったが、やがて話題が途切れた。雲ひとつない五月の午後で、薄緑色の栗の若葉が空の濃い青と美しい対照をなしていた。私たちは皆そのとき狭い空き地の端に坐っていた。その方が景色がよく見えたからだが、後ろの木蔭にひっこんでも、栗の若木がつくる蔭など無きに等しいからでもあった。音という音が死に絶えた——少なくとも私の話のなかではそういうことになるが、ロビンソン嬢によれば、けたたましい鳥の鳴き声を耳にしたとき胸騒ぎに襲われたという。あらゆる音が——はるか彼方で栗の大木が揺れて二本の枝が擦《こす》れあう音が聞こえたのを除けば——死に絶えた。枝が擦れる音は、だんだん間隔が短くなり、やがてその音も止《や》んだ。谷間の緑の掌《てのひら》を見晴るかすと、一切のものがぴたりと静止していた。自然が再び動き出すまえの、私が何度も経験したことのある宙づりの気配が漂った。

突如、ユースタスの笛の音が私たちの耳を劈《つんざ》いた。耐え難い音が、私たち全員を雷のように撃《う》った。楽器や器具が、鼓膜を引き裂くような不快な音をたてるのを聞いたのは初めてのことだった。

「まあ、ユースタスったら。おまえ、ジュリア叔母さんの頭がまた痛くなるじゃないの」とメアリー・ロビンソン嬢が言った。

どうやら居眠りをしていたらしいレイランドは、背筋を伸ばして坐った。

「精神を高揚させるものや美しいもの――それに皆目気づかないとは、まったく賞賛に値しますな。あんな風に私たちの楽しみを台無しにできるなんて、思ってもみなかった」

レイランドの言葉が終わると、再びおそろしい静けさがやってきた。私は立ち上がり、向かいの峰をそよ風がさざ波を立てて流れ落ちて行くのを見ていた。薄緑が、動くにつれて濃い緑色に変わってゆく。何やら不吉な予感に襲われ、私が目を逸らせて後ろを向くと、驚いたことに、皆立ち上がってその波を見ていた。

次に起きたことを理路整然と語るのは不可能なことである。しかし、頭上には澄みきった空があり、下方に若葉の森があり、まわりにはこの上なく優しい友人たちがいたにもかかわらず、私はそのときおそろしく怯《おび》えたのだと、別に恥ずかしいとも思わずにここで告白しておくことにする。二度とそんな恐怖に襲われたいと思わないし、それ以前にもまたそれ以後にも感じたことのないような、そんな恐怖に襲われたのである。他の人たちも、ぽかんと見開いた無表情な眼に恐怖の気配だけを漂わせていた。口を開こうとしても言葉にならず、両の手を動かして何かを伝えようにも動かしようがないという様子をしていた。しかも、私たちを囲繞《いにょう》しているのは、自然の繁栄と美と平安だったのである。完全に静止した世界のなかで、一陣のそよ風だけが動き、それがいま私たちがいる尾根を駆け上がってきていた。

誰が最初に動き出したかは、今もって分からない。あっという間に私たちは一目散に丘を下っていた、と書けば、それで充分である。レイランドが先頭に立ち、サンドバッチ氏がそれに続き、次には私の妻が走っていた。といっても、私はほんのちょっとのあいだ彼らを見たにすぎない。私はその空き地になった狭い場所を走り抜け、森のなかを走り、下生えを越え岩を越えて、干上がった川床を下り、下方にある谷間にたどり着いたのだから——。そのあいだじゅう空は暗かったかもしれないし、木々はほんの下生えに過ぎず、山の斜面は平坦な道だったのかもしれない。私の感覚と理性の回路はすべて切断されていたから、私には何も見えず、何も聞こえず、何も感じなかったからである。それは、私がこれまで別の機会に感じた恐怖とは異なる、猛々しいばかりの圧倒的な肉体的な恐怖だった。耳に蓋《ふた》をし眼に幕をおろし、口のなかを嫌な味でいっぱいにするような恐怖だった。それが過ぎ去ったあとに残っていたのも普通の屈辱感ではなかった。その恐怖に襲われたときの私は、ひとりの人間というより、一頭の野獣に他ならなかったのだから。

II

事の始まりと同様、出来事の終りについても、私にはうまく話すことができない。私たちの感じた恐怖が、やはり理由もなく消えてしまったからである。私は突然、物が見え、耳が聞こえ、咳払いをして口のなかをすっきりさせることができるようになった。振り返ると、他の人たちも走るのを止めようとしていることが分かった。やがて私たちはひとかたまりになったが、口が利けるようになったのはずっと後のこと、話してみる気になったのはさらにのちのことだった。

大けがをした者は誰もいなかった。ただ、私の妻は足首を捻挫《ねんざ》していたし、レイランドの爪は一つ、樹の幹に引っかけたために裂けていた。私の耳にもどこかで擦った傷の跡があったが、立ち止まるまでまったく気づかずにいた。

私たちは、無言のまま互いの顔をうかがっていた。突然メアリー・ロビンソン嬢が怖ろしい金切り声をあげた。「ああ、いったいユースタスはどこにいるの？」サンドバッチ氏が抱きとめなかったら、彼女はそのまま倒れてしまっていただろう。

「戻らなきゃ、すぐに。私たち、戻ってみなきゃ」一行のなかでいちばん冷静だった娘のローズが言った。「でも、あの子、だいじょうぶだって気がする」

レイランドはどうしようもない臆病者だったから、娘の提案に反対したが、彼に同調する者はいなかったし、ひとり取り残されるのも怖いので、諦めてついてきた。ローズと私は、可哀想な妻の体を支え、サンドバッチ氏とジュリア嬢はメアリー嬢の支えとなり、ゆっくりと物も言わず、下るときは十分しかかからなかった道を四十分かけて戻った。

誰も何が起きたかについて自分の意見を表明したいと思わなかったから、当然にも私たちの会話はてんでばらばら、支離滅裂なものだった。ローズがいちばん多弁だったが、彼女はあの時もう少しであの場を動かずにじっとしているところだったと言ったので、私たちはみな驚いてしまった。

「すると何ですか、あなたは――逃げ出すしかないとは思わなかったということですか？」サンドバッチ氏が尋ねた。

「そりゃ、もちろん、びっくりしましたわ」――「びっくりした」という言葉を初めに使《つか》ったのはローズだった――「だけど、動かずにいたらまったく違うふうになっていただろうって気がするんです。言ってみれば、私、ぜんぜんびっくりしなかっただろうって」。ローズはそれまで、一度も思っていることを明瞭に口にしたことがなかった。最年少のローズが、あの恐るべき時間のなかでそんなに長いあいだ持ちこたえたとしたら、それは実に立派なことだっただろう。

「お母さんが動き出すのが見えなかったら、きっと私じっとしていたと思うわ」と、ローズは言葉を継いで言った。

彼女がそんな風に思っていたことは、ユースタスを気遣っていた一同には少しばかり気休めになった。しかし、栗の木々の生い茂る斜面を這《ほ》う這《ほ》うの体《てい》でのぼり、例の小さな空き地に近づくにつれて、私たちはみな不吉な予感に襲われた。が、そこに着くと、急にみな口が軽くなった。空き地のいちばん遠い端に昼食の残りがあり、そのそばでユースタスが、あおむけになったままじっと動かずに横たわっていたからである。

いくぶんか冷静さを持ち合わせていた私はすぐに大声で叫んだ。「なあ、君、そこの若い者《の》！　跳び起きるんだ！」しかしユースタスは無言のまま。可哀想な叔母たちが話しかけたときにも何も答えなかった。そして怖ろしいことに、私たちが近づいたとき、ユースタスの袖のカフスから、緑色の蜥蜴《とかげ》が一匹するすると這い出してきたのだった。

ユースタスはピクリともせずに横たわっていた。私たちは突っ立ってその姿を見つめた――。私の耳は、悲嘆と落胆が堰《せき》を切って流れ出す予感に襲われてむずがゆくなってきた。

メアリー嬢がひざまずき、発作的に長い草を掴《つか》んでいたユースタスの手に触れた。彼女がそうしているうちにユースタスの眼が開き、口許から微笑がもれてきた。

私はその独特の微笑を、以降じかに、あるいは最近絵入り新聞に載るようになった写真でしばしば見かけるようになった。しかしそれ以前のユースタスは、つねに何かが気に入らないと言いたげな、不機嫌そうな渋面をつくるだけだったから、私たちは理由らしい理由のないその微笑には馴染めず、ただ当惑させられるばかりだった。

叔母たちは接吻の雨を降らせたが、ユースタスはそれに接吻で応《こた》えることもなかったから、次に来たのは気まずい瞬間だった。彼の態度は自然で動揺したところもなかった。もし彼自身が驚くべき経験をしていなかったとすれば、私たちの異常な振舞いに驚いたことだろう。私の妻は機転をきかせ、何ごともなかったように振舞おうとしていた。

「それでユースタスさん」と、彼女は足を休めるために坐りこみながら言った。「私たちがいなくなったあと、何をして楽しんでらしたの？」

「おかげで僕、とても楽しかったです」

「でも、どこにいらしたの？」

「ここです」

「ずっと横になっていたっていうわけ？　物臭《ものぐさ》さん？」

「いいえ、ずっとというわけじゃありません」

「それじゃ、何をしてたの？」

「ああ、それね。立ったり坐ったりです」

「立ったり坐ったりで、何もしなかったですって！「小人閑居《しょうじん》して――」っていう諺《ことわざ》知ってるでしょ？」

「奥さん、そりゃあ禁物《きんもつ》。言わないほうがいいですよ」サンドバッチ氏が口を挟んだ。

妻は当然にも気分を害し、それ以上何も言わずにその場を離れた。間髪《かんはつ》を容《い》れずローズが取ってかわったので、私は驚いてしまった。

平生のローズに似ず、彼女はためらわずに手をのばし、くしゃくしゃになった少年の髪を指で梳《くしけず》った。

ユースタスはゆっくりと上体を起こして坐った――それまでは仰向けに寝ていたのである。

「ああ、ローズ――」少年がか細い声でそう言ったので、私は好奇心を掻き立てられた。何を言い出すのかはっきり聞こうとして近づいたとき、私は木の下の湿った地面に山羊《やぎ》の足跡がついているのに気づいた。

「どうやら君のところに山羊が何頭かやって来たようだな。こんな高いところで草を食べるなんて、ぜんぜん知らなかった」と私は言った。

ユースタスは「よっこらしょ」という風に立ち上がって見に行ったが、足跡を見つけると地べたに横になり、ぬかるみで転がる犬のように足跡の上で転げまわった。

重苦しい沈黙が訪れた。それを破ったのはサンドバッチ氏のおごそかな言葉だった。

「みなさん、勇気を出して真実を認めるのがいちばん良いことなのです。私がいま言おうとしていることは、みなさんがいま感じていることと同じことに違いありません。他ならぬ「悪しきもの」が形をとって至近距離まで近づいていたのです。私たちがどんな傷を負ったかがはっきりするには時間がかかるかもしれませんが、私自身は、何をさし措いても、いまは神が慈悲深い助けの手をさしのべて下さったことに感謝したいと思うのです」

そう言ってサンドバッチ氏はひざまずいた。私は、あとで彼に話したように、「悪魔」が眼に見える形をとって人を襲うなどと信じているわけではなかったが、他の人たちといっしょにその場にひざまずいた。ユースタスもやって来て、叔母たちに促され、叔母たちと一緒にひざまずいた。しかし祈りが終わると、すぐに立ち上がって何かを探し始めた。

「わあ、僕の笛、誰かが真っ二つに割ってしまってる！」（私はレイランドが開いた折りたたみナイフを手にしているのを目撃していた——あまり感心しないまじないである）。

「だけど、まあいいや」ユースタスは続けて言った。

「何故どうでもいいんだい？」何とかしてその謎めいた時間のことを聞き出そうとしていたサンドバッチ氏が尋ねた。

「何故って、もう欲しくないからさ」

「でも、何故？」

そう尋ねられてユースタスは微笑《ほほえ》んだ。だれもそれ以上言うことがなさそうだったので、私は大急ぎで森を抜け、可哀想な妻を乗せて帰るために驢馬《ろば》を引っ張ってきた。ローズが再度ユースタスに何が起きたか話してほしいと頼んだことを除けば、私がいない間には何ごとも起きなかった。

私が戻ってくると、すぐにみんなして出発した。ユースタスは歩きづらそうだった。どこかが痛むという風だったので、驢馬が待っている場所に着いたとき、叔母たちは、驢馬に乗ってホテルに戻るよう勧めた。私は内輪の話には口を挟まない主義だったが、これには異議を唱えた。結局私の判断は完全に正しかった。適度な運動をしているうちに、たぶんユースタスの物臭な気分が改まり、こわばった筋肉がほぐれてきたからである。彼は人生で初めて男らしく足を踏み出し、頭《こうべ》を上げて、深々と息を吸いこんだ。私は満足して、とうとうユースタスは自分の姿に誇りを持ち始めたんです、とメアリー・ロビンソン嬢に言った。

サンドバッチ氏はため息をつき、よく観察していなければならない、なぜなら誰もまだあの子のことが分かっていないのだから、と言った。メアリー嬢はその言葉に感化され――過剰に反応したのだと思うが――同じようにため息をついた。

「だいじょうぶ、だいじょうぶですよ、ロビンソンさん。ユースタスにはどこも悪いとこなんかありませんよ。謎めいた経験をしたのは私たちで、ユースタスじゃないんです。みんなが急にいなくなったんで驚いた――それで、私たちが戻ったときあんな妙な具合だったんです。どこも悪いところなんかありませんよ。変わったところがあるとしたら、却って良くなったという点です」私はそう言った。

「運動競技崇拝、頭からっぽの体育熱、それが改善と言えますかな?」レイランドが、哀れげな大きな眼を剝《む》いてユースタスを見つめながら言った。ユースタスは歩くのをやめ、岩によじ登ってシクラメンを摘《つ》んでいた。「残された自然のなかの数少ない美――それをむしり取るのも良くなった点ですかね?」

そんな言葉にいちいち返答をするのは時間の無駄でしかない。指を怪我したうだつの上がらない画家が言っているのだとしたら、なおのことそうである。私は話題を変えるため、ホテルに着いたら何と言うべきかと尋ねた。すこしばかり話し合ったあとで、ホテルでも本国への手紙のなかでも、何も言うべきではないという点で意見が一致した。私の見解では、性急に真実を話そうとするのは、聞いた人の心を乱すだけだからよろしくない。――サンドバッチ氏には、長いこと議論して、ようやく私の意見に同調させることができた。

ユースタスは私たちの会話には加わらなかった。正真正銘の少年らしく、右手のある森のなかを駆け回っていた。確かに、彼があのことからどんな影響も受けなかったと結論づけるのは妥当なことのように見えた。そのため、腕いっぱいアカンサスの花を抱えたユースタスが跳びはねるように近づいてきて、声を張りあげ、「僕たちが戻ったとき、ジェナーロはいると思う?」と尋ねたときには面食《めんく》らってしまった。

ジェナーロは当座しのぎの給仕で、要領が悪く、それでいて生意気な若い漁師だった。英語を話す好青年のエマニュエレが留守のあいだ、ミノーリから連れてきて代役をつとめさせていた。私たちが残り物を集めた粗末な昼食を食べる羽目になったのも、もとはと言えばその若者のせいだった。だから、ユースタスが彼に会いたがっている理由は、いっしょになって私たちの振舞いを馬鹿にするのでもないかぎり、私には見当がつかなかった。

「もちろん、いるでしょうよ。でも何故そんなことを訊《き》くの?」ロビンソン嬢が尋ねた。

「ああ、それは、会いたいなって思ってたからさ」

「だけど、また、どうして?」サンドバッチ氏が語気を鋭くして言った。

「どうしてって、僕、会いたいから会いたいの」ユースタスは、その言葉の調子に合わせてリズミカルに跳びはねながら、暗くなりかけた森のなかに姿を消した。

「こりゃあ、まったく不思議な話だ。あの子、以前からジェナーロが好きだったかい？」サンドバッチ氏が言った。

「ジェナーロがここに来てから、まだ二日にしかならないんです。私、知ってますけど、二人が話をしたのも十回ぐらいのものです」とローズが言った。

ユースタスは、森のなかから出てくるたびに元気旺盛になっていた。一度などは荒々しいアメリカ先住民の奇声をあげて私たちに襲いかかってきたし、犬の真似をしたこともあった。最後に出てきたときは野ウサギを連れていた。可哀想に、びっくり仰天して動くこともできなくなった野ウサギが、意識を失くしたようにじっとしてユースタスに抱かれていた。ユースタスの騒々しさは、耐え難いまでになっていると私は思った。それで、皆が森をあとにしてラヴェッロに通じる階段状の小道を降り始めたときは、ほっとした気分になった。時刻は遅く、闇が迫っていた。そのため私たちはできるだけスピードを上げて進んだ。ユースタスは、前方を山羊のようにちょこちょこ走っていた。

その異常な日に、次の異常事が出来《しゅつたい》したのは、ちょうど階段状の小道が終わって白い本街道に出たときのことだった。三人の老婆が道ばたに立っていた。私たちと同様、彼女らも森から出て小道を降り、重い焚《た》き木の束を道路の低い手摺《てすり》に置いて休んでいるところだった。ユースタスは老婆たちの前で立ち止まった。そうしてちょっと思案したあとで進み出ると――左側にいた老婆の頬にキスをしたのである。

「君、君。気でもちがったのかい？」サンドバッチ氏が叫んだ。

ユースタスは、無言のまま摘んできた花を老婆に向かって何本か差し出すと、先を急ぐようにすたすたと歩き始めた。私が振り返って見ると、老婆たちも私たちと同じくらい事の成りゆきに驚いた様子だった。しかし当の老婆は、もらった花を胸に当てて祝福の言葉をつぶやいていた。

そんな風に老婆に奇妙な挨拶をしたのが、ユースタスの奇行の始めだった。私たちは驚くと同時に警戒の念を抱きもしたが、ユースタスに何か話をするのは無駄なことだった。馬鹿げた返事をするか、さもなければ何も言わずに跳びはねて行ってしまうのが関の山だったからだ。

ユースタスは、家路をたどる道ではジェナーロのことを一切口にしなかった。忘れたのならいいが、と私は思ったが、大聖堂の前の広場に着いたとき、ユースタスは張り裂けんばかりの声で「ジェナーロ、ジェナーロ」と叫びながら、ホテルに通じる路地を駆けて行った。果たせるかな路地の先には、英語を話す好青年のウエイターの小さな服に入りきらない腕と脚をむき出しにし、汚い漁師の帽子を被ったジェナーロの姿があった。気の毒なホテルの女主人の言《げん》に違《たが》わず、彼女がどんなにジェナーロの身なりに気を配っても、身支度が終わるころには必ず何かちぐはぐな格好になってしまうのだった。

ユースタスは、跳びはねながらジェナーロの腕のなかに飛び込んで首に抱きついた。私たちだけでなく、ホテルの女主人と女中に門番、数日間その小さなホテルに泊まりに来ていた二人のアメリカ人の前で、それをやってのけたのである。

私は日頃から、イタリア人に対して気持ちよく接するよう心掛けている。彼らがほとんどそれに値いしないとしてもそうなのだが、相手構わぬこのふしだらな習慣にはどうにも我慢がならない。行きつく先は、なれなれしくなって万人《ばんにん》の顰蹙《ひんしゆく》を買うぐらいのものである。私はロビンソン嬢を脇に連れてゆき、社会的に下位にある者との交際に関してユースタスに説諭する許可をもとめた。許しは出たが、私はその馬鹿げた少年が一日の出来事のもたらした興奮から少しばかり醒めるまで時をおくことにした。ジェナーロはと言うと、新しく来た二人のご婦人の世話もせず、まるでこの世で最も自然なことをするかのように、ユースタスを抱きかかえて家に連れて行った。

「オ・カピート」と、ジェナーロが私のそばを通りすぎるときに言うのが聞こえた。「オ・カピート」は「分かった」という意味のイタリア語だが、ユースタスの方は何も口にしてなかったので、私にはその言葉の真意が理解できなかった。そのために皆はいっそう戸惑《とまど》い、夕食のテーブルに着くまでに、想像力の方も言葉の方も使いつくしてしまった。

開陳されたさまざまな見解は、ほとんど書きとどめる値打ちもないものばかりだから省略する。とにかく三、四時間のあいだ、私たち七人は、もっともな、時には場違いな叫び声を連ねて不審の念を吐露しあった。森のなかで私たちがとった行動と今のユースタスの振舞いのあいだには関係があると言う者もいれば、まったく無関係だと言う者もいた。サンドバッチ氏は、依然として悪魔の所業説にしがみつき、ユースタスは医者に診てもらうべきだとも言いだした。レイランドは「どうしようもない俗物少年」の習癖が昂《こう》じただけだと言った。驚いたことにローズは、すべて赦してやらねばならないと言い張った。私はと言えば、あの若い紳士には厳しい折檻《せっかん》が必要だと思い始めていた。気の毒な二人のロビンソン嬢は、それら異なった意見の間をゆらゆらと揺れ動いた。厳重観察に傾いたかと思うと、今度は黙認へ、次にはまた体罰へ、さらにはイーノ製薬の制酸胃腸薬へという具合だった。

夕食の席で、ユースタスは怖ろしくそわそわしていた。ジェナーロは、例のごとくナイフやスプーンを落としたり、咳払いして喉につかえた痰を吐き出したりしたが、食事はほぼ滞りなく進んだ。ジェナーロの知っている英語は数語でしかなかったから、私たちはイタリア語を使って意思を伝えるしかなかった。イタリア語を少しおぼえていたユースタスがオレンジが欲しいと言ったとき、あろうことかジェナーロは、二人称単数の代名詞を使って返事をした。その代名詞は、親密な同等の相手に対してしか使われない。そんな言葉遣《づか》いもユースタス自身の身から出た錆《さび》とはいえ、その種の図々しさは私たち全員を侮辱するものだったから、私は、ここは黙っているわけにはゆかない、すぐに話さねばならないと思った。

テーブルを片付ける音が聞こえたとき、私は内《なか》に入り、私の乏しいイタリア語を駆使しながら——と言うより、あの忌まわしい南部方言のナポリ語を掻き集めながら言ってやった。「ジェナーロ！　ユースタス君に話すとき、お前は「君《チュ》」と言ってたな」

「その通りですけど」

「そりゃ、いかん。「あなた《レイ》」とか、「あなたさま《ヴォイ》」とか、もっと丁寧な言葉を使うべきなんだ。それに、よく覚えておけよ。ユースタスはときどき馬鹿げたことをするが——たとえば今日の午後のようにだ——お前の方はいつも敬意をもって接しなければならんのだ。ユースタス君はイギリス紳士だが、お前は貧しい漁師の倅《せがれ》なんだからな」

　怖ろしく俗っぽい言い方に聞こえるということは分かっている。しかしイタリア語で話すときには、英語でなら夢にも思わないようなことが言えるし、その種の階級の人間に微妙な言い回しで話すのは無駄というものである。はっきり言ってやらないと、彼らは却って誤解することで隠微《いんび》な悦《よろこ》びを味わう。

　真っ正直なイギリス人の漁師なら、そんなことを言われれば即座に私の眼に一発お見舞いしただろうが、踏みつけられた惨めなイタリア人ときた日には、誇りも何もあったものじゃない。ジェナーロはため息をひとつついて、「その通りです」と言った。

「まったくその通りなんだぞ」そう言って私はその場を立ち去ろうとしたが、忌々《いまいま》しいことに、「だけど、そんなことはどうでもいい場合だってあるんだ」と言うのが聞こえた。

「どういうこった、それは?」私は怒鳴りつけた。

ジェナーロは、指を嫌な格好で動かしながら近づいてきた。

「タイトラーさん、これだけは言っておきますが、もしユースタツィオから「あなた様」って言うように頼まれたら、そう言いますけど、そうじゃなけりゃ、いやです」

ジェナーロはそう言うと、夕食の食器類が載った盆をつかみあげ、逃げるように部屋から出ていった。ワイングラスがまた二つ、中庭の石畳に落ちて割れる音がした。

私はかなり腹を立て、ユースタスに面談しようと、決然たる足取りで部屋を出た。しかしユースタスはすでに床に就いていたし、もうひとり話をしておきたいと思っていた女主人にも手の離せない用事があった。それで私たちは、ジャネットと二人のアメリカ人の手前、あいまいな言葉でまたぞろ不審の念を表明し合い、やむなく床に就くことになった。多事多難の、異様な一日の終わりだった。

III

しかし昼間は、夜に較べると物の数ではなかった。

たぶん四時間ほど眠ったころだったと思う。私は突然、庭で物音がしたような気がして目を覚ました。そしてすぐ、眼を開ける暇もなく、凍りつくような恐怖に襲われた。森のなかで感じたような、何か恐ろしいことが起きているという恐怖ではなく、何かが起きるかもしれないという恐怖だった。

　私たちの部屋は二階にあって、庭——というよりむしろテラスと呼んだ方がいい楔《くさび》型をした土地を見おろしていた。そこには薔薇《ばら》と葡萄《ぶどう》の木が生い茂り、アスファルト舗装の小径《こみち》が真ん中で交叉するような形でついている。尖った三角形の短い方の一辺にそって家屋があり、他の長い二辺にそって塀がついていた。この壁の高さはテラスから三フィート〔約九十センチ〕ほどしかないが、地面が急勾配になっているから、壁の向うのオリーブの林に落ちると、優に二十フィート〔約六メートル〕落下する。

　私ががたがた震えながら窓際に忍び寄ると、アスファルトの径を何か白いものが行ったり来たりしていた。余り驚きが激しすぎてはっきり見えなかったうえに、おぼろげな星明りだったので、その白いものはありとある奇怪なかたちをまとった。大きな犬かと思うと、巨大な白い蝙蝠《こうもり》だったり、はたまた見る間に移りゆく雲だったりする。それが球《たま》のように弾《はず》んだり、鳥のように飛び立ったり、ゆるゆると生霊《いきりょう》のように動いたりしたが、結局のところ人間の足音に違いないパタパタという音の他には、いっさい物音を立てることがなかった。それで、混乱した私の心も、誰の眼にも明らかなこの説明と折り合い、ユースタスが寝床から脱け出したのだということになった。私たちはまた新たな面倒を抱えることになったのである。

私が急いで服を着替え、テラスに出られる食堂に行ってみると、ガラス戸の錠はすでに開けられていた。もう恐怖は感じなかったが、たっぷり五分間というもの、その風変わりで気の毒な少年に干渉せず、したい放題パタパタいうぞっとする音を立てさせ、危ないことを仕出《しで》かさないかどうか窓から監視すればいいのだという、妙に臆病な気持と闘った。

しかし善い衝動の方が勝ちをおさめた。私は戸を開けて叫んだ。

「ユースタス、いったい何をしてるんだ？　すぐ内《なか》に入ってきなさい」

ユースタスは乱痴気騒ぎを止めて言った。「僕、あの寝室がきらいなんだ。あんなとこにはいられやしない。狭すぎるんだもん」

「ねえ、君。芝居はもううんざりなんだ。前にはそんなこと言ってなかったじゃないか」

「それに、何も見えやしない。花も葉っぱも見えないし、空だってない。石の壁だけなんだもん」確かにユースタスの部屋からの眺めは良くなかったが、私が言ったように、それまでは彼がそのことで不平を言ったことはなかったのである。

「ユースタス、それじゃあ子供丸出しじゃないか。入ってくるんだ！「直ちに服従」でな」

ユースタスは身じろぎひとつしなかった。

「それじゃあ、止むを得ん。力づくで連れに行くぞ」そう言って二、三歩歩きだしたものの、八重葎《やえむぐら》のアスファルトの径で追いかけっこをするのも詮《せん》ないこと。思いなおして取って返し、サンドバッチ氏とレイランドに助《すけ》っ人《と》を頼むことにした。

二人といっしょに戻ってきたとき、ユースタスはまるで手に負えなくなっていた。何を言っても返答ひとつせず、歌い出したり、ペチャクチャひとりごとを言い始めたりで、どこか不吉な感じさえした。

「こりゃあ、もう、立派な病気だな」サンドバッチ氏が深刻そうな顔で額を叩きながら言った。

ユースタスは、走りまわるのを止めて歌を歌っていた。最初は小さな声で、それから声を張りあげ、ピアノの五指練習や音階、讃美歌やワーグナーの一節などを思いつくまま口ずさんだ。そうでなくてもきわめて聞き苦しい彼の声がますます大きくなり、最後には途轍《とてつ》もない叫喚《きょうかん》に変わった。それは山間《やまあい》に木魂《こだま》す大砲の音のように轟《とどろ》いて、まだ眠っているホテルの客の目を覚ました。気の毒な妻と二人の娘は、それぞれの部屋の窓から顔を出していた。アメリカ人の女性たちが自室の呼び鈴を激しい勢いで振っている音が聞こえた。

かに入ってきて」

「ユースタス、止めて！」皆が口々に叫んだ。「お願いだから、止めて。止めて家のな

ユースタスは首を振った。そしてまた始めたが、今度は演説だった。私はいまだかつてあんな異様な演説を聞いたことがない。他の場合なら、その演説は笑止千万でしかなかっただろう。美意識などは皆無、言葉遣いはまったく児童の水準でしかない少年が、最も偉大な詩人でさえ手を焼いた主題を相手にして格闘しようというのだから——。寝間着姿で突っ立った齢《よわい》十四のユースタス・ロビンソンが、「自然」に挨拶をし、その偉大なる諸力と顕現を讃えて祝福したのである。

彼はまず、夜と頭上の星辰と惑星について語り、そのあとで足下《あしもと》に群なす蛍について語り、さらに下方の見えぬ海、その海に眠るイソギンチャクと貝に蔽われた巨岩について語った。さらには河川と瀑布《ばくふ》、熟した葡萄の房とヴェスヴィオ火山、その円錐形の山容と噴煙を生む隠れた火の回路、蒸熱の大地の裂け目で体を丸めてまどろむ無数の蜥蜴《とかげ》について語り、雨あられと降り注ぐ白薔薇の葉が己《おの》が頭髪に絡《から》まりついていると語った。次には万物に変化をもたらす雨風、なべてのものを生かす大気、物みなを潜み隠すことのできる森について語った。むろんそれらはすべて馬鹿げたほど空疎で気障《きざ》だったが、レイランドが聞こえよがしに「ありゃあ、悪魔がやるように、この世の最も神聖で美しいものを茶化してるんだ」と言ったとき、私は蹴とばしてやりたいと思った。

「それからね」と、憐れむべき口語の破調で――ユースタスにはそれしか持ち合わせがなかったのである――彼は続けた。「それからね、人間というのがあるんだが、僕にはこれがよく分からない」そう言ってユースタスは、手摺《てすり》のそばに跪《ひざまず》き、組んだ両腕に頭を埋《うず》めた。

「今だ」とレイランドが囁いた。

私はこそこそした流儀は大嫌いだったが、レイランドといっしょに突進し、背後からユースタスを絡めとろうとした。しかしユースタスは、瞬く間にその手をすりぬけ、すぐに振り向いて私たちの方を見た。星明りの下で見る限り、彼は泣いているようだった。レイランドが再度突進した。私たちはアスファルトの小径のどこかへ彼を追いつめようとしたが、およそ首尾を果たすには程遠かった。

私たちは途方に暮れ、息も絶え絶えになって引き返した。娘のローズが、しかし名案を思いついた。

「お父さん、ジェナーロなら、代わりに捕《つか》まえてくれるかもしれないわよ」窓から身を乗りだしたローズが言った。

ジェナーロの力など借りたくはなかったが、ホテルの女主人も既にその頃には現場に駆けつけていたので、私は石炭置き場で眠っているジェナーロを呼びだして何かできることがないか試してみさせて欲しいと頼んだ。

彼女はやがて戻ってき、ジェナーロもすぐに姿を現わしたが、その恰好は、チョッキはおろかシャツも肌着もつけない燕尾服姿。かつてはズボンだった襤褸《ぼろ》布は、浅瀬をわたるのに便利なように膝の下をちょん切ってあった。イギリスの流儀を完璧に身につけた女主人は、奇想天外で猥褻《わいせつ》とも言える出で立《い》ちは怪《け》しからんといって叱りつけた。

「服とズボンはつけてます。それ以上なにが要るんです？」

「気にしなさんな、シニョーラ・スカフェッティ」と、私は割って入った。「他にはご婦人方もいないから、そんなことはまったく構わない」と言ってジェナーロの方に向き直り、「シニョール・ユースタスの叔母上がだね、君にユースタスを家のなかに連れてきてほしいと言ってるんだ」と言った。

ジェナーロは無言のままだった。

「聞こえてるのかい、君？　ユースタスは具合がよくないんだ。だから君が連れてくるんだ」

「そう、連れてくるの！　連れてきなさい」シニョーラ・スカフェッティはそう言いながらジェナーロの腕を掴み、体をはげしく揺さぶった。

「ユースタスは、おかしくなんかない。今いるところがいいんだ」

「連れてきなさい。連れてきなさいったら！」シニョーラ・スカフェッティはそう叫んでイタリア語の雨を降らせたが、幸い私には何を言っているのか分からなかった。娘たちの部屋の窓を覚束《おぼつか》なげに見上げたが、彼女らにもほとんどその意味が分からない。私たちの誰にも一言も分からなかったのは有難いことだった。

二人は優に十分間ほど喚《わめ》き合っていたが、とうとうジェナーロは石炭置き場目がけて走り出した。シニョーラ・スカフェッティはわっとばかり泣き出した。私たち英国人客を珍重していたから、それも無理からぬことだった。

「ユースタスは今のままでいい、だから連れ戻さないって、ジェナーロは言うんです。もうお手上げです」彼女は涙声で言った。

しかし私には、打つ手があったのである。私なりの愚かな英国人の流儀により、イタリア人の性格を見抜いていたからである。私はジェナーロ氏のあとを追い、彼の寝床がある場所へ行った。彼はちょうど、汚い袋に身をよじってもぐりこむところだった。

「君にシニョール・ユースタスを連れてきてもらいたいんだがね」と私は切り出した。

語意不明の言葉が返ってきた。

「連れてきてくれればこれをやるよ」私はそう言って財布から十リラの新札をとりだした。

今度は返事がなかった。

「この札には銀貨十リラ分の値打ちがあるんだがね」私がそう続けたのは、イタリアの貧困層には、そもそも一枚の高額紙幣というものが理解できないことが分かっていたたからだった。

「知ってますよ」

「つまり、二百ソルディなんだな、これは」

「欲しくないです。ユースタスは友達ですから」

私は新札をポケットにしまった。

「それに、呉れないでしょうし」

「私は、君、イギリス人だよ。イギリス人というのは、いつだって約束を守るものなんだ」

「それは、そのとおりです」最も信用できない国民が私たちを信用するというのは驚くべきことだが、事実彼らは、しばしば私たちイギリス人が互いに相手を信用しあう以上に私たちを信用するのである。ジェナーロはずた袋の上でひざまずいていた。とても暗かったので顔は見えなかったが、彼は生温かいニンニクの臭いのする息を吐きながら喘《あえ》いでいた。南イタリアの人間の、あの永劫の貪欲さに捕《つか》まったのである。

「ユースタスを家に連れこむなんて、おいらにはできっこない。家のなかで死んでしまうかもしれないもの」

「別にそんなことはしなくていいんだよ」私は辛抱強く言った。「私のところに連れてくるだけでいいんだ。私は庭に立って待ってるから」――まるでまったく違った話を聞いたとでもいうように、憐れな若者はそうすると言いだした。

「だけど、そのまえに、さっきの十リラをおくれよ」

「そりゃ、だめだ」私は言った。どんな人間を相手にしているかが分かっていたからである。不誠実な人間の性格というものは、どんなことがあっても変わることがない。

私たちはテラスに戻った。ジェナーロは無言のまま、パタパタという音のする方へ、これもパタパタという音を立てて走って行った。サンドバッチ氏とレイランドと私は、家から少し離れた高い白薔薇の茂みに身をひそめた。まずはどこからも見えない場所である。

「ユースタツィオ」と呼ぶ声に続き、哀れな少年の訳の分からない歓声が届いてきた。パタパタという音は止み、二人の話し声が聞こえた。その声が近くなり、やがて蔓《つる》のあいだから、奇妙奇天烈《きみようきてれつ》な格好をした若者と、白いローブをまとったほっそりとした少年の姿が識別できた。ジェナーロに首を抱かれたユースタスは、文法無視のイタリア語で流暢《りゆうちよう》に喋っていた。

「何でも分かるって言っていいくらいなんだ。樹とか丘とか星とか、水とか、みんな分かる。だけど、おかしいよな！　人間がちっとも分からないんだもん。言ってること、分かる？」

「オ・カピート」ジェナーロは大まじめでそう言い、抱いていたユースタスの肩から腕を離した。私はしかし、ポケットのなかで新札をいじってパリパリ音を立てた。ジェナーロにはその音が聞こえたはずである。ジェナーロは急に片手を突き出し、何も知らないユースタスがその手を握りしめた。

「妙なもんだなあ」とユースタスは続けた。――二人はすぐそばまで来ていた。「まるでね、それは――」

私は飛びだしてユースタスの片腕をつかみ、レイランドがもう一方の腕を摑み、サンドバッチ氏が脚にしがみついた。心臓に突きささるような金切り声がした。いつになく早く散りはじめた白薔薇の花弁が、引きずられてゆくユースタスの体のうえに降り注いだ。

家のなかに入るとすぐに叫び声は止んだが、涙が音もなく湧き出してきて、上向きになったユースタスの顔を濡らした。

「僕の部屋には連れてかないで！　狭すぎるんだもん」ユースタスは哀願していた。

悲嘆に暮れたその顔を見るうちに、私は奇妙な憐憫の情に駆られたが、私にいったい何ができたであろう。それに、格子があるのはユースタスの部屋の窓だけだった。

「心配しなくてもいい。私が朝までいっしょにいてあげるから」根の優しいサンドバッチ氏が言った。

これを聞いたユースタスはまた足掻《あが》きはじめた。「ねえ、お願いだからそれだけは止めて。他のことならいい。ひとりにしておいてくれれば、できるだけ大声を上げずにじっと寝てるって約束するから」

そこで私たちは、ユースタスをベッドに寝かせてシーツをかけ、泣きじゃくるままにしておいた。「何もかも見えちゃったようなものだけど、今は何も見えないな」と言うのが聞こえた。

ロビンソン嬢に一部始終を話してロビーに戻ると、シニョーラ・スカフェッティとジェナーロがひそひそ話をしていた。サンドバッチ氏は紙とペンを用意し、ナポリにいるイギリス人の医師に手紙を書き始めた。私はすぐ紙幣を取り出してテーブルの上に投げ出した。

「さあ、これが君の取り分だ」私はおごそかな声で言った。「銀貨三十枚」〔ユダがキリストを売った代価〕のことを思い出していたからである。

「ほんとうに有難うございます」ジェナーロはそう言って紙幣を鷲掴《わしづか》みにした。

ジェナーロが立ち去ろうとしたとき、関心も無関心もいつも等しく適所を得ないレイランドが、「人間のことはちっとも分からない」と言ったユースタスはいったい何が言いたかったのか、とジェナーロに尋ねた。

「おいらには分からないけど、シニョール・ユースタツィオは（彼がとうとう少しばかり敬意を払いだしたのを見て私は嬉しかった）繊細な頭脳の持ち主なんです。だからたくさんのことが分かるんです」

「だけど、君が「分かった」って言うのが聞こえたぞ」レイランドはしつこかった。

「分かりはしますけど。説明できません。おいらはイタリアの貧しい漁師の倅《せがれ》なんですから。でも、聞いてください。やってみますから」驚いたことに、ジェナーロのそぶりが変わり始めた。私は止めさせようとしたが、ジェナーロはテーブルの端に腰をおろして珍紛漢紛《ちんぷんかんぷん》な言葉を口にし出した。

「悲しいことなり」やっとまともに喋り出した。「とても悲しいことが起こった。でも、おいらに何ができる？　貧乏人なんだから。おいらじゃないよ」

私は見下げはてた男だと思って顔をそむけたが、レイランドはまだ質問を続けた。ユースタスが話していたとき、誰のことが念頭にあったのか知りたがった。

「それは簡単に言える」ジェナーロは重々しい口調で答えた。「あなたのことだし、おいらのことでもある。この家にいるみんなのことだし、家の外にいるたくさんの人のことでもある。ユースタスが愉快になりたいと思うと、俺たちは不愉快な目にあわせてしまう。ひとりきりになりたいときには、ちょっかいを出す。友達を見つけたいと思っていたのに、十五年間友達は現われなかった。そんなときにおいらが現われたのに、最初の晩に、このおいらが――ユースタスと同じように森へ行って何かが分かったことのあるこのおいらが――裏切ってあなたたちに引き渡してしまって、家に閉じ込めて殺してしまう。でも、おいらに、何ができるっていうんだろう?」

「まあ、君、落ち着いて、あわてずに」と私は言った。

「いや、きっと死ぬんだ。狭い部屋に一晩中いて、朝になったら死んでるんだ。きっとそうなんだ」

「さあ、もうそのくらいにして。私がずっとついているから」サンドバッチ氏が言った。

「フィロメーナ・ジュスティは、一晩中カテリーナといっしょにいた。でもカテリーナは朝になったら死んでた。おいらが一生懸命に頼んで、お願いだからと言って、怒鳴り散らして、ドアを叩いて、壁をよじのぼったのに、外に出そうとしなかった。何も分かっちゃいない阿呆《あほう》ばかりだから、おいらがかどわかすんだろうと思ったんだ。それで、朝になったら死んでた」

「何のことです、これ?」私はシニョーラ・スカフェッティに尋ねた。

「話というのは広まるものですけど、よりによってこの子が言いふらすとは」

「だのに、おいらは生きてる。それというのも、おいらには親もなければ親戚もない。友達もいないから、最初の晩がやってきたとき、森のなかを駆けまわったり、岩にのぼったり、川に飛びこんだり、思う存分やりたいことができたからなんだ!」

そのとき、ユースタスの部屋で叫び声がした。かすかだが途切れることのない、静寂の森にいる者の耳に届いてくる、遠い風の音に似た声だった。

「ありゃ、カテリーナが最後に上げた声だ。カテリーナの部屋の窓にぶら下がっていたんだけど、そのおいらを素通りして外に消えたんだ」

ジェナーロはそう言って、私が与えた十リラ札を握りしめた手を挙げ、ユースタスがいま上の部屋で死にかかっているというので、サンドバッチ氏とレイランド、それに私と運命を、厳粛な声で呪った。南国の人間の心はそんな風に働くものなのである。

私は今も信じて疑わないが、もしあのとき、言語に絶する愚者レイランドがランプを肘《ひじ》に引っかけて倒さなかったとしたら、ジェナーロはそこから一歩も動かなかっただろう。そのランプというのは、私がシニョーラ・スカフェッティに特別に頼んで、危険な普通のランプと取り替えてもらった特許つきのランプで、倒れると自然に火が消えるようにできていた。当然にもそのランプは消えたが、明から暗へのこの物理的な変化が、誰の目にも明らかな論理と理性の声よりも、ジェナーロの無知な動物的本性に対して大きな力をふるったのである。

見えたというより、ジェナーロが部屋から出ていった気配が感じられたので、私はサンドバッチ氏に、「ユースタスの部屋の鍵はポケットに入れてあるのか」と大声で尋ねた。しかし、サンドバッチ氏とレイランドはお互いをジェナーロだと思って床の上で格闘していたから、貴重な時間がマッチを探すためにまた失われてしまった。サンドバッチ氏はようやく、ロビンソン嬢がユースタスに会いたいと思ったときのために鍵はドアに差し込んである、と言った。そのとき階段で物音がした。ジェナーロがユースタスを抱きかかえ、階下に降りようとしているのだった。

私たちが部屋から飛び出して道をふさぐと、彼らは気落ちして上の踊り場に引き返した。

「さあ、捕まえた」シニョーラ・スカフェッティが大声で言った。「他に逃げ道はないわよ」

私たちは用心をしながら階段を上がっていった。私の妻の部屋からおそろしい悲鳴が聞こえてきた。その直後、アスファルトの小径にドサッという音をたてて何かが落ちた。妻の部屋の窓から飛び降りたのである。

ようやくテラスにたどり着いたとき、庭の壁の欄干をユースタスが飛び越えるのが見えた。今度こそ死んでしまうに違いない。私はそう確信したが、ユースタスは、白い蛾のように一本のオリーブの木にとまると、そこから滑るように地面に飛び移った。

素足が土塊《つちくれ》に触れるやいなや、人間の喉から出たとはとうてい信じられない、不思議で大きな叫び声をあげたユースタスは、下の木々のかげのなかに消えてしまった。

「やっと理解できた。そして、救われたんだ」大きな声は、アスファルトの小径にまだ坐っているジェナーロのものだった。「ほら、死ぬ代わりに、生きるんだ」

「そうして君は、十リラをもらう代わりに、放棄するってわけだ」私は言い返した。彼の芝居がかった台詞にはもう我慢がならなかった。

「十リラはおいらのもんだ」ほとんど聞こえないような声でジェナーロは言い、不正所得をかばうように拳を胸の上に置いた。すると彼の上体が前にかたむき、小径の上にうつ伏せに倒れてしまった。手足を骨折したわけではないし、衝撃が大きかったわけでもない。そのぐらいのことでイギリス人なら死にはしなかっただろうが、憐れなイタリア人にはスタミナがない。内臓に故障が生じたせいで、ジェナーロは死んだのである。

夜明けまでにはまだかなり間《ま》があったが、朝風が吹いていて、薔薇の葉が、家のなかに運び込まれる死体の上に降りかかった。ジェナーロの死体を見たシニョーラ・スカフェッティは悲鳴をあげた。はるか彼方の海に通じる谷間には、まだ逃亡する少年の喚声と哄笑が鳴りひびいていた。

シレーヌの話　*The Story of the Siren*

「理神論論争」〔十八世紀前半に起こった宇宙創造者の本質をめぐる論争〕に関する私の帳面《ノート・ブック》が地中海の海に沈んでいった光景ほど、美しい光景に出会ったことはほとんどなかった。その帳面は、一枚の黒い石板のような姿で水に飛び込み、やがて開いて薄緑色のページを顕《あらわ》し、震えながら青色のなかに溶けた。ある瞬間には消え、あるときは魔法の一本のゴムのように伸びて永遠に届き、今度はまた本に戻った。しかしそれは、あらゆる知識の詰まった本よりも大きな本だった。その本は、海の底に近づくにつれていっそう幻想性を増した。海底はその本を歓迎し、ぷっと砂を吹きつけて見えなくしたが、再びまっとうな姿で視界に戻した。見えない手がページをめくるとき、上向きに横たわった体が小刻みに震えたけれど――。

「とても残念だわね」と叔母が言った。「ホテルにいる間に仕事は終わらないわね。終わっていたら自由に楽しめたでしょうし、こんなことも起こらなかったでしょうに」

「豊かで不思議なものに変身するでしょうな」と囀《さえず》るような声で牧師が言った。彼の妹は、「だって、水の中に落っこちちゃったのよ！」と言った。船頭たちはというと、一人は笑い、もう一人は無言のまま服を脱ぎ始めた。

「何てこった。あいつ頭がおかしいのかな?」と大佐が言った。

「そうね、でも、お礼を言ってちょうだい」と叔母が言った。「つまりね、ありがたいけど、別の機会にしてちょうだい、って」

「だけど、僕は取り戻したいんです」と私は苦言を呈した。「あれは特別研究員《フェロー》になるための論文なんです。別の機会なんて、間に合いませんよ」

「思いついたんだけど」と、ある女性がパラソルの蔭から言った。「この自然児に本を取りに潜らせておいて、私たちは他の洞窟《グロット》へ行きましょうよ。この岩か中の岩棚に降ろしてやって、戻ってきたときに乗せてあげれば、それで用が足りるわ」

私にもそれは良い着想のように思えたが、私もボートを軽くするために後に残ると言って修正を加えた。そういうわけで二人は、小さな洞窟の外の、陽を浴びた巨岩の上に降り立った。その岩は洞窟内の和声の護衛役を務めていた。調和のとれたその和声は、清らかさのエッセンス——地《じ》のものが濾過《ろか》されて崇高になったもの、あらゆる海が集まって光を発するようになったもの——なのだが、ここではかりに青い和声と呼ぶことにする。カプリ島の「青の洞窟《ブルー・グロット》」は、ただその洞窟よりも青い水を多量に集めているというだけで、その青がより深いというわけではない。その洞窟の水の色とそのエッセンスは、陽が射し込み、海が流れ込むことのできる全ての地中海の洞窟に残された遺産なのである。

ボートが行ってしまうと、私はすぐに、傾斜した岩の上に見ず知らずのシチリアの人間と一緒にいるようにさせたのは無分別極まりないことだったと悟った。急に勢いづいて、男は私の腕を摑んで言った。「洞窟の果てまで行こうぜ。きれいなのを見せてやるから」

男は、私をその岩から岩棚に跳《と》び移らせた。目のくらむような海の裂け目が下に見えた。明るい場所から引き離された私は、気がつくと粉をまぶしたトルコ石のような砂の小さな浜に立っていた。男はそこに自分の服を置き、ひとりで素早く洞窟の入り口の岩の天辺に戻った。一瞬きらきら光る陽を身に受けた裸身の男は、本が沈んだところに目をやると、胸の上で十字を切り、両腕を空に差し出すようにして飛びこんだ。

本が素晴らしかったとしても、その男の素晴らしさの方は筆舌に尽しがたいほどだった。彼から受ける感じは銀の彫像のそれだったが、その彫像は海のなかで生きていて、そこから青と緑色の命がどくどくと流れ出す。限りない幸福と限りない叡智――それが深淵から浮かび上がり、水を滴《したた》らせ、「理神論論争」の帳面を咥《くわ》えて出現する。そんなことは、およそあり得べくもないことだった。

海に潜る人間は、普通褒美の金を期待している。いくら与《や》っても、必ずもっと呉《く》れという。こんなに美しくて寂しい場所で値段の交渉などをする気にはなれない。だから、彼が何気ない口調で「こんな場所ならシレーヌに会うかもしれない」と言ったときには救われた気がした。

彼がその場の雰囲気に溶けこんでいたので私は嬉《うれ》しかった。私たち二人は、現実という名のあらゆる凡庸なものごとから引き離され、魔術の世界に置き去りにされていたのだった。床は海で、壁と石の屋根が海からの照り返しで震える青の世界――、そこでは幻想的なもののみが許容される。そういう想いから、「僕は簡単にシレーヌに会えるかもしれない」と私は答えた。

服を着ながら、彼は不思議そうに私を見つめた。私は砂浜に坐ってベタベタした帳面のページをめくっていた。

とうとう彼は口を開いた。「ああ、君は去年出た小さな本を読んだのかもしれないな。おれたちのシレーヌが外国人を喜ばすなんて、そんなことは思いもつかなかっただろうに！」

（私は後になってその本を読んだ。若者の版画とシレーヌの歌は載っていたが、そこに書かれていた説明は、別に不思議なことでもないが、不完全なものだった）

「シレーヌはこの青い海から出てくるんだよね。そして入り口の岩に坐って髪をとくんだ」私は試しに言ってみた。

もっと話をさせたかった。急に真面目そうになったのが不思議だったし、彼の最後の言葉には皮肉が込められていて、そのため私は戸惑っていたからだ。

「君、シレーヌを見たことある？」彼が尋ねた。

「再三再四さ」

「俺は一度も」

「だけど、歌は聞いただろう？」

上着を着終わった男はせっかちに言った。「海の下でどうやって歌えるんだ？　誰にもできやしないさ。ときどきやってみるけど、出てくるのは大きな泡ばっかし」

「シレーヌは岩の上に上がるべきなんだ」

「どうやって上がれるというんだ？」彼は本当に腹を立てて大声で言った。「坊さんたちが空気を清めてるから、空気は吸えないし、岩も清めてるから岩の上には坐れない。だけど誰も海は清められない。大きすぎるし、いつも動いてるからな。だから海に棲んでるんだ」

私は何も言わなかった。

怒鳴ったあと、彼は優しい顔つきになった。何か気がかりなことがあるとでもいうように私を見ると、洞窟を出て入り口の岩のところへ行って永遠の青を見つめた。私たちの黄昏《たそがれ》の世界に戻ってきたときには、「一般的にね、善い人だけがシレーヌに会えるんだ」と言った。

私は黙っていた。しばらく間をおいて彼は続けた。「そりゃあ実に奇妙な話だよな。

坊さんにもどうやって説明すればいいか分からない。だってシレーヌは悪者にきまってるもんな。断食をしてミサに行く人間だけが危ない日にあうんじゃない。その日その日をただ善良に暮らしてる人間だって危ないんだ。この村じゃ、俺たちの世代とその前の世代の人間で、彼女を見た者はだれもいやしない。別に驚きはしないけどな。だって、俺たちはみんな海に入る前に十字を切るんだもんな。だけどそれも必要ないんだ。ジュゼッペはたいていの奴らより安全だと、俺たちは思ってた。俺たち、ジュゼッペが好きだったし、ジュゼッペも好きな奴がたくさんいた。でもそれは良い人間というのとは別のこった」

私はジュゼッペとは何者なのかと尋ねた。

「あの日——俺は十七歳で、兄貴は二十歳。俺よりもずっと逞《たくま》しい男だった。あの年は観光客が初めてやってきた年で、それで景気が良くなり、村はすっかり変わってしまった。なかでもやたらと家柄の良いイギリスの女の人がやってきて、この土地のことを本にしたんだ。「改良企業連盟」ができたのはあの人のせいで、そいつがもうすぐケーブル鉄道で駅とホテルを繋《つな》げるってわけさ」

「こんなところでその女性の話なんかするなよ」と私は言った。

「あの日、俺たちはあの人と友達数人を色んな洞窟に連れて行ったんだ。崖の下に近づいたとき、例の調子で手を伸ばして小さな蟹《かに》をつかまえ、爪をもいで彼らにやった。珍品というわけだ。女の人たちはうめき声を上げたけれど、男の人は満足して金を差し出した。うぶだったからな、断ったんだよ。喜んでいただければそれで充分です！　と言って、ね。ジュゼッペは後ろで舟を漕いでたんだが、ひどく腹を立てて、腕を伸ばして俺の口を殴った。それで歯が唇を破って、血が出た。殴り返そうとしたけど、あのすばしっこさは俺の比じゃない。振り返った瞬間にはもう脇の下に蹴《け》りが入ってた。だからちょっとのあいだ俺には櫓を漕ぐことさえできなかった。女の人らは大騒ぎで、後から聞いたんだが、俺を兄貴から引き離して給仕にする気でいたらしい。とにかくそうはならなかったけど。

「俺たちが洞窟に着いたとき——これじゃなくてもっと大きな洞窟だった——その男の人は誰かを潜らせて金を取ってこさせようと躍起《やっき》になってた。例によってご婦人連中も賛成したが、ジュゼッペには俺たちが海に潜ると外国人がどんなに喜ぶかが分かってたんで、銀貨じゃなきゃ絶対に潜らないって言ったんだ。それで、男の人が二リラ銀貨を投げ込んだって寸法さ。

「跳びこむ前に、俺が我慢できずに傷口を押さえて泣いているのを見た兄貴は、アハハと笑ってた。『今度に限ってシレーヌに会うことなんかないよな！』と言うと、十字を切らずに身をひるがえして飛びこんだ。そうしてシレーヌに会ったんだ」

彼が話を中断したので、私は煙草を差し出した。黄金に輝く入り口の岩と震えている洞窟の壁面、巨大なあぶくがひっきりなしに湧き上がってくる魔法の海を、私は見つめた。

　やっと彼は、まだ火のついている吸い殻をさざなみに捨て、私の方に向きなおって言った。「兄貴はコインを持たずに上がってきた。俺たちはボートに引き上げたけど、あんまり大きいんでボートに入りきらないぐらいだった。それにものすごく濡れてたもんだから、服も着せられなかった。あんなに濡れた男は見たことがなかったな。帰りは俺と男の人がボートを漕ぎ、ジュゼッペの体をずた袋でくるんで舳先にもたれかけさせたんだ」

「つまり、溺れたってこと?」それが正解だと思って私はつぶやいた。

「溺れてなんかいないさ」腹を立てて彼は叫んだ。「言っただろ。シレーヌを見たんだよ」

　私はまた口を噤んだ。

「ベッドに寝かせたよ。ひどい病気に罹ってたわけじゃないけど。医者が来て、金を払って、坊さんが来て、聖水を振りかけた。だけど、何の効き目もなかった。兄貴は大きすぎたんだ——海の一部分みたいに。兄貴は聖ビアッジョ〔喉の病を癒すと信じられた聖人〕の親指の骨にキスしたけど、夜になるまで乾かなかったな、あの骨は」

「どんな人だったんだい、君の兄さんは?」私は思いきって訊《き》いてみた。

「シレーヌを見た人間は、みんな似たり寄ったりさ。「何度も何度も」見たっていうのに、何で知らないんだ？　不幸、不幸だよ。みんな分かっちゃったからさ。生きてるものはみんな兄貴を不幸にしたんだ。死んでしまうって分かってからな。したいことと言えば、眠ることだけだった」

私は帳面を覗きこんだ。

「ぜんぜん働かなかったな。食べるのを忘れたし、服を着たのかどうかも忘れた。だから仕事がみんな俺に回ってきて、妹はどっかの下女になるしかなかった。乞食にしようと思ったけど、あんまり恰幅《かっぷく》が良すぎるんで施しをする気にもならない。うすのろにしては、目つきがしっかりしすぎてる。街中でよく突っ立って、往来の連中を見てたけど、見れば見るほど悲しくなってた。どっかで子供が生まれると、両手で顔を蔽《おお》ったもんだ。誰かが結婚しようものなら——手がつけられなかった。新婚さんが教会から出てくると、すぐに脅しにかかった。そんな兄貴が結婚するなんて、誰もが耳を疑っただろうな。原因は俺にあるんだ。ラグーサに住んでる娘が「海水浴をしていて気が違った」っていう記事を、俺が声を出して読んでたら、ジュゼッペは急に立ち上がった。一週間後にはその娘といっしょに家に戻ってきたんだ。

「兄貴は何も言わなかったけど、察するにまっすぐ娘の家に行き、娘の部屋に押し入って、かっさらってきたんだ。娘というのは、炭坑をもってる金持ちの娘だった。君にも怖ろしいことになったって分かるだろ。親父さんが、頭のいい弁護士を連れてやってきた。それでも、俺にどうしようもなかったように、奴らもお手上げだったな。喧嘩腰で理屈を並べたり脅したりしたけど、何もできなかった。最後にはもと来た道を引返すしかなかった。それで俺たちは何も損をしなかった——一文の金も払わずにすんだ、ってことだけど。俺たちはジュゼッペとマリアを教会に連れて行って結婚させた。いやはや、あの結婚式ときたら！　坊さんはあとでジョークのネタにはしなかったけど、出てくると餓鬼連中がてんでに石を投げ出した——娘を幸せにできるんなら俺は死んでもいいと思うけど、例によって例のごとく、どうにもしようがなかったんだ」

「それじゃあ、いっしょになって不幸だったたってこと？」

「二人は愛し合ってたよ。でも、愛と幸福は別ものなのさ。誰にでも愛情は手に入《はい》る。愛情はただだもんな。今度は俺は二人のために働かなきゃならなくなった。娘は万事につけて兄貴と同じ——どっちが喋ってるのか分からないくらいだったからな。俺は自分のボートも売り払って、今日見た例の根性の悪い老いぼれに雇われた。最悪なのは、俺たちが嫌われ出したってことだ。餓鬼が一番手——みんな奴らから始まった——それから女連中で、最後に男たち。不幸の元凶はというと——他のやつらに喋ったりしないよな？」

絶対に喋らないと私が受け合うと、彼はすぐ、誰にも見られていない者が陰でそうするように、半狂乱になって罵詈雑言《ばりぞうごん》をぶちまけ出した。彼の人生を破滅させた僧侶たちを呪って「俺たちを罠にかけやがった！」と叫び、起ち上がって青いさざなみを蹴とばした。それで波はもう砂塵の雲と見分けがつかなくなった。

私の心も揺すぶられた。ジュゼッペの話は不条理と迷信だらけだったが、それまでに私が知っていたどんな話にも増して真に迫ってきた。なぜだかは分からないが、他人《ひと》を助けたいという気持ちでいっぱいになった。――それは、あらゆる願望のなかで、最も偉大で、実り豊かな願いなのだろうと思う。しかしその願望も、しばらくするとどこかへ消えてしまった。

「娘に子供が生まれそうになったんだ。それで一巻の終わりだった。みんなが俺に言ったもんだ。「すてきな甥御《おいご》さんとやらはいつお生まれになるんですかね？　さぞや愉快で魅力的なお子さんでしょう。何しろあんなに素晴らしいご両親と来てますものね」。俺は表情を変えずに答えてやったよ。「そうだと思いますね。〈悲しみより生まれるは歓びなり〉っていいますから」ってね。奴らはおったまげて、いろんな坊さんに話しに行った。坊さんもまたびっくり仰天ってわけだ。そのうちに噂《うわさ》が広まり始めた。生まれてくる子は「反キリスト」〔キリストの再臨前に出現して終末の世を支配すると信じられたキリストの敵〕に違いないってね。でも心配ご無用。子供は生まれなかったんだから。

「老いぼれの魔女が予言し始めたけど、誰も止めなかった。そいつが言うには、ジュゼッペと娘にはものを言わない悪魔が憑《つ》いてるが、大した害はない。だけど子供の方は、喋りまくって笑いまくって邪道に導くっていうんだ。しまいには海に入ってシレーヌを連れてくる。それでみんながシレーヌを見、歌うのを聞くようになるって。シレーヌが歌い始めると、「七つの鉢」〔『黙示録』第十六章に出てくる神の怒りを盛った鉢〕が開いて、法王さまは死に、モンジベッロ〔シチリアのエトナ火山のこと〕が火を噴き、聖アガタ〔カターニアの守護聖人〕のヴェールが燃えるっていうんだ。挙句の果てには、子供とシレーヌは結婚して、いついつまでもこの世の支配者になるって。

「村中がひっくり返ったような大騒ぎさ。ホテルの持主は真っ青になったな。観光シーズンが始まったばっかしだったし。奴らは寄り集まって、子供が生まれるまでジュゼッペと娘を山の方に連れて行くことに決めて募金をやり出した。出発する前の日の夜は満月だったな。東の風が吹いてた。海岸はずっと、崖にぶつかった波が銀色の雲が湧いたように昇ってた。素晴らしい景色だったから、マリアはもう一度見なきゃあ、って言った。

「「行くんじゃない」って俺は言ったんだ。「坊さんが通ってたし、誰かもいっしょだった。ホテルの持主はあんたが人目につくのを嫌がるだろうし、そうなったら俺たちも干上がってしまう」って。

「「行きたいの。海は荒れてるけど、そんな感じはもう味わえないかもしれないもの」ってマリアは言ってたな。

「「弟の言うとおりだ。行くんじゃないぜ――誰かがついていくなら、まあ別だが」ってジュゼッペが言った。

「「あたし、ひとりで行きたいの」ってマリアは言って、ひとりで行ってしまったんだな。

「俺は二人の荷物を布で包んで、もう会えなくなると思うとつらくなって、ジュゼッペのそばへ行って坐って、腕で首を抱くと、兄貴も同じようにしたけど、そんなことは一年以上なかったことだった。そのままどのくらいじっとしてたか――。

「玄関のドアがばたっと開いて、お月さんの光と風がいっしょに飛びこんできた。子供の笑い声がして、「あの人ら、マリアを崖から突き飛ばしたよ。海のなかへ」って言ったんだ。

「俺はナイフがはいってる抽斗《ひきだし》へ駆け寄った。

「「ここへ来て坐れよ」ってジュゼッペが言ったんだ。――よりによってジュゼッペが、だ。「あの娘《こ》が死んだからって、また死人を出さなきゃならんわけじゃないだろ？」って。

「「誰の仕業《しわざ》か、見当がつくぞ。殺してやる」と俺は叫んだ。

「もう外に出かかってたが、兄貴は俺の足を掬《すく》って膝をぎゅうぎゅう圧《お》しつけると、両手を摑んで手首をひねりあげた。そんなことはジュゼッペにしか思いつかない。想像もできないぐらい痛かったな、あれは。それで気絶してしまって、目が覚めたときにはどっかへ行ってた。それっきりさ。二度と兄貴の姿を見ることはなかった」

いずれにせよ私は、ジュゼッペに対して甚だしい嫌悪感を覚えた。

「言っただろ、悪い奴だったって。兄貴がシレーヌに会うなんて、誰も思いもよらなかった」

「どうして会ったって分かるんだい？」

「「何度も何度も」会ったんじゃなくて、一度きりしか会わなかったからさ」

「兄さんが悪い奴なんなら、君はどうして好きなんだ？」

彼は初めて笑い声をあげた。それが彼の唯一の返答だった。

「それでお終いなの？」と私は尋ねた。

「娘を殺した奴を殺しはしなかったな。手首が元に戻るころには、そいつはアメリカに行ってたし、坊主を殺すわけにもゆかんからな。ジュゼッペはと言うと、ジュゼッペも世界中に行った。シレーヌに会ったことがある人間を探しにさ。男か、女なら余計にいい。子供が生まれるかもしれんものな。最後にはリヴァプールにやってきた——行きそうなところかい？——そこで咳が始まり、血を吐いて、とうとう死んじまったってわけさ。

「いま生きてる人間でシレーヌに会った者は誰もないと思うな。一つの世代で一人以上見たこともめったになかった。俺が生きてるあいだに、夫婦から例の子供が生まれるなんてことも、金輪際起きないだろうな。そうなりゃシレーヌを海から連れてきて、静けさというやつをやっつけて、世界が救われるんだ！」

「世界が救われるだって？」と私は叫んだ。「予言の最後はそれだったのかい？」

彼は岩にもたれて大きく息をしていた。青と緑の反射光のなかでも、彼の顔が赤らむのが見えた。彼の声が聞こえた。「静寂と孤独は永遠に続くもんじゃない。百年か千年は続くかもしれんが、海はもっと長く続く。シレーヌは海から出現し、そうして歌う」

私はもっと尋ねたかったが、ちょうどそのとき洞窟全体が暗くなった。狭い入り口を塞いでボートが戻ってきたのだ。

アーサー・スナッチフォールド *Arthur Snatchfold*

I

コンウェイ（リチャード・コンウェイ卿）は朝早く起きて窓辺に行き、トレヴァー・ドナルドソンの庭を眺めた。緑が多すぎた。苔むした階段が、車道から座席が芝生でできた野外円形劇場に続いている。そこに鉛筆の形をしたような樹々と花壇がたくさんある。花壇には草木性の花が植わっているが、明らかにこの週末に花をつける気配はない。鬱蒼《うっそう》と茂った緑の夏で、開花の端境期《はざかいき》に当たっていた。見るからに高くつきそうな庭師を雇っているが、盛りをすぎた気配がにじみ出た男である。円形劇場を取り囲むイチイの高い垣根は、前景があれば堂々として見えただろうが、垣根の後ろにこんもりとした森が控えているために空も見えない。むろん欠けているのは色彩なのだ。デルフィニウム、サルビア、ヒエンソウ、ヒャクニチソウ、タバコ——何でもいいから植えておけばいいのだ。男爵家の窓から身を乗りだし、お茶の合図を待ちながらコンウェイはそう考えた。芸術家でもなければ哲学者でもなかったが、食べるものがたくさんあり、話すことのほとんどない時間が待っているその日曜日の田舎の朝など、他にすることのないときには、彼は頭の体操を好んだのである。

その訪問は、景色同様、単調になりそうだった。晩餐は味気なかった。鏡のなかで微かに光を放つ自分の胡麻塩頭だけが唯一《ゆいいつ》輝かしいもののように見えた。トレヴァー・ドナルドソンの頭は貧弱だし、ドナルドソン夫人の頭は、鉄の要塞のように結《ゆ》いあげられていた。しかしコンウェイは、予期される退屈を託《かこ》ちすぎることもなかった。彼は潤沢な資源とあり余るほどの武器をもつ経験豊かな人物、まっとうな一人の人間だったからである。ドナルドソン夫婦は、彼の下位に位置している――彼らは旅行も読書もしていないし、スポーツにも恋愛にも夢中になったことがない。アルミニウムという共通の絆で結ばれた、商売の上での盟友でしかない。それでもわざわざ招待してくれたのだから、万事うまくことが運ぶようにしなければならない。「とはいえ、我々ビジネスマンには、うまくことが運ぶというのはなかなか容易なことじゃない」クロウタ鳥のくちゃくちゃ言う鳴き声、ミルク缶のカタカタ言う音、遠くから聞こえてくる電動ポンプの独り言を聞きながら、コンウェイはそう考えた。「我々は馬鹿じゃないし、教養もある。必要なときは頭を使えるし、ひどく疲れていないときにはコンサートにだって行ける。我々は――ドナルドソンでさえ――ユーモアのセンスに投資したんだものな。だが残念ながら、あんまりそういうものを楽しんでない。そうなんだ。楽しみに見限られてしまったんだ」妻が死んでからこのかた、コンウェイはますます商売に没頭するようになった。目まぐるしく頭を使った結果、とみに裕福になってきていた。

彼は贅沢だが趣きのない庭園を見た。以前よりましになった。男がひとりイチイの垣根の向うから現われていた。カナリヤ色のシャツがその場面にピッタリしていた。景色全体が燃え立った。まさにそれが欠けていたのだ——花壇ではなくて人間、しっかりした足取りで野外円形劇場を通りぬける人間が要《い》ったのだ。男が近づいてくるにつれ、コンウェイは、色彩効果ばかりでなく、男がその場面に実にふさわしい若者だということに気づいた。肩幅が広く、顔は肉感的で開放的。まぶしそうに細めた眼が陽気な気配を漂わせている。片方の腕を直角に曲げ、もう一方の腕で牛乳の缶を支えている。「おはよう。上天気ですね」と呼びかけた声は幸せそうだった。

「おはよう。上天気だね」とコンウェイも答えた。同じ歩調で歩き続けた男が左に折れ、使用人用の入り口の方向に消えると、やがて歓声が湧き上がって男を迎えた。

コンウェイは、男が同じ道を戻ってくるだろうと思って窓辺で待った。「あれはなかなか見栄えのする若者だな。あの身のこなしがいい。たぶん、馬鹿なことをする男じゃない」そう考えたのも束《つか》の間《ま》、陽は蔭り、庭園は緑の多すぎるつまらない場所に戻り、メイドがお茶のセットをもって来た。「遅くなって申し訳ありません、旦那様《サー》。牛乳を待っていたものですから」思えば若者は「旦那様《サー》」とは言わなかった。それを省いたのでコンウェイは気をよくした。「おはようございます、旦那様《サー》」が、見ず知らずの年配の男性、金持ちの顧客の家に来ている男性への自然な挨拶だった筈である。にもかかわらず若者は、元気溌溂とした声で、あたかも対等の人間に対するように「おはよう。上天気ですね」と言ったのだ。

　あの若者と声はどこへ行ったのだろう？　顧客の家を一回りし、どの家でも歓迎されたあと、おそらく、陽を浴びて金色に光るシャツを草の上に脱ぎ捨てて、水浴びをしている。腰のあたりまで日焼けした体を見せている……若者は何という名なのだろう？　地元の人間なんだろうか？　リチャード卿は服を着ながら自分にそう問いかけたが、興奮していたわけではなかった。彼は感情に流される人間ではなかったから、一日を台無しにしてしまう惧《おそ》れもなかった。幻の男に再会し、日曜日を共に過ごし、ホテルでとびっきり上等のランチをおごってやり、自動車を借りて交互に運転し、隣り町の映画館に連れていってやり、飲み過ぎて黄昏の小道を戻ってくる。そうできればそれに越したことはないが、男がそれに同意したとしても余りにも馬鹿げた夢想だった。コンウェイはトレヴァー・ドナルドソン家の客なのだから、そこらじゅうをぶらぶらするわけにはゆかない。彼は明るいグレーの服を身につけ、小走りで朝食の間に向かった。ドナルドソン夫人はすでに席についていて、娘さんたちの学校はいかがですか、と尋ねた。

　やがて主人が、揉み手をしながら「これは、これは」という言葉とともに現われた。食事が済むと、池に通じるもう一つの庭園に出て、商談が始まった。そうするつもりはなかったのだが、もう一人クリフォード・クラークという人が招待客のなかにいたので、トレヴァー・ドナルドソン、クリフォード・クラーク、リチャード・コンウェイの面々が顔を合わすと、アルミニウムの登場は避けられなかった。不良投資と誤った助言が生んだ多額損益のことを思い出すにつれ、彼らの声は重々しくなり、頭の方は縦にも横にも振れた。議論が進むうちにコンウェイは、三人のなかでは自分に一番知性があり、論点を見つけるのが一番早く、議論の進め方も一番巧みだと思った。時間は経過して行ったが、彼らはクロウタ鳥のくちゃくちゃ言う鳴き声にも、固い蕾のままのゼラニウムしか育てていない庭師の落ち度にも、テニスをしたがっている夫人連中が芝生にいることにも気づかなかった。「トレヴァー！　今日は休みの日？　それとも平日なの？」しびれを切らせたドナルドソン夫人が叫んだので、彼らは恥ずかしそうに議論を止めた。自動車がやって来た。やがて彼らは五マイル離れたゴルフコースで、休日を楽しむ人たちに混じって順番にプレイした。コンウェイはゴルフが得意で、それなりに楽しんだが、ボールが飛んで行ってしまうとすぐ、軽い失望に襲われているのに気づいた。彼らは昼どきまでプレイし、昼食を食べてコーヒーを飲み終わると、水辺に歩いて行って犬と遊んだ。ドナルドソン夫人はシーリアムテリアを何匹も飼っていたのである。かなり大勢の隣人がお茶にやってくると、高揚した気分はドナルドソンの独占物になった。彼は、自分は土地の大立者なのだと思いこんでいたから、その役回りをうまく演じてみせたかった。地域の現状や婦人のための施設、規律に基づいた教育や密猟について、長々と話が続いた。聞いていたコンウェイは、すべて馬鹿げて時代離れしていると思った。封建時代に生きているわけではないのだから、封建主義の真似をすべきではない、治安判事〔地方の郷士が無給で職に当たった〕は全員——これは声に出して言った——ちゃんとした訓練を受けて報酬を得るべきだ。育ちがよかったので、彼は気まずくならないような言い方でそう言った。

こうして日が闌《た》けていった。彼らは夕食までの時間を修道院の廃墟までドライブをして潰《つぶ》した。いったい修道院と彼らのあいだにどんな関係があるのか？　無関係。関係なし。コンウェイは、クリフォード・クラークが物悲しそうに薔薇窓を眺めているのを見たとき、彼らが全員そこにはないものを探しているような気がした。テーブルの席の空っぽの椅子、ブリッジを始めようというのに欠けている一枚のトランプのカード、ハリエニシダの藪に消えてしまったゴルフ・ボール、縫いとばしたシャツの一針や、現われない主客——。彼らは修道院をあとにして村を通りぬけ、西部劇を上映している映画館を通りすぎ、薄暗い小路を辿って屋敷に着いた。しかし男たちは誰も、「ほんとにありがとう！　なんとも愉しい一日だった！」とは言わなかった。それは翌朝、別れ際の感謝の言葉として取っておかねばならない。そのときのために言葉をすべて貯めておく必要があった。「ほんとうに楽しゅうございました、そうですとも、ほんとに素敵だったですわ」と夫人連中は囀《さえず》り、男たちは言葉では言い表せないというかのようにブツブツつぶやき、主人と女主人は、「またいらして下さいね。ぜひ、ぜひ」と大声を上げた。その何ということもない訪問は、一枚の葉が、似たり寄ったりの葉が積もった上に落ちるように、虚空のなかを落ちてゆくのであろう。しかしコンウェイは、それが特に、謂わば不毛で異常に実りのないものではなかったのではないか、手をかざしていたあの闘士は、屋敷の喫煙室で特に所望されていた食べ物を、召使いたちがいる一画へ持って行ってしまったわけではないのではなかろうか、と思った。

「そうだ、たぶんこれからだ。まだ分からないんだ」レインコートをもって階上の寝室へ向かいながら、コンウェイはそう思った。

というのも彼は、屈服したあとでぶつくさ言うような男ではなかったからである。彼は快楽というものを信じていた。自由な精神と活発な肉体の持主だったから、快楽が勇気と冷静さなしには得られないことを知っていた。ドナルドソンの一家は確かに悪くないが、それが自分の人生のすべてではない。娘たちはみな結構だが、同じことが言える。女性というものもまことによろしい。彼は女性に耽溺したが、ときには逸脱することも厭《いと》わなかったのである。目覚まし時計の針を通常の起床時間より一時間ほど早くセットし、枕の下に押し込んで眠りについたコンウェイは若返ったように見えた。

目覚まし時計は七時に鳴った。コンウェイは廊下を覗き、レインコートを着て厚いスリッパをはいて窓辺に行った。

陽射しのない静かな朝で、本当の時刻よりも早いように見えた。庭園と木々の緑には灰色の膜がかかっていた。まるで拭き取ってやらねばならないかのようだった。やがて電動ポンプが作動し始めた。コンウェイはもう一度腕時計に目をやり、階段をすべるように降り、屋敷を出て、野外円形劇場を過ぎ、イチイの生垣を通りぬけた。走ったわけではなかった。見咎められれば、言い訳をする羽目に陥《おちい》るからだった。彼は、パジャマを着たまま朝の散歩をする気になったような、風変わりな紳士に許される最大の歩幅で歩いた。

「お宅の幾何学模様の庭園をちょっと見ておこうと思いまして。朝食のあとでは時間がとれないでしょうから」——言い訳をすればそういう言葉になったであろう。むろん前の日に、庭園も森も見ていたのである。その森がいま彼の眼前に開けて陽が射しこんでいる。蕨《わらび》の茂みを突き抜ける二つの小径《こみち》があった。一方は狭く、もうひとつは広い小径である。そこで待っていると、やがて狭い方の径から牛乳の缶が音を立てて近づいて来た。コンウェイは素早い動作でその径に入った。二人はドナルドソンの領地から遠く離れたところで出会った。

「やあ！」彼は打ちとけた戸外向けの声で言った。幾種類か声をもっており、本能的にどの声がふさわしいかが分かるのだった。

「やあ！　誰かさん、早いですね！」

「君も早いじゃないか」

「俺？　俺が早くないと、牛乳はどうなるって言うんです？」牛乳配達はニタッと笑い、ふんぞり返って歩みを止めた。近くで見ると粗野な男だった。土まみれの分厚い手をした、下層階級丸出しの男である。その種の人間は、百年前なら踏みつけられて土に埋まっていただろうに、今は勢いよく飛び出して花を咲かせ、何もまったく怖いものがないのだ。

「朝の牛乳配達ってわけだな？」

「そうみたいだね」明らかに軽口をたたくつもりなのだ――ぶきっちょな冗談だが、それにピッタリの口から出ると面白いものになる。「まあ、夕方に配達はしないし、肉屋でもなければ八百屋でもない。炭鉱夫でもないんだからな」

「この辺に住んでるの？」

「そうかもしれないけど、そうじゃないかも。そこらじゅうでゴロゴロしてるかも」

「きっとこの辺に家があるんだ」

「だったら、どうだっていうのさ？」

「だったら、そうなのさ。そうでなきゃ、そうでないのさ」

この間の抜けた答えは大受けに受け、男は体を折り曲げんばかりに笑った。「そうでなきゃ、そうでない、って！　へえー、面白い人だな。うまいこと言うじゃない。そうでなきゃ、そうでない、か！　パジャマ姿で歩き回ってると、あんた風邪《かぜ》ひくよ。それで一巻の終りってわけだ。ホテルに泊まってるんだろ？」

「いや、ドナルドソンとこだ。昨日見かけただろう」

「ああ、ドナルドソンとこ、か。二階の窓のとこにいた爺《じじい》だな」

「爺ねえ……なるほど。君の爺になってやるよ」そう言ってコンウェイは、生意気な男の鼻をつまもうとした。男はそういうことには慣れているらしく、巧みに身をかわした。もっとうまくやれば、おそらく若者は、半ばふざけ半分に、半ばサービス精神から、どんなことも拒まないだろう。「ところで、だ……」コンウェイはシャツの生地に関心があるかのように、若者のシャツに触った。

「何を言おうとしてたんだっけ？」と言いながら、喉元のチャックを下に引っぱった。だいぶ見えるようになった。「ああ、思い出した——君の配達、いつ終わるんだい？」

「十一時ごろだな。なんで？」

「何故でもいいじゃないか」

「十一時かそこいら。でも、晩のな。ハハハ。分かったかい。晩の十一時。なんでそんなことまで訊くんだ？　赤の他人じゃないのか、俺ら？」

「歳はいくつなの？」

「九十で、あんたと同じ」

「所番地は？」

「ほら、また！ でも、気に入ったよ。駄目だ、って言ってるのに訊くの」

「女の子はいるの？ パイント〔約五百cc〕って聞いたことある？ 二パイントってのは？」

「阿保《あほ》らし。失《う》せやがれ、だ」それでも若者は、伸びてきた指が肘から手首をまさぐるに任せ、牛乳の缶を下に降ろした。この若者は面白がっている。うっとりしている。釣り針に食いついたのだ。もうちょっとで陸に上がってくる。

「あっちの方も、行けそうな口だね」初老の男は囁《ささや》いた。

「止めろよ……。分かったから。いっしょに行くよ」

コンウェイは有頂天だった。こんな風に、まさにこんな風にして人生のちょっとした快楽というものが得られるのだ。二人は、恋人には叶わない正確さでお互いを理解したのだった。コンウェイは、鎖骨《さこつ》の上の温かい肌に顔を埋《うず》め、両手で尻をまさぐった。ほどなく、実に巧みな計画が功を奏して悦楽が終わった。それは過去の一部になった。似通った花の上に、一本の花が落ちたのである。

「だいじょうぶかい？」という声がした。それもまた過去の一部だった。彼らは森の奥深く、羊歯《しだ》の丈が一番高いところに横たわっていた。彼は答えなかった。そんな風に寝そべって、蕨の葉ごしに木の梢と青い空を見ながら、得も言われぬ快楽が引いていくのを感じるのが心地よかった。

「あれが望みだったんだろう？」片肘をついて、若者は気づかわしげに見おろしながら言った。荒々しさや生意気なところは、すべて消え失せていた。若者はただ、うまくいったかどうかが気がかりだった。

「そう……。素敵だった」

「素敵？　素敵って言うの？」にっこりと微笑んだ若者は、腹部をやさしく相手に圧しつけた。

「良《い》い子で、良《い》いシャツだ。何もかも良《い》い」

「ほんとに？」

コンウェイは、ましな部類の若者が往々にしてそうであるように、その若者も自惚《うぬぼ》れ屋なのだろうと思い、喜ばせるために世辞を並べ立てた。美貌を褒め、鞭のような強靭さを褒めた。褒める点はたくさんあった。褒めるのも好きだったし、大きな顔いっぱいに笑いが広がるのも、重い体の重量を感じるのも好きだった。その世辞には皮肉なところはなかった。彼は心底素晴らしいと思い、満足していた。

「じゃあ、愉しかったってわけ？」

「そりゃ、そうさ」

「昨日《きのう》声をかけてくれりゃよかったのに」

「どうやればいいか、分からなかったんだ」

「俺が泳いでるとこ。あそこで会えたかもしれないのにな。そしたら服を脱がせるのも楽しかっただろうに。でも、贅沢は言えないな」若者は手を貸してコンウェイを起き上がらせ、昔からの友人のようにレインコートについた塵《ごみ》を払った。「これじゃ、七年の刑を食らうんだよな？」

「七年じゃないけど、ひどいことになるだろうね。だけど、狂気の沙汰《さた》だよね？　私と君が構わないって言ってるんだから、他人の知ったこっちゃないよね」

「たぶんあの連中は、何かしてないと気が済まないんだぜ」そう言って若者は、牛乳の缶を取りあげて配達に出ようとした。

「ちょっと待って――君、これで何かの足しにしてくれないか」コンウェイは、必要になるかもしれないと思って持って来た紙幣を差し出した。

「そんなもののためにやったんじゃないぜ」

「そりゃあよく分かってる」

「俺たち……両方とも悪人だぜ。いいから……しまっとけよ」

「受け取ってくれるとありがたいんだが。たぶん私の方が金回りはいいし、役に立つかもしれん。恋人を誘うとか、そう、新しいスーツをあつらえるとか。だけど、むろん君自身のために使うんだよ」

「本気で呉れるっていうの？」

「本気さ」

「それじゃあ。きっと使い道が見つかるさ。だけど、あんたみたいにいい人ばかりじゃないんだよな」

コンウェイは、褒められたお返しに何か言えればいいのにと思った。若者との情事は取るに足らない粗野なものだったが、二人の振舞いに非の打ちどころはなかった。彼らが二度と顔を合わすことはないであろう。名前も告げずに終わったのだった。心のこもった握手をしたあと、若者は身を翻して小径に去った。陽と影が、若者の背に落ちていた。振り返りはしなかったが、若者はバランスをとりながら横に投げ出した腕を振り、それと分かる別れの挨拶をした。輝くようなその姿に緑が覆いかぶさり、径は折れて、若者はもう見えなくなった。若者は元の生活に戻った。朝のしじまに、女中たちに声をかける若者の笑い声が沁みとおった。

コンウェイも、手筈通りしばらくその場にとどまったのち屋敷に向かった。依然として彼は幸運だった。野外円形劇場のある庭園でも、階段でも、誰にも会わなかった。部屋に戻って一分ほどのちに、女中が早朝のコーヒーを持って来た。「申し訳ありません、旦那様。また牛乳が遅くなったものですから」と女中は言った。コーヒーは美味かった。入浴をし、髭を剃り、ロンドンに出る身支度をした。階段を早足で降りるとき、鏡に金融街に勤める幹部職員の姿が映っていた。朝食が終わると、駅まで行く自動車が来た。「常にない愉しい週末を過ごさせていただきました」と、コンウェイは本心からトレヴアー・ドナルドソン夫妻に言った。彼らはその言葉を信じ、顔を輝かせた。「またお越しください。きっとですよ」自動車が動き出すと彼らは大声で言った。汽車のなかで、コンウェイはいつもほど長く新聞を読まず、常になくひとりで微笑んでいた。まったく面識のない人間を完璧に見抜いたこと、肌触りのような細部に至るまで予期に違《たが》わなかったことが、彼には愉快でたまらなかった。虚栄心をくすぐられ、新しい力が湧いてくるのを感じた。

II

数週間のあいだはトレヴァー・ドナルドソンに会うことがなかった。その後、会員になっているクラブで、商談と軽い昼食を兼ねてドナルドソンに会った。やむを得ない事情のため、彼らは以前ほど親密ではなくなっていた。金融界が再編された結果、彼らの利害は相反するものとなり、一方がアルミニウムで利益を上げると、他方は損失を被るようになった。そのため彼らの面談は腹の探り合いに変わった。弱い立場に置かれているドナルドソンは疲れを覚え、不安に襲われた。知っている限りでは過ちを犯すこともなかったが、意識しない過失のために、貧窮度が増し、田舎の地所を手放す羽目になるかもしれなかった。ドナルドソンは、招いてくれた相手を敵意のある眼で見、何か打撃を与えてやればいいのにと思った。リチャード卿はそれに気づいたが、対抗心は抱かなかった。一つには自分が勝ちそうだということが分かっていたからであり、また一つには憎しみというものには関心がなかったからだった。その日が一緒に過ごす最後の機会になるかもしれなかったが、彼は持ち前の人当たりの良さを発揮した。昼食のあいだに、ドナルドソンがどの程度現在の苦境に気づいているかを探り出したくもあった。クリフォード・クラークには（彼の側の人間だが）それができなかった。

クロークルームに行ったあと、化粧室で並んで手を洗うと、彼らは場所を移して小さなテーブルに向い合って坐った。長い部屋には何組かの同じ初老の男たちが席につき、飲食をしながら小声で話したり、ウエイターに指図したりしていた。ドナルドソン夫人と若いコンウェイ嬢の近況を尋ね合ったあとに、ゴルフにまつわる愉快な話が出た。ドナルドソンは急に声の調子を変えて言った。「君はいつもゴルフの話をするが、今日日《きょうび》ゴルフの一番の長所は、事実上どこでもプレイできるってことだね。自家《うち》のコースは片田舎のコースにしてはよくできてると思っていたが、ありゃあまったく平均以下だな。二人ともどうも失望することになったよ。なにせゴルフができるからっていうんであそこに落ちついたんだからな。事実は、田舎は第一印象とは違うってことなんだな」

「よく聞くね、そういう話」

「家内はむろん気に入ってはいる。シーリアムテリアを何匹も飼ってるし、花もあるし、地元の慈善活動もしてる――もっとも最近は「慈善」っていう言葉は使ってはいけないっていうけど。何でなのか、まったく見当がつかない。いい言葉だと思うけどね。「女性協会」の主催者なんだが、それも協会が同意すればの話でね。いいかい、コンウェイ、近頃の村の女たちときた日にゃあ、実にあっけらかんとしてるんだ。想像を絶するよ。ドナルドソン夫人を当然毎年会長に選びましょうってことにはならない。家内は交代で会長に選ばれるんだが、その交代の相手というのが小百姓の連れ合いなんだから」

「ああ、それが時代精神ってやつさ。あれやこれやでそいつに憑《つ》かれてしまうんだ。例えば私の会社の社員なども、私に以前のような敬意は払わないね」

「だけど、きっと以前よりも仕事はよくできる」と、ドナルドソンは滅入ったように言った。

「いや、そうでもないが、たぶん人間の出来はよくなってるんだろうな」

「ことによると、「女性協会」のご婦人方もいま向上中なのかもしれんが、家内は疑問に思ってるな。むろん自家《うち》の村は運が悪い。あんな嘆かわしいホテルが建ったんだから。悪影響、限りなしさ。最近あのホテルをめぐって異様な裁判沙汰が起こったし」

「ありゃ、けばけばしすぎる――あれじゃあ、いかがわしい連中の目にとまってしまう」

「それに、ブリキ缶処理の問題で地方議会とごたごたが起きたんだ。もうひとつの揉め事は――これにはまったく気がおかしくなったが――教会の牧場の通行権ってやつでね。すんでのところで堪忍袋の緒を切らすとこだった。正直、田舎に落ちついて、地元の役に立とうなどと思ったのが賢明だったかどうか、疑問に思うことがある。感謝もされてない。歓迎もされてないんだ」

「まったく同感だよ、ドナルドソン。当方はだ、君のとこのように景色の良いところにせよ、よしんば金に余裕があったとしてもだ、田舎に屋敷を構えようと思ったことなど一度もない。ロンドンの賄《まかな》いつきマンションで済ませて、娘たちに休日を過ごさせるために田舎には小さな家具付きの一軒家を持ってるがね。娘たちが学校を了《お》えたら、一緒に外国に連れてってやったり、外国で暮らさせるようにするだろうな。純粋無垢のイギリスなんぞは信じてないからね。イギリス人もときにはいいなあって思うけど。上に行ってコーヒーを飲まないかい?」

コンウェイはきびきびした足取りで階段をのぼった。目当てのものが見つかったからだった。ドナルドソンは、貧しくなったと感じているのだ。革製の低い肘掛け椅子にドナルドソンを坐らせると、ドナルドソンが瞑目するように目を閉じるのを見た。そういうことなのだ。ドナルドソンは「しがない屋敷」が維持できないと感じ、手放したときに誰も驚かないようにというので、こき下ろしているのだ。商談の方が終わったいま、一点だけ蒸し返すに値する面白い話題があった。地元のホテルをめぐる「異様な裁判沙汰」がそれだった。

尋ねられて、ドナルドソンは目を開けた。食用エビのように赤らんだ眼になっていた。

「あの事件はだな、ほんとに、まったく」とドナルドソンは言った。「むろん、ああいうものがあることは知ってたがね。私も初心《うぶ》な人間だから、ピカデリー〔ロンドンの歓楽街〕に限られてると思ってた。それが、辿っていけばあのホテルに行きついたんだな。ホテルの女主人は恐慌を来たしたってわけだ。今後は起きないと思うがね。男同士の猥褻《わいせつ》行為さ」

「へえー、そりゃ驚きだ！」コンウェイは冷静な声で言った。「ホワイト〔牛乳入り〕、ブラック？」

「ホワイトで頼むよ。面倒だけど。ストレートが好きなのに、今はホワイトじゃなきゃいかん。つまりだな、ホテルの客がだな――バーがあって、クリケットのあとで、村の住人が、あの教会のそばの感じのいい昔からのパブより洒落てると思って出入りしてたんだ――藁ぶきのパブ、憶えてるだろ。村の住人というのはひどい俗物でね――それにも失望させられたけれど。とにかくそのバーに悪い評判が立ってね、ある種の悪事が特に週末に行なわれてるっていう――。それで誰かが警察に通報し、見張りがついて、その結果がこのとんでもない事件さ……。ほんとに、まったく、信じられなかった。牛乳はちょっとだけでな、コンウェイ、ほんのちょっとだけ。ストレートで飲むのは禁止されてるんだ」

「気の毒なこったな。リキュールでもどうだい？」

「いや、それも駄目だっていうんだ。特に昼食のあとじゃ」

「まあ、いいじゃないか。取り給え——君がやるんなら、私もやるから。ボーイさん、コニャックのダブルを二つ」

「聞こえなかったよ。もういいから」

コンウェイはボーイに聞こえてほしくもなかった。ただ、部屋から出てしばらく一人になる口実がほしかった。突然、あの牛乳配達がいざこざに巻き込まれていなかったのかどうか不安になったからだった。彼のことを思ったことはほとんどなかった。あのとき以来、コンウェイは実に充実した生活を送ってきた。その満ち足りた生活は洗練されたある女性との不倫の賜物でもあり、その関係はいっそう密度の濃いものになっていたが、あの若者ほどまともで真っ正直で、ある特別な点で肉体的に魅力のある者は望むべくもなかった。それはちょっとした素敵な冒険、生き生きとした事件であり、その別離もまた完璧だった。あの若者が憂き目を見たのだとしたら！　それは泣きたくなるほど惨めな事態だった。コンウェイは祈りに似た言葉を捧げ、コニャックを注文すると、いつものきびきびした足取りで席に戻った。ぴったりと合うルネサンスの鎧をつけて「それで、結局ホテルの一件はどうなったんだい？」と尋ねた。

「裁判にかけたよ」

「えっ！　そんなにひどかったのかい？」

「そうだな、そう思ったからね。六人ほど悪いやつが関与していたんだが、捕まえたのはたった一人だった。そいつの母親というのが、なんともはや「女性協会」の会長と来てる。しかも辞任するほどまともな女ではないというわけさ。いいかいコンウェイ、あの連中は、私などとは人間が違うんだ。私は同じだっていう風に見えるようにしてるけど、ほんとうは違う人間なんだ。それですっかり幻滅したし、例の通行権の問題もあってね、来年には引き払って、言うところの田舎にしたい放題させようと腹を固めてるんだ。まったく腐りきってる。裁判でその男はあんまりひどい印象を与えてね。私らは、最大限の刑罰という六ヶ月は短かすぎると思った。しかも胸糞が悪いことには、みんな金のためだった――金が唯一《ゆいいつ》の動機だったんだよ」

コンウェイは安堵の胸を撫で下ろした。あの友人ではありえない、あんなに欲のない……。

「それにもうひとつ不愉快なのは――少なくても私にとっては、ね――男が始終、客を私の地所に引っぱりこんでたっていうことなんだ」

「そりゃあ、いかにも腹が立つ！」

「都合が良かったんだよ。他にどんな理由がある？　自家《うち》には小さい森があって――君は見てないよね——それがホテルまで続いてる。だから容易に連れ込めたわけだ。小さな径がついててね——家内が特に好きだった径で、春にはブルーベルがたくさん咲くんだが——そこで現場を押さえられたって寸法さ。私が引き払おうっていう気になったのも分かるよね」

「誰が捕まえたんだい？」ボーイがコニャックを持って来ていた。コンウェイはグラスを持ち上げ、陽にかざしながら尋ねた。

「地元の巡査さ。いつも目を光らせてる珍しいのがいてね。ときどきへまをやらかすけど——今回もそうだったけど——たしかによく見てる。別の公共の小径を歩いて来ててね。蕨の茂み越しに明るい黄色のシャツが見えた——うっ！　気をつけなきゃ！」

「うっ！」と言わせたのはコンウェイがこぼしたブランデーの滴だった。ああ、もう疑いの余地はなかった。気が滅入ってきたし、かなり後ろめたくもあった。偶然の出会いがうまくいったので、あの森を密会の場所に決めたにちがいない。世の中というのは、なんと馬鹿らしくて残酷なのだろう。しかも自分はそれを黙認し、助長しているのだ。陽気で害のないあの若者が、傷を負って破滅する……そう思うと惨めでならなかった。すべてが無用の長物、無い方がましなものばかりだ——あんなに自慢にしていたシャツが災いするとは……。コンウェイはあまり動揺する質《たち》の人間ではなかったが、今回は甚だしい悔恨と、同情の念に見舞われた。

「シャツを見た巡査は、すぐに誰だか気づいたんだ。その男を監視する特別な理由があったからね。それで、見つけた、やったぞ、っていうわけだが、相手の男は取り逃がしてしまった。その場ですぐに取り押さえればよかったのにね。思うに、本当にびっくりして、我とわが目が信じられなかったんだろう。一つには、あんまり早い時刻だったから――まだ朝の七時にもなってなかった」

「妙な時間だ！」とコンウェイは言って、グラスを置き、膝の上で手を組んだ。

「二人がいかがわしい行為を終えてだな、起《た》ちあがるところを目撃したんだ。金の遣り取りも見たんだが、その場で突進せずに、巧妙な、というか全く不必要なことを考えだして、自家《うち》の近くで待ち伏せすることにした。むろん、いつでも好きなときに逮捕できたのに。まったく馬鹿げた判断ミスだよ。残念至極。捕まえたのは結局七時四十五分だった」

「それじゃあ、逮捕するだけの十分な証拠があったっていうわけ？」

「おおありさ。化学的な証拠さ。知ってればの話だが――それにしても、まあ、何という事件なんだろう！――それに、金も持ってた。決め手だよ」

「だけどその金、配達に関係してるかもしれないんじゃあ？」

「いや、紙幣だったんだ。配達の方は小銭しか持ってなかった。雇い主に確かめたから、そりゃ動かない。だけど、どうして配達してたって思ったんだい？」

「君が言ったじゃないか」ミスをしたときにも決して焦ることのないコンウェイは言った。「牛乳の配達をしてた、母親はドナルドソン夫人が関わってる地元の組織に関係がある、って君が言ってた」

「そう、そうだった。「女性協会」だったな。それでだ、それを片づけたあとで、件《くだん》の巡査はその足でホテルに行ったんだが、時すでに遅しでね。朝食を摂っている客もいれば、もうチェックアウトを済ませて出発した客もいる。だから全員を尋問するわけにもゆかなかったし、羊歯の茂みから助け起こされるのを巡査が見た男の特徴に合致する男もいなかった」

「その特徴っていうのは？」

「パジャマの上にレインコートを羽織った老人でね――そうそう、会長はそいつを何としても捕まえるって息巻いてた――会長のアーネスト・ドゥレイ、憶えてるだろ。拙宅で会った――。この種の不祥事はこれっきり根絶やしにするっていう決意でね。おや、もう三時過ぎだ。また懐かしの我が碾臼《ひきうす》に戻らなきゃ。昼食、ほんとに御馳走さま。それにしても何でこんな味気ない話をしたんだろうな。通行権の相談をしたほうが良かった」

「別の機会にそうしなきゃ。昔その問題を調べたことがあるんだ」

「来週の今日、昼食を摂りながらというのはどうだい？」二人の間の商売上の確執のことを思い出し、ドナルドソンは漫《そぞ》ろ昂《たか》まってくる気持ちを抑えて尋ねた。

「来週の今日ねえ？　どうだったかな？　いや、駄目だな。小《ち》っちゃな娘たちに会いに行くって約束してある。もっとも、もう小っちゃな娘じゃないがね。光陰矢の如しだよな？　二人とももう若くないんだな」

「悲しいけど本当だね」ふわふわした革の椅子から身を起こしながらドナルドソンは言った。似通った椅子が、似通った男たちが坐っていたり、空っぽのままだったりして、列をなして続いていた。その果てには重々しい暖炉があり、小さな火が燃えていた。

「コニャックは飲まないの？　上等のコニャックだな」

「いや、急にその気が失せてしまった――まったく気まぐれなんだ」立ちあがった瞬間、コンウェイは気が遠くなった。頭に血が大挙して押し寄せるようだった。倒れるんだろうと思った。「なあ」と、商売敵の腕を取り、いっしょにドアのところまで歩きながらコンウェイは言った。「そのレインコートの老人ね――なんでその捕まえた奴は、逮捕の手掛かりになることを言わなかったんだろう？」

「言おうとしたよ」

「ええっ、そうなの？」

「その通りなんだ。主犯を逮捕するのに協力してくれれば無罪放免にするって保証したあとでは、ますます言いたがったよ。だけど言えることは、我々がすでに知ってることだけでね——ホテルの客っていうことだけだった」

「ああ、そう言ったのか。ホテルの客ってねえ」

「繰り返し言ってた。それ以外のことはほとんど何も言わなかった。発作を起こしそうな気配でね。あたまを撥《は》ね上げてさ、目をつむったまま、吠えるように言うんだな。「オテル。探すんはオテル。オテルから来たんだ」って。そんなに向きにならない方がいいよ、って言われたら、急に傲慢になってね。想像がつくと思うけど、アーネスト・ドゥレイの心証を害してね。挙句《あげく》の果てに、裁判官に向かって、お節介焼きの糞《くそ》ったれ、と罵《ののし》った。すぐに退席を命じられたんだが、振り向きざま我々に向かってね——信じられないと思うけど——俺と爺《じつ》さんが構わんて言ってるのに、なんで貴様らが構うんだ、って怒鳴ってたさ。我々は慎重に審議してね、巡回裁判にかけるべきだという結論が出たんだ」

「そいつの名前は何て言ったっけ？」

「知らないんだよ。言っただろ、捕まえられなかったって」

「捕まえた奴の名前だよ。村の若者の」

「アーサー・スナッチフォールドさ」

彼らはクラブの階段の手前に来ていた。コンウェイは、もう一度鏡に映った自分自身を見た。それは一人の老人の顔だった。不意にトレヴァー・ドナルドソンを押し出し、引き返して、コニャックのグラスのある席に坐った。だいじょうぶ。助かった。予定通りの人生が送られる。そう思ったが、恥ずかしさが波うって押し寄せてきた。祈ることができればいいのに！——だが、誰に祈る？　何を祈るというのだろうか？　卑小なことが偉大なことになりうる。それは分かっているが、別に偉大さを望むわけでもないし、その器《うつわ》でもない。一瞬、自首をして裁きを受けるという考えが念頭を過《よぎ》った。しかし、それが一体何になるというのだろう？　自分と娘たちを破滅させ、敵を喜ばせるだけで、あの救済者を救うことにもならないだろう。コンウェイは、ちょっとした楽しみのために考え出した巧妙な手管《てくだ》と、愛想の良い受け答え、いたずらっぽい表情と、気さくに応じる肉体を思い出した。それらはすべてごく些細なことのように思えた。ポケットから手帳を取り出すと、愛人の——そう、彼を救うために監獄に入ろうとしている愛人の名前を書いた。忘れないように、アーサー・スナッチフォールド、と書いた。コンウェイがその名を聞いたのは一度だけ。その名を耳にする機会も二度と訪れることはないであろう。

永遠なる瞬間　*The Eternal Moment*

I

「エリザベスの真後ろの山、見えます？　あそこで二十年前、若者がひとり、私と素敵な恋に落ちたの。エリザベス、お願い、ちょっとのあいだ頭を下げてて」

「かしこまりました」と言ったエリザベスは、生きた人形のようにどさっと箱の上に坐った。レイランド大佐は、鼻眼鏡をかけて、若者が恋に落ちた山を見た。

「素敵な男性でしたか？」レイランド大佐は、微笑みながら、しかし女中の手前少し声を落として尋ねた。

「それは知りませんけど、この歳になっても思い出すたびに愉しくなりますの。ありがとう、エリザベス」

「誰だったか、訊いても構いません？」

「ポーターですよ」レイビー嬢はいつもと変わらぬ口調で答えた。「正式のガイドですらなかったんです。荷物を運ぶために雇われた男性でしたが、その荷物を落としたんですの」

「それはそれは！　で、どうなさったんです？」

「うら若い女性にふさわしいように、きゃっと叫んで、ひどいこと言わないでね、って言いましたわ。それから走って、まったく要らないことだったのに、それで転んで足首を捻挫し、また、きゃっと叫んだんです。おかげで彼は、半マイル〔約八百メートル〕も私をおぶって歩く羽目になった。ひどく悔やんでましたから、私を崖から放り投げてしまうんじゃないかと思いましたわ。そんな状態で、ハーボトル夫人とかいう人のところに着いたもんだから、私、その人を見るといきなり泣きだしたんです。でもその人、私よりも馬鹿な人だったんで、すぐに元通りになったんですの」

「もちろん、みんな自分のせいなんだって仰《おつしや》った？」

「間違いなくそうでしたわ」と、彼女は真面目な顔になって言った。「ハーボトル夫人は、たいていの他の人のようにいつも正しい人で、彼には注意するようにって言ってましたの。以前、遠出《とおで》に連れてったことがあったとかで」

「なるほど、それで合点がいきますな」

「そうですの？　以前は彼、分をわきまえてましたわ。だけど、あんまり安かったもので——。払う額よりもたくさんのことをしてくれましてね。だけど、それって、ご存知のように、身分の卑しい人間には不吉な兆候ですよね」

「それにしても、あなたのせいと仰るのは？」

「私が火に油を注いだってことですわ。私、彼の方がハーボトル夫人よりずっと好きだった。美男子で、私に言わせれば「気持ちのいい」人で、綺麗な服を着てましたから。私たち、後を遅れてぶらぶら歩いてましたの。そしたら花を摘んでくれましたの。受け取ろうとして手を差し出すと——花じゃなくて私の手を摑んで、『いいなづけ《イ・プロメッシ・スポージ》』〔アレッサンドロ・マンゾーニの有名な歴史小説〕から丸暗記していた愛の告白を始めたんです」

「ああ、いかにもイタリア人だな！」

そのとき彼らは国境を越えるところだった。樅《もみ》の林のなかの小さな橋の上に二本の棒が立っていた。一本は赤、青、緑、もう一本は黒と黄色に塗ってあった。

「その人、イタリア未回収地《イレデンタ》〔同じ民族が住みながら他国に支配されている地域〕に住んでましたの」とレイビー嬢が言った。「でも私たち、イタリア王国に駆け落ちするはずでしたの。どうなってたでしょうね、駆け落ちしてれば」

「くわばら、くわばら！」と、急に嫌悪感に襲われたレイランド大佐が言った。荷物の上に坐ったエリザベスは身震いした。

「だけど、この上もない似合いのカップルだったかもしれなくってよ」

こんな具合に、彼女には少しばかり常軌を逸した話し方をする癖があった。才気煥発な人なのだからと思い、レイランド大佐は「ごもっとも、ごもっとも！」と叫んだ。

「その人のことを馬鹿にしてると思ってらっしゃるの？」レイランド大佐の方に向きなおってレイビー嬢が言った。

レイランド大佐はちょっと戸惑ったように見えた。微笑しただけで何も言わなかった。彼らが乗った馬車は、難所で有名な山の麓《ふもと》を這うように進んでいた。道路は、いまも山腹から落下しつづけている瓦礫《がれき》の上にできている。松林には、白い瓦礫の川のような傷がついている。しかしずっと上の方にはなだらかな東の斜面があり、静かな窪地と花々の咲き乱れた巌《いわお》がいくつもある。レイビー嬢は、そこからの景色が得も言われず美しかったことを憶えていた。彼女は、大佐が思っているほどおどけた人間ではなかった。確かにその一件は馬鹿げていたが、彼女は、役者や舞台は余り笑いものにせずに、出来事そのものを笑うことができた。

「その人を馬鹿だと思うくらいなら、むしろ自分が馬鹿だと思われた方がいいと思ったんですの」しばらく黙っていたレイビー嬢が言った。

「税関に着きましたよ」と、話題を変えようとしてレイランド大佐が言った。

彼らは「アッハ」〔ドイツ語の「あ」のこと〕と「ヤー」〔ドイツ語の「はい」のこと〕の土地に入りこんだのだった。レイビー嬢はため息をついた。時間に急かされていない者の例に洩《も》れず、彼女はラテン系の人間が大好きだったからだが、レイランド大佐は軍人だったので、ドイツという国に敬意を抱いていた。

「七マイル〔約十二キロ〕の間はまだイタリア語を話すわ」子供が自分を慰めるようにレイビー嬢が言った。

「ドイツ語は将来有望ですな。どんな分野の重要な本でもドイツ語で書かれてますから」と大佐が言った。

「どんな分野の重要な本でもイタリア語で書かれてますのよ。——エリザベス、どれでも一つ、大事な分野を挙げてごらん」

「人間性です、奥様」女中は恥ずかしそうに、しかしずけずけと答えた。

「エリザベスはあなたに似て小説家なんだ」そう言って大佐は向きを変え、景色の方に目をやった。三つ巴の会話に巻き込まれるのを嫌がったからだった。それまでの土地に較べると、農家は実入りがよく、乞食などもおらず、女は不器量で男は太っちょで、路傍の宿屋では、美味くて栄養のある料理を出していることに彼は気づいた。

「ねえ、レイランド大佐、私たち〈アルプス・グランドホテル〉に行きます？　それとも〈ロンドンホテル〉、〈ペンション・リービッヒ〉、〈ペンション・アスレイ・サイモン〉、〈ペンション・ベル・ヴュ〉？　それとも〈ペンション・オールド・イングランド〉か〈アルベルゴ・ビシオーネ〉になさいます？」

「あなたは〈ビシオーネ〉がお好きでしょうな」

「〈アルプス・グランドホテル〉で構いませんのよ。〈ビシオーネ〉の経営者が両方もってるそうですし。金持ちになったんですねえ、あの人たち」

「あなたは素晴らしいもてなしを受けませんとね。——ああいう人らが、感謝の何たるかを知ってるなら、の話ですが」

というのも、レイビー嬢に名声をもたらした彼女の小説『永遠なる瞬間』は、ヴォルタをも有名にしたからである。

「ああ、ちゃんと感謝されましてよ。カンチューさん、本が出てから三年ほど後に手紙を寄越しましてね。ちょっと憐れを催す手紙でした。繁盛してるのはいいけど、私、他人の人生を変えるのは好きじゃありませんもの。あの人たち、例の古家《ふるや》に住んでるのかしら。それとも新しい家で暮らしてるのかしら」

レイランド大佐は、レイビー嬢と合流するためにヴォルタにやってきたが、彼らが別のホテルに泊まってくれると非常にありがたいと思った。そういう微妙な事柄には皆目無関心なレイビー嬢は、同じホテルに滞在してはならない理由など思いつかなかった。それはちょうど、同じ馬車で移動してはならない理由が見つからないのと同じことだった。他方、彼女は見映えのするものが嫌いだった。彼は〈アルプス・グランドホテル〉に決めており、彼女は今〈ビシオーネ〉の方に向かっている。突然、気の利かないエリザベスが「私の友達のご主人、〈アルプス〉に泊まってるんです」と言った。

「まあ、エリザベスの友達がそこにいるんなら決まりね。みんなで行きましょうよ」

「かしこまりました」と、感謝の気配などおくびにも出さずにエリザベスが言った。レイランド大佐は厳しい顔つきになった。規律の欠如には我慢がならないのだった。

「甘やかしてる」、と彼は全員が馬車を降りて坂道をのぼっているときに呟いた。

「ほら、また軍人さんよ」

「確かに、私は兵隊を相手にすることが多すぎて、「人間関係」とやらを結ぶことがなかったですな。ちょっとでもセンチになろうものなら、軍隊というものは粉々になってしまう」

「分かりますわ。でも世界はみなこれ軍隊というわけでもありませんでしょ。私が将校のふりをしなけりゃならないなんて法はありませんもの。あなたを見てるとアングロ・インディアン〔インド在住の英国人〕の友人たちを思い出すわ。あの人たちには、私が現地人と楽しくやってるのがショックだった。決然として、それは彼らのためにならない、ためになったのを見た例《ためし》は一度もないって、証拠を挙げてましたわ。不運な人たちがいつも運のいい人たちを導こうとしてるんです。だけどそんなことには終止符を打たねばなりませんわ。あなたはその不運な人で、一生のあいだ人に命令して、すぐさま服従させて、役にも立たない規律をつくらなきゃならなかった。私の方は運のいい人なの。そんなことをする必要がないし——絶対にしないんですもの」

「それじゃあ、しなければよろしい」と、大佐は微笑みを浮かべて言った。「でも注意するんですな。この世界は結局軍隊じゃないんですから。それに、不運な人たちが不当な処遇を受けることのないようにね。我々の方は、例えばあなたの愛する下層階級の人間にもかなり親切にしてるんです」

「もちろんですとも」と、レイビー嬢は、大佐が何も譲歩しなかったかのように夢見心地で言った。「それ、当たり前になってきてますよね。でも下層階級の人たちはお見通しなのよ。私たちと同じように、この世で手に入れたいものは一つしかないって知ってるのよ」

大佐はため息をついた。「まったく、その通り！　商業の時代、ってわけだ」

「違いますって！」そう叫んだレイビー嬢の苛立ちがあまりに激しかったので、エリザベスはいったいどうしたのかしらと思って振り返った。「親切と金銭というものは、両方とも簡単に手放せる。本当に手放すに値するものは、自分自身なのよ。いままでに自分を与えたことがあるんですか？」

「しょっちゅうです」

「私が言ってるのは、あなたより身分の低い人間の前で、進んで自分を笑いものにしたことがありますか、ってことなの」

「進んで、なんてことは一切ないですな」ようやく彼には、彼女が言おうとしていることが理解できた。自分を晒《さら》け出すことだけが、真の交友関係の基礎、階級と階級を隔てる精神的な障壁に穿《うが》たれた扉だ、と言い張るのが楽しいのだ。彼女の本のなかにもそういう問題を扱ったのがあった。読んでいて楽しい本だった。「で、あなたはどうなんです?」と、面白がって彼は言った。

「ちゃんとやったことはなかったわ。今までに自分が本当に馬鹿だと感じたことはなかったんですもの。そうするときには、はっきりと見えるようにしたいと思いますの」

「その場に居合わせたいもんだなあ！」

「でも、たぶんお好みじゃないでしょうよ。いつだってそんな気になるし、いろんな人といるときにもそうなる。何が引き金になるか分かりませんし」

「ああ、ヴォルタだ！」御者が叫んだので、活発な会話は中断した。一行を乗せた馬車はもう山頂に着いていた。黒い森はなくなり、両側にエメラルド色の草地のある谷間に飛び込んだ。草は波うって互いに重なり合うが、つねに上方を目指し、二千フィート〔約六百メートル〕のところでは、草地から噴き出た岩が巨大な山々をつくり、澄んだ夕暮にその繊細な頂を輝かせていた。

反復の才能のある御者が「ヴォルタだ！　ヴォルタだ！」と言った。

谷間のずっと上のあたりに白い大きな村があり、うねった牧草地のなかで海に浮かんだ船のように揺れていた。急斜面に隣接するその舳先のところには、鼠《ねずみ》色の新しい石材でつくられた壮麗な塔が立っている。その塔を見ているうちに、塔は声を得て、壮大な声で山々に話しかけ、山もまた声を出して答えた。

彼らは再びそこがヴォルタなのだと教えられた。塔は新しくつくられた鐘楼で――ヴエネツィアの鐘楼に似ているが、それよりも繊細だった——音がしているのは、鐘楼の新しい鐘の音《ね》なのだ、という。

「どうも有難う。本当に」とレイランド大佐が言った。レイビー嬢は、村の繁栄がそんなにも良い形で役立ったことを喜んでいた。かつて偏愛した土地に戻り、新しいものを見るのが怖かった。新しいものが同時に、美しいものでありうるなどとは思ってもみなかった。塔を建てた人はきっと、南に行って着想を得たに相違なく、この山間に立っている塔は、かつて汀《みぎわ》に立っていた塔と近しい関係にある。しかし、鐘の出生地を定めるのは不可能なことだった。なぜなら音には国籍というものがないのだから。

彼らは満悦し、黙って愛らしい景色のなかに進んで行った。観光客たちは、彼らを似合いの夫婦だと思って満足気な顔で見た。実際、レイビー嬢の優しい角ばった顔には、文学者特有の嫌味なところがなかった。レイランド大佐の職業も、押しが強いというより、むしろ小綺麗な印象を与えるのに役立った。世界に満ち溢れている美しいものを愛《め》でながら人生を共にしてきた、洗練された教養ある夫婦として充分に通用した。

彼らが近づくにつれ、それまで気づかなかった教会が鐘の音に答え出した。——ちっぽけな教会、醜い教会、南瓜《かぼちゃ》のように塔をピンク色に塗った教会、こけら葺きの小塔のある白い教会、森のなかと牧場の襞《ひだ》にすっぽりと呑みこまれて見えない教会——。ところうするうち夕暮の空は、真ん中で大きな声が歌っているさまざまな小さな声に満たされた。最近、初期の英国様式で建てられたイギリスの教会だけが慎ましい静寂を守っていた。

鐘の音が止んだ。小さな教会はすべて闇のなかに退いた。代わって晩餐の時刻《とき》を告げる鐘の音が聞こえてきた。疲れた観光客が食事をしに戻るのが目に見えるようだった。〈ペンション・アスレイ・サイモン〉と書かれたランドー型四輪馬車が、やがて着く乗合馬車を迎えに走っていた。一人の婦人が母親に晩餐に着るイーヴニング・ドレスのことを話していた。ラケットを持った若者が登山杖《アルペン・ストック》を持った若者と喋っていた。やがて闇のなかから火のような〈アルプス・グランドホテル〉の文字が現われた。

「ありゃ、電気ですぜ！」乗客の喚声を耳にした御者が言った。

〈ペンション・ベル・ヴュ〉は松林を背にして、〈ロンドンホテル〉は川岸から現われた。〈ペンション・リービッヒ〉と〈ローレライ〉は各々、緑と琥珀色で名告《なの》りをあげた。〈オールド・イングランド〉は緋色だった。イリュミネイションはかなり広い地域にわたっていた。というのも高級ホテルは、村の外の高台やロマンチックな雰囲気がする場所に建っていたからである。その見世物は、観光シーズンのあいだ毎日夕刻に催されたが、それは乗合馬車の到着時刻に限られていた。最後の客が収容されるいなや、電気は消え、ホテル経営者は、悪態をついたり、はたまた喜んだりしたのちに引っこんでシガーを燻《くゆ》らせた。

「ひどいわ！」とレイビー嬢が言った。

「おっそろしい人間だなあ」とレイランド大佐が言った。

〈アルプス・グランドホテル〉は巨大な建物で、木造だったから、スイスに特有の山小屋が膨張して出来たように見えたが、その印象は、高価で豪勢な展望テラスによって修正されていた。テラスの四角い切り石は何マイルにもわたって遠望されたし、そのテラスからはアスファルトの小径が、巨大な貯水池から流れ出るように近くの野原に滴り落ちていた。彼らの乗った馬車は、私道を上りつめ、リギダ松で出来た円天井の柱廊玄関《ポーチコ》のところで停まった。その玄関は、片側が件《くだん》の展望テラスに通じ、他の側から屋内のラウンジに入る。従業員が渦になって動いていた――金のモール付きの制服を着た男や、豪勢な金のモールを沢山くっつけた好男子や、金モールなしだがさらに見映えのする男たちだった。エリザベスは横柄な態度をとったが、小さな麦わら製のバスケットがいかにも持ちにくそうだった。レイランド大佐は、全身これ軍人という風情。レイビー嬢は、いろいろ経験を積んでいるにもかかわらず大ホテルに来るといつもどぎまぎするので、すぐさま高価な寝室に直行した。セットメニューの食事になさるのなら、すぐに着替えられた方がいいですよ、と忠告されたからだった。

レイビー嬢が階段をのぼって行くとき、食堂にイギリス人やアメリカ人、腹を空かせた金持ちのドイツ人が押しかけているのが見えた。むしろ連れがいる方が好ましいが、今夜は奇妙に気が滅入る。朧《おぼろ》に霞んでどんな形かはまだ分からないけれど、不愉快な幻を見ているような気がする。

「私は部屋で食べることにするから、あなた、食事に行ってらっしゃい。荷物は私が開けておくから」そうエリザベスに言った。

レイビー嬢は部屋のなかをぶらつき、ホテルの約款、価格表、さまざまなオプショナルツアー、プラシ・ベルベットの赤いソファー、リトグラフの山の景色がついた水差しと水盤を見た。こんな豪勢な場所のどこに、陶器パイプを喫ってるシニョール・カンチューと、黄褐色のショールをまとったシニョーラ・カンチューの居場所があるっていうのかしら——。

ボーイがやっと食事をもって上がってきたとき、レイビー嬢は、ご主人夫妻のご機嫌はいかが、と尋ねた。

ボーイは、味もそっけもない国際英語で、二人とも元気ですと答えた。

「このホテルに住んでるの？　それとも〈ビシオーネ〉？」

「もちろん、ここです。〈ビシオーネ〉に行くのは、貧乏人の観光客だけです」

「それじゃあ、あそこは誰が住んでるの？」

「シニョール・カンチューの母親です。母親は関係ないんです」ボーイはまるで授業で習っていたかのように続けた。「我々とは一切関係がないんです。十五年前はありました。だけど今じゃ、〈ビシオーネ〉って一体どこにあるの、って具合です。いっしょくたにされるのは心外です」

レイビー嬢は静かな口調で言った。「それじゃあ、伝えてちょうだい。この部屋には泊まらないって。それに荷物はすぐに〈ビシオーネ〉に運ぶように、って」

「かしこまりました！　承知しました！」訓練の行き届いたボーイは言ったが、すぐに鼻息を荒くして「お支払い頂くことになります」とつけ加えた。

「もちろんですとも」とレイビー嬢が言った。

ついさっきまでレイビー嬢を吸い込んでいた精巧な機械が、彼女を吐き出しはじめた。トランクが下に運ばれ、彼女が乗ってきた同じ馬車が呼び戻された。憤りのために顔面蒼白になったエリザベスがロビーに現われ、宿泊もしない部屋の料金を払い、食べもしない食事代を支払った。金モールをつけた従業員の渦のなかをくぐってドアのところに進んだが、そんなに短い時間のあいだにも、彼らはチップを貰う望みを抱いた。ロビーにたむろしている客たちは、ホテルが高すぎたのにちがいないと思い、面白そうにエリザベスを見ていた。

「どうしたんです、いったい？　快適だって、思ったんじゃないんですか？」晩餐用の服に身をやつしたレイランド大佐が追いかけてきた。

「そうじゃなくて、私が間違ってたの。このホテルは息子の方の持ち物なの。だから

〈ビシオーネ〉に行かなきゃならない。息子は年寄りと喧嘩したのよ。父親の方は死んだと思うけど」

「だけど、まったく――くつろいでるんなら――」

「本当なのかどうか、今夜、確かめなきゃ。それに」――彼女の声は震えていた――「私のせいなのかどうかも」

「いったい、どうして――」

「もしそうなら、耐えてみせますわ。こんな年寄りじゃ、悲劇の女王にも祟りの霊にもなれませんもの」

「どういう意味なんだろう？　何が言いたいんだろう？」馬車の灯が山を下り行くのを見つめながら大佐はつぶやいた。「どんな悪いことをしたっていうんだろう？　そもそも、この場合に悪いことなどあるんだろうか？　ホテルの経営者というのはいつも喧嘩するもんだが、そんなことは我々の知ったこっちゃない」彼は黙って美味い食事を食べた。それから、郵便局から配達されてきた手紙を読んで別のことを考えた。

親愛なるエドウィン、――あなたに手紙を書くときにはいつも非常に気後れがするのですが、これを書いているのが好奇心からでないことは信じてもらえると思います。単刀直入な質問に答えてもらいたいというだけなのです。つまり、レイビー嬢と結婚の約束をしたのですか、それともしていないのですか？ 若い頃に較べると流行は変わりましたが、それでもまだ婚約は婚約であり、関係者に不快な思いをさせないために、すぐに公表すべきなのです。健康を害してもう職についていないのだとしても、まだ家族の名誉を守ることはできるのですから。

「下らん！」とレイランド大佐は叫んだ。レイビー嬢を知ってから、眼がよく見えるようになった。妹の手紙のこの件《くだ》りは慣習が自動的に書いたものでしかない。それを熟読しても、妹がそれを読み返したときと同様、何の感興も湧かなかった。

バロンさんたちが言っていた下女に関しては、付き添い人ではなく、――あれは世間の目をごまかすためのマネキンみたいなもの。レイビーさんのことを悪く言っているのではありません。あの人の本はいつも読んでいますが、文学者というのはいつも世事《せじ》に疎《うと》いし、彼女も例外ではないと思うのです。兄さんにふさわしい妻になるとも思えませんが、それはまた別の話です。

子供たちも（ライオネルも）よろしくと言っています。子供は現在《いま》のところ尽きぬ歓びの泉ですが、不安なのはこの先良い学校に入れるのにどっさりお金がかかることです。

レイビー嬢と自分との関係には独特の魅力がある。しかし、それをどうやって説明できよう？ 結婚という言葉は口にされたことがなかったし、おそらく今後、愛という言葉もそうだろう。しばしば会う代わりにいつも会うことになったとしても、それは、果てのない情熱に焦がれて相手のことなど意に介さぬ恋人同士としてではなく、人生を熟知する二人の賢者の付き合いになるだろう。そんな情熱は、要求する権利もなければ与える力も持ち合わせていない。二人とも処女や童貞のふりをしたことはなかったし、相手の限界と時々の行為の首尾一貫性のなさに気づいていないようなふりをしたこともない。ほとんど相手に譲歩することさえなかった。寛容という語は、遠慮という意味を含んでいる。波風の立たない交際にとって、最も安全な防波堤は知識というものなのだ。レイランド大佐の勇気は、低級で卑俗な勇気ではなかったから、どんな人間かが分かっている相手にどう思われようと、彼はほとんど気にかけることがなかった。ネリーとライオネルとその子供たちがショックを受けたり腹を立てたりしても、それはどうぞご勝手に、だと思った。レイビー嬢は女流作家、一種の「急進主義者」、レイランド大佐は一種の貴族だったが、彼らの闘いの時は過ぎ去りつつあった。彼は戦闘を止めようとしていたし、彼女は執筆を止めようとしていた。彼らは人生の秋を共に楽しく過ごすことができた。一冬を過ごしたとしても、最悪の友だったということにはならないだろう。

彼は余りにも繊細な心の持主だったから、年収二千ポンドの相手との結婚が良縁なのだということを、一般論としても自分自身のこととしても認めることができなかった。しかしそう考えると、今まではっきりと意識しなかった香りが漂ってきた。彼はネリーの手紙をずたずたに引きちぎり、寝室の窓から闇のなかに放り投げた。

「おかしな女性《ひと》だ！」と、ヴォルタの方向に顔を向け、徐々に明るさを増す月の光で鐘楼を探しながら大佐は呟いた。「なぜ自ら進んで不快な目に合おうとしたんだろう？あなたのことを理解してもいないし、あなたの方でも分からない人々の諍《いさか》いに首を突っ込むのだろう。あなたがその諍いの原因になったと思うとは、なんて愚かなことだろう。自分が一冊の本を書いたために、この土地が駄目になり、住民が堕落して醜い人間になったと思っているんだ。そう思っているのが手に取るように分かる。そこであなたは、自分自身を不幸にし、一度たりとも全うであった例《ためし》のないものを全うにしようと駆けずり回る。まったくおかしな人だ！」

すぐ真下に妹の手紙の白い切れ端が見えた。谷間には鐘楼が、銀色の靄《もや》から湧き上がるように現われた。

「いとしい人！」と、村の方に向かって両手をちょっと動かしながら大佐は呟いた。

II

レイビー嬢の処女作『永遠なる瞬間』は、人は時によってのみ生きるにあらず、過ぎ去ったある夕べは、天国の裁きの場では千年のようになりうるという着想で書かれていた。その着想は、のちにメーテルリンク〔ベルギーの詩人・劇作家〕がより哲学的に説明したものである。彼女自身はいま、その小説は退屈で気障《きざ》な小説であり、題名は歯医者の椅子を連想させると公言していた。しかしそれは、彼女が若くて幸せだと感じていたころに書かれた小説であり、そういうときにこそ、成熟にも増して信条が形成される時なのだ。年を経るに従いその着想はより堅固になるが、同時にそれを伝えたいという願望もその能力も弱まってゆく。最も早い時期の小説が最も意欲的な小説だったことに対して、彼女は不満を抱いていたわけでもなかった。

運命のいたずらにより、その小説は特に想像力のない読者層のあいだで一大センセーションを巻き起こした。ものぐさな人々は、その小説の言わんとするのは時間の無駄遣いには害がないということだと解釈し、俗な人間は、移り気であることに害はないと解釈し、信心深い人々は、道徳を攻撃する小説だと解釈した。その女流作家は社交界であまねく知られるようになったが、下層階級の人々に対する彼女の熱愛ぶりは、社交界には単にもう一つの魅力を付け加えたに過ぎなかった。他ならぬその年に、レイディ・アンスティ、ヘリオット夫人、バンバーグ伯爵等々が、小説の舞台になったヴォルタに殺到し、熱狂に取り憑かれて帰国したからである。レイディ・アンスティは自分の描いた水彩画の展覧会を催し、写真を撮ってきたヘリオット夫人は『ストランド』に記事を載せ、バンバーグ伯爵の書いた長文のヴォルタ紹介文「現代の小作人、及びローマン・カトリックとのその関係」は、『十九世紀』の掲載するところとなった。

これらの人々の努力の甲斐あって、ヴォルタは新興観光地になった。新しい道を踏破することを好む人々がそこを訪れ、他人にも推奨した。レイビー嬢は、色々な些事が重なったため、その隆盛が彼女自身のそれと密接な関わりをもつヴォルタを再訪することはなかったが、その土地の発展の様は折に触れて耳にしていた。下層の人々がその土地をいま発見しているところだという噂も聞こえてきた。駄目になったものは見たくないという思いが募り、彼女はとうとう、かつて大きな喜びを与えられた場所に戻ることに気後れを感じるようになった。彼女を説得したのはレイランド大佐だった。彼は、夏を過ごすのに適した、涼しくて健康に良い土地に行って、読書をし、談笑し、運動好きの病人にふさわしい遠出がしたかった。友人たちは一笑に付し、知人たちはひそひそ話を始め、親類縁者の頭には血がのぼった。彼にはしかし勇気があったし、レイビー嬢の方は馬耳東風だった。そういうわけで彼らは、エリザベスという名の貧弱な盾に守られて遠征を敢行したのである。

戻ってきたレイビー嬢は悲しみに襲われた。生活すべてがその中心であるべき村を離れたところに、大ホテルが大きな円を描いて建っているのが気に入らなかった。静かな夕べの斜面に、焼き鏝《ごて》で捺《お》したような電気仕掛けの看板が、まだ目のなかで躍っていた。〈アルプス・グランドホテル〉という名の巨大な怪物が、悪夢のように彼女に取り憑いていた。柱廊《ポーチコ》玄関とこれ見よがしなロビー、ピカピカに磨かれたクルミ材の机と部屋の鍵を収納してある大きな壁板、パノラマを見るような寝室の陶器、従業員の制服と小ざっぱりした客たちの放つ匂い——人によっては貧者の放つ臭いと同じぐらい気を滅入らせる匂い——。それらが夢に現われた。彼女は文明の進歩というものを歓迎しなかった。東洋でのさまざまな経験から、文明が最善を尽くすことなどめったになく、野蛮人から道義心を奪って悪人にしたのちに、その埋め合わせになるものを与えるのだということを知っていた。そしてこの土地では、進歩などは論外だった。この村が世界から学ぶよりも、世界がこの村から学ばねばならないことの方が多いのだから。

実際、〈ビシオーネ〉に行ってみると、ほとんど何も変わっていなかった。——生き残った者の哀感だけが以前にはなかったものだった。昔の老所有者は死に、その老妻は病《やまい》に臥《ふ》せっていたが、昔の精神はまだ消えていなかった。材木でつくられた正面には、依然として子供を呑みこんでいるドラゴンの絵が描かれていた。それはミラノのヴィスコンティ家〔イタリア北部の名家で、中世末から約百五十年間ミラノを支配した〕の紋章であり、カンチュー家がその流れを汲んでいても不思議はなかった。その小ホテルには、好意をもつ客たちに、当座にせよ貴族的なものを感じさせずにはおかないところがあったからである。それは自然に具わった、偉大な風格だった。どの寝室にも三つや四つは美しいものがあった――小さな絹のタペストリーやロココ様式のちょっとした彫り物、白塗りの壁に掛かった額入りの青いタイルがあった。居室と階段には絵が掛かっていた――カルロ・ドルチ〔十七世紀半ばのフィレンツェで活躍した宗教画家〕とカラッチ兄弟〔十六世紀後半に活躍したイタリアの画家〕の画風の十八世紀の絵画と、青いローブをまとった「悲しみの聖母」、ひらひら飛んでいるような聖人と顎の引っこんだ雅量に富むアレクサンダー大王〔アリストテレスを師としたマケドニアの国王〕。卑俗な品下《しなくだ》る絵――高級な人はそう言い、教科書にもそう書いてあるが、ときにはそれが、新規購入になるフラ・アンジェリコ〔初期ルネサンスのイタリア人画家〕よりも新鮮で意義深いことがありうる。大公の館に招かれても格別恐れおののきもしなかったレイビー嬢も、〈アルベルゴ・ビシオーネ〉に入ったとき、自分は繊細さを欠く当世風の人間なのだと思った。実に些細なもの――ソファーのクッションやテーブルクロスや枕カバー――が、素材は粗末で美的には場違いかもしれないが、彼女に敬意の念を抱かせ、敬虔な気持ちにさせた。この清潔で優雅な住居が、かつては陶器製のパイプを咥《くわ》えたシニョール・カンチューと黄褐色のショールをまとったシニョーラ・カンチューを、今は〈アルプス・グランドホテル〉の所有者になったバルトロメオ・カンチューを感動させたのだ。

　翌朝レイビー嬢は朝食の席に着いた。そのときに抱いた気分を、彼女は不眠と年齢《とし》のせいにしようとした。しかしそれまでに、現在《いま》の同宿客ほど無味乾燥で取り柄のない人間を見たことがなかった。強面《こわおもて》の女性が愛国心を説き、英国の観光客は一糸乱れぬ団結心で外国人に対処する義務があると言っていた。別の女性は、まっとうな水は出てこないがいつまでたっても止まらない漏れた蛇口のように、不味《まず》い食事と高い料金、曇りばかりの天候と埃っぽさを託《かこ》っていた。その女性の言によれば、自分が来るのは悪くないが、友達に薦める気にはほとんどならない、そういう種類のホテルだというのだった。男性客は稀だったから、彼らは大いにもてはやされた。若い男が、土地の人間をどんなことをして驚かせたかを事細かに話し、嬌声《きょうせい》を巻き起こしていた。

　レイビー嬢は、その部屋の唯一のデコレーションになっている、あの有名なフレスコ画を前にして坐っていた。ホテルの改修時に発見された絵で、表面にはところどころに損傷があったが、色はまだ鮮やかだった。シニョーラ・カンチューは、ときにはティツィアーノ〔ヴェネツィア派で最も重要な盛期ルネサンスのイタリア人画家〕の絵であると言い、ときにはまたジョット〔イタリア・ルネサンスへの先鞭を付けた偉大な芸術家〕の作だと言ったりもしたが、誰もその絵の意味を解き明かすことはできないと断言していた。学者と画家が大勢見に来たが、当惑して引き返しただけだったと言っていた。しかしそれは、そう言ってみるのが楽しかったから言っただけの話で、その絵の意味は明々白々であり、彼女自身もしばしば説明を受けたことがあった。四人の人物はシビュラ〔主にアポローンの神託を受け取る古代地中海世界における巫女〕で、キリスト誕生の予言をしている場面を描いている、と。もともとどんな理由により、イタリア美術の最果ての地で、すなわち奥深い山の中で四人の巫女が描かれたかはよく分からないが、いずれにせよいまその絵が貴重な話の種になり、その絵をきっかけにして交際が始まったり、喧嘩腰の口論が回避されたりしていた。

「あの絵の聖人ったら、いかにもずるがしこそうな顔をしてる！」レイビー嬢の視線を辿っていたアメリカ人の婦人が言った。

婦人の父親は、迷信がどうのこうのと呟いた。落胆した風情を漂わせた二人連れだった。最近聖地エルサレムから戻ってきたところで、その地でひどい騙され方をしたため、宗教に対する彼らの考え方も大打撃を受けたのである。

レイビー嬢は、鋭い口調で、聖人と言っているのはシビュラなのだと言った。

「シビュラって、思い出せないわ。『旧約〔聖書〕』にも『新約〔聖書〕』にも出てないわ」

「坊主の発明品だな、百姓を騙すための」と父親が悲しそうに言った。「坊主の教会と同じことだ。金に見せかけた安物の金属、絹だと言ってる木綿、大理石に似せた漆喰。行列の儀式も同じことだ。奴らの――（ええい、畜生め！）――鐘楼だって」

「お父さんは」と、体を乗りだしながら婦人が言った。「不眠症にひどく悩まされてるんです。毎朝、六時に鐘が鳴るなんて！」

「その通りですよ、奥さん。でも大丈夫。我々が止めましたから」

「朝の鐘を止めた、ですって！」レイビー嬢が叫んだ。

周りの人々は顔を上げ、誰なのだろうと思って彼女を見た。誰かが物書きだと言った。男は、はるばる足を運んで来たのは休養するためで、それができないのなら別の土地に行く、イギリス人とアメリカ人の客が共同戦線を張ってホテルの主人たちに対処を求めたのだ、と答えた。今は僧侶が夕食時に鐘を鳴らすが、それはまあ我慢できる、「共同戦線」を張れば何でもできる、百姓に対してもそうだった、とも言った。

「観光客が、何で農民にちょっかいを出すんです？」レイビー嬢はカッとして、わなわな全身を震わせながら尋ねた。

「我々も同じことを言ったんですよ。我々は休養しに来たんだから休養するんだ、ってね。百姓は毎週酔っぱらって朝の二時まで歌を歌っていた。それがまともなことですかね？」

「酔っぱらった人がいたのは憶えています。どんな風に歌ってたかも」

「その通り。午前二時までです」と彼は答えた。

二人はお互いに腹を立てたまま別れた。別れ際に見ると、その男は広い空の下で実践される新しい宗教の必要性を説いていた。その頭上には粗野でぎこちないがやはり優雅な四人のシビュラがいて、各々が贖《あがな》いの約束の記された板を手にしていた。レイビー嬢には、かりに古い諸宗教が人類にとって不充分なものになったのだとしても、効力のある新しい宗教がアメリカで生まれることなどありうべくもないように思えた。

シニョーラ・カンチューに会いに行く約束をしていたが、そうするには時刻が早すぎた。昨夜は権柄《けんぺい》ずくだったエリザベスは、今はうんざりするほど慎ましやかになっていたので、話し相手にはなれそうになかった。宿屋の外にテーブルがいくつか置いてあり、女性たちがそこでビールを飲んでいた。枝を払った栗の木が木蔭をつくり、低い木製の欄干によって村道から隔てられている場所だった。その欄干にレイビー嬢は腰かけた。そこからは鐘楼が見える。粗《あら》さがしをすればその建築には沢山《たくさん》欠点が見つかっただろうが、彼女はその鐘楼を見るとますます愉しくなってきた。その愉楽には感謝の念が混じっていた。

ドイツ人のウエイトレスが来て、もっと良い席が見つけられますがと、非常に丁寧な言葉で言った。ここは下層の人たちが食事をするところですから、応接間にいらしてはいかがですか。

「ありがとう。でも結構ですの。あなた、何年ぐらい客を生まれで分類してきたの？」

「何年も、です。必要でしたから」そう言って、非の打ちどころのないその女性は、肉と常識がいっぱい詰まった家に戻った。この係争中の谷間で、ゲルマン人がラテン系の人々に対して優位に立ちつつある兆候は多々あったが、これもまたそのひとつだった。次には白髪の老婦人が、まぶしそうに手をかざし、『モーニング・ポスト』紙をパリパリ言わせながら出てきた。彼女はレイビー嬢に愉しそうな視線を投げかけ、鼻をかみ、ぶしつけで失礼ですが、と前置きして次のように言った。

「今夜、ご存知でしょうか、「英国人教会」にステンドグラスをつくるためのコンサートが開かれます。チケット購入をお勧めしたいのですが。よく言われてきたように、イギリス人が集会場をもつのはとても大事なことですものね」

「とても大事です。でも、集会場はイギリス国内にお願いしたいですわ」

白髪の老婦人は微笑んだ。それから当惑したような表情を見せ、次に侮辱されたことに気づき、『モーニング・ポスト』紙をパリパリ言わせながら引っこんだ。

「私、失礼だったわ」と、気が滅入ってきたレイビー嬢は思った。「私と同じぐらい愚かで白髪《しらが》も増えた老人だったのに。今日は、人と話さない方がいい日なんだわ」

それまでの彼女の人生は順調で、おおむね幸せだった。「鬱《うつ》」と呼ばれる気分には馴染みがなかった。しかしその気分は確かに、たとえ灰色であるにせよ、いままでよりも広い地平を見せてくれる。今朝、彼女の物の見方が改まった。村のなかを歩くとき、いまなお村を囲繞《いにょう》している山々や、変わりのない陽射しにはほとんど気づかなかったが、何か新しいものを強く意識していた。大勢の人間が行き交うことで生まれる、名状しがたい腐敗がそれだった。

そんな時刻にさえ、空気は肉と酒の臭いのために重かった。それに、土埃《つちぼこり》と煙草《たばこ》の煙、疲れた馬の臭いが加わった。馬車が教会の前に群れをなし、鐘楼の下では、一人の女が自転車置き場の番をしていた。登山には向かない時季だった。洒落たノーフォーク製の背広に身をつつんだ若者の一団が、そこらをぶらぶら徘徊しながらガイドに雇われるのを待っていた。二軒の大きな安ホテルが郵便局の向かいに建っていて、その前の道路に無数の小さなテーブルがせり出している。朝の早い時間からもう飲み食いが始まっていて、夜遅い時刻まで延々と続く。客は主にドイツ人で、叫んだり笑ったり、連れ合いの腰に腕を回したりして英気を養う。それから重い腰をあげ、どこか景色の良い場所に繰り出す。赤い旗が立っていれば、また飲み食いが始まるかもしれない。絵葉書とエーデルワイスを買わせようと観光客につきまとう小さな少女にいたるまで、村人全員が駆り出されている。ヴォルタは観光産業に専念しているのである。

村には産業がなければならない。かつてこの村は精力と活気にあふれていた。名もなく幸せに、その素晴らしい力は大地と格闘して生活の糧をもぎとることに費やされていた。そこからある威厳と思いやり、他の人々に対する愛情が生まれた。文明はそれらの精力を弛緩させはしなかったが、向かう先を変えさせた。そのため、世界の救済に利したかもしれない貴重なものがみな破壊されてしまった。家族内の愛情と共同体に対する愛情、健やかな田園生活の美徳――それらは、その象徴になるはずだった鐘楼が建てられているあいだに消滅してしまった。悪人が来てそうしたのではない。それは、善良で豊かで、時として賢明でもある紳士、淑女の所業だった。かりに彼らがこのことについて何か考えたことがあったとすれば、彼らは、滞在地として選んだ土地に、営利ばかりでなく倫理・道徳面でも恩恵を施していると考えたのである。

いまだかつてレイビー嬢は、このような普遍的悪事を意識したことがなかった。打ちのめされ、ぐったりとして〈ビシオーネ〉に戻るとき、彼女は「躓《つまず》きをもたらす者は災いなるかな」〔『ルカによる福音書』第十七章第一節〕という怖ろしい言葉を思い出した。大いなる正義を語ったその言葉が、この場合にとてもよく当てはまるように思えた。

シニョーラ・カンチユーは、気が昂《たかぶ》ったような様子で、一階の暗い部屋で寝ていた。壁には何も掛かっていなかった。彼女は滞在客に、女王が臣下に対して抱くような愛情を抱いていたので、美しいものはみな客間にもっていったからだった。その壁は汚れてもいた。そこはシニョーラ・カンチユーの私室だったからだが、しかしそんなに美しい天井のある宮殿はどこを探してもなかった。木の梁《はり》に、嫁入り道具として持参した銅製のあらゆる什器《じゅうき》が掛かっていた。――桶や大鍋や水瓶《みずがめ》が、艶のある黒色からこの上なく白いピンク色にいたるまで、あらゆる色彩を放っていた。かつての栄光の徴《しるし》を眺めながら、その老婦人は歓びに浸っていた。最近あるアメリカ人女性は、それが栄光の徴だとは思ってもみず、腹を立てるというよりむしろ困惑して早々に退室したのだが――。

二人の女性にはほとんど共通点がなかった。シニョーラ・カンチューは筋金入りの貴族だったからである。彼女がもし大いなる世紀に生まれついた大いなる貴族だったとしたら、すぐさま断頭台に向かっただろうし、レイビー嬢はそれを見て歓声を上げたことであろう。いまシニョーラ・カンチューは、わずかに残った髪を紙でカールし、黄褐色のショールをまとって、かつて〈ビシオーネ〉に滞在したし、また訪れるかもしれない著名人の話をして、この著名な女流作家をもてなした。最初は堂々とした口調だったが、村の出来事に触れだすと、苦々しさが混じってきた。ある種の憂鬱な矜持を抱いて、彼女は村に訪れた死の数々を年代記のように列挙した。自分自身老齢だったので、彼女は同世代人と、しばしば年下の者をも容赦なく連れ去った「運命」の公平さについて考えるのが好きだった。レイビー嬢には、そういう慰めを引き出してくる習慣がなかった。彼女も老いに向かっていたが、他の人々が若いままでいられるなら、その方が喜ばしいと思った。死んだ人のことはよく覚えていないが、死は象徴的なもので、それはちょうど一本の花が枯れることが、春がすっかり終わったことの徴であるのと同じことだと思った。

シニョーラ・カンチューは次に、わが身を襲った不幸について話し始めた。地滑りが起こり、小さな畑が埋まってしまった。この土地では、地滑りはゆっくりと進行する。緑の芝の下に、皮下に膿瘍《のうよう》ができるように水が溜る。なだらかな牧場に瘤《こぶ》ができ、瘤は破裂し、緩やかな流れになって泥と石を押し流す。やがてその地域一帯が駄目になるように見える。四方の草地に亀裂が入り、折り重なって奇妙な襞《ひだ》になり、木々が枯れ、納屋と小屋が崩落し、美しい景色はあたり一面ドロドロしたパルプに変わり、それが下方に移動して、最後には川の流れに呑み込まれる。

畑の話から別の厄介ごとに話が進行していったとき、レイビー嬢は余りにも気が滅入ってきたため、お気の毒に、とさえ思えなくなった。観光シーズンは過ぎてしまったし、客はホテルの慣行を理解しないし、使用人は客の言うことが分からない。接客係《コンシエルジュ》を置いたらと言われたけれど、それが何の役に立つと思います?

「分かりません」とレイビー嬢は言ったが、どんな接客係を雇っても〈ビシオーネ〉の再興にはつながらないだろうと思った。

「接客係というのは、駅馬車を迎えに行って客を引っかけてくるそうですね。だけど引っかかった客をもてなして、私にどんな愉しいことがあるっていうんでしょう?」

「他のホテルはそうしてるんです」レイビー嬢は悲し気に言った。

「まさにその通り。〈アルプス〉は毎日迎えを出してますわ」

気まずい沈黙が訪れた。彼らはそれまでそのホテルの名を口にしないようにしていた。

「彼ったら、みんな取ってしまうんだ」激昂したシニョーラ・カンチューが言った。「息子は私の客をみんな取ってしまう。イギリス人の貴族とアメリカ人の上客、ミラノの昔からの友達――みんな取りあげてしまった。排水管が詰まってるって、谷間じゅうを触れて回って誹謗中傷するんだ。だからホテルの主人たちは、客にこのホテルを薦めなくなった。息子のところにたらい回しするわけ。一人世話すれば五パーセントもらえるからだわ。御者に金を渡すし、ポーターにもガイドにも金を渡す。音楽のバンドだって金で縛ってるもんだから、村ではほとんど演奏したりしない。小さな子供にだって金を渡して、私のホテルは排水が悪いって言わせて。息子と女房と接客係は、私を破滅させるつもりなんだ。早く死んでしまえばいいって」

「そんなこと、仰有《おつしや》らないで、シニョーラ・カンチュー」レイビー嬢は、いつものように分かりやすいことではなく、本当のことを口にしながら部屋のなかを歩き始めた。「息子さんにそんなに腹を立てないようになさらなきゃ。息子さんがどんな苦労をしたか、分かりませんもの。誰が唆《そその》かしたかもご存じないんでしょ。悪人は他にいるかもしれませんわ。それが誰であれ――お祈りのときはその人たちのためにも祈ってあげないと」

「もちろん、私、クリスチャンだわ！」腹を立てた老婦人は叫んだ。「だけど、息子が私を破滅させる――そんなことにはならないでしょうよ。私は貧乏人に見えるでしょうけど、息子はいっぱい借金をしてる——多すぎるぐらい。あのホテル、つぶれるんだ！」

「それに、たぶん」とレイビー嬢は続けた。「この世にはそんなにたくさんの悪があるわけじゃないんです。私たちに見える悪は、たいていちょっとした過ちの結果なんです——愚かさとか、虚栄心とかの」

「誰が唆《そその》かしたかだって、私には分かってる。女房と、いま接客係をやってる男なんだ」

「そういう物の言い方、つまり自己表現ですが、それはそれでとても愉しいようだし、必要なことでもあるんですが——ほんとうに害にもなる——」

通りが急に騒がしくなったので会話は途切れた。レイビー嬢が窓を開けると、ガソリンの臭いのする土埃が入ってきた。通りがかった自動車がテーブルを振動させ、ビールが沢山こぼれ、血が少し流れていた。

シニョーラ・カンチューは苛立たし気にため息をついた。腹を立てたために疲労困憊し、眼を閉じて静かに横たわっていた。枕元の銅の花瓶がふたつ、急に吹き込んできた風に誘われて優しい音を立てた。いましもレイビー嬢は、大仰《おおぎよう》な告白をし、そのあとで目頭《めがしら》の熱くなるような赦《ゆる》しの言葉を受けようとしていた。台詞《せりふ》はすでに用意してあった。言葉はいつもそうだった。しかし閉じられた瞼《まぶた》を見、苦しみに打ちひしがれた体を見たとき、自分には赦免《しやめん》という名の贅沢品を手にする権利がないことに気づいた。レイビー嬢は、シニョーラ・カンチューとの再会によって自分の人生に終止符が打たれたような気がした。できることは全てしてしまった。しかもたくさん害になることをした。残されているのは、自分の醜さと無能が、美と力の辿った同じ滅びの道を行くのを手を束《つか》ねて待つことだけだった。目の前に、レイランド大佐の愛嬌の良い顔が泛《う》かびあがった。彼となら、害をなすことなく人生を全《まつと》うできるかもしれない。彼は刺激的な人物ではなかったが、刺激が望ましいものとも思えなかった。自分のなかにある諸機能が停止し、脳と舌の無意味な働きが徐々に麻痺することの方が好ましかった。人生で初めて、彼女は歳を取りたいと思った。

シニョーラ・カンチューは、依然として息子の妻と接客係について喋っていた。息子の妻は下品な女だし、接客係は、ずっと昔イタリアから流れ着いた身寄りのない少年だったころ情《なさけ》をかけてやったのに、何という恩知らずなんだろう。今では敵方にまわっている。これが優しくしてやった報いなんだ。

「名前はなんていうんです？」レイビー嬢はうわの空で尋ねた。

「フェオ・ジノリっていうんだよ。覚えてないだろうけど、ポーターみたいな――」

新しい鐘楼から洪水のような鐘の音が噴き出した。それに答えるように銅の花瓶が揺れた。レイビー嬢は両手をあげ、耳ではなく眼を塞《ふさ》いだ。ぐったりした彼女の凍った血管に、鐘の音の振動が血の流れを蘇《よみがえ》らせた。
「よく覚えていますとも。今日の午後、会いに行きますわ」長い沈黙の後で彼女はそう言った。

III

レイビー嬢とエリザベスは、〈アルプス・グランドホテル〉のラウンジに坐っていた。レイランド大佐に会うために、〈ビシオーネ〉から歩いて来たのである。しかしどうやら、レイランド大佐も彼らに会いに〈ビシオーネ〉に歩いて行ったようだったから、彼らにできることは、飲み物を注文して帰りを待つことだけだった。レイビー嬢は午後の紅茶を飲み、エリザベスは、正真正銘の貴婦人のような格好でアイスクリームを食べたが、誰も見ていないと分かると、時折り口の中でスプーンをひっくり返していた。ウエイターが、大理石の板敷きのテーブルからカップとグラスを片付け、金モールつきの服を着た従業員が、新しい顧客のために、籐椅子を二、三脚集めて並べ替えていた。そこかしこに、昼食を終えたあとでもパン屑を前にして坐りこんでいる客がいた。さも立派そうな身なりをしたロシア人の貴族が、だらしない格好で眠っている。しかしたいていの滞在客は、夕食まで散歩に出るか、テニスをしに行くか、木蔭で読書をするか、いずれ等しくその場をあとにしていた。天候は実に心地よく、陽もかなり傾いていたので、陽射しを受けるものにはすべて、新たに生まれた色彩ばかりでなく、今までになかった新しい質が感じられた。前の日にその下を通ってきた巨大な断崖、その向こうに控えているイタリアがレイビー嬢には見えた。「四月谷」、「シエナの谷」、彼女が「南の野獣」と名付けた山々――それらは終日、とりたてて言うこともない、遠く離れた白色や灰色の岩のかけらにすぎなかったが、黄昏《たそがれ》の光が今それらを変容させ、南国の空を背にして折り目正しく坐っている紫色の熊に変わっていた。

「外に出ないのは罪というものよ、エリザベス。友達でも見つけていっしょに行ってらっしゃい。レイランド大佐に会ったら、私はここにいるって言ってちょうだい」

「他に何か用事がありますか？」エリザベスは、風変わりな主人が好きだったし、アイスクリームを食べたせいで心が和んでいた。レイビー嬢はどこか具合が悪そうだった。ことによると愛の行く道は平坦でないせいなのかもしれない。何と言っても、殿方は巧みに操縦するに限る。特に二人とも歳を取っている場合は。

「子供たちに小銭をやっては駄目よ。それだけ」

　客はいなくなっていたし、従業員の数も減っていた。うしろのホールから上品ぶった忍び笑いが聞こえてきた。いちばんの二人の悪玉、カウンターの若い女と、到着した客を部屋に案内するフロックコートの若者だった。ポーターが何人か、少し距離を置いて立ち、話の仲間入りをしていた。ラウンジに残っているのは、とうとうレイビー嬢とロシア貴族と接客係だけになっていた。

接客係は、四十がらみの辣腕家《らつわんか》で、ヨーロッパのどこかの国の出身。あらゆる言語を流暢に話し、他の言語もそこそこ話せる。今もよく動きまわるし、明らかに往年は筋肉質だった男だが、生活か、あるいは時の流れがその体型を変えた。あと数年もすれば肥満体になるにちがいない。しかし男の表情を読み解くのはそれよりも難しい。忠実に仕事をこなしているから、そこに自己顕示というようなものはない。窓を開け、マッチ箱を補充し、小テーブルの上の埃を払い、始終扉の方を窺《うかが》って、荷物なしの客が入ってこないか、勘定を済ませずに出ていく客はいないか、と注視していた。彼がひとつのスイッチを押すと、ウエイターが飛んで行ってレイビー嬢の紅茶の食器を片づけた。別のスイッチを押し、下っ端《ぱ》の従業員に指図して、寝室の窓から落ちた紙きれを掃除させた。それから軽くお辞儀をし、「失礼ですが」と言いながら、レイビー嬢が落としたハンケチを拾って渡した。彼には、前の晩レイビー嬢が急にホテルを替えたことを恨《うら》んでいる気配はなかった。チップを渡したためかもしれないし、彼女の存在そのものが記憶にないせいかも知れなかった。

レイビー嬢にハンケチを渡すときの仕草が、おぼろげな記憶を呼び覚まして彼女を戸惑わせた。レイビー嬢が「ありがとう」と言う前に、彼はもう玄関に行って横向きに立っていた。そのため、少し腹の出た曲線がくっきりと浮き上がって見えた。体格は良いがどこか憂鬱そうな若者が、外の柱廊玄関でもじもじしていた。「パーセントのことは話しただろ。お前がそれでいいと言っていたら、紹介してやったんだがな。もう遅すぎる。ガイドはいっぱいいるんだから」そう言っているのが聞こえた。

気前の良さというものは、想像以上に多くの人々を潤す。我々は御者にチップをやるが、合図をして御者を呼びつけた者にもそのおこぼれが回ってくる。マグネシウム線に火をつけて鍾乳洞を照らす者にチップをやると、何某《なにがし》かの金が舟の船頭の手に渡る。レストランの給仕にチップを渡せば、給与からいくらか差し引かれるから誰かの利益になる。我々がめったに気づかない巨大なメカニズムが富の分配を行なうのである。接客係が戻ってきたとき、レイビー嬢は尋ねた。「パーセントって、何のことなの?」

彼女がそう尋ねたのは、接客係を戸惑わせるためだった。冷たい人間だったからではなく、慇懃で有能な外皮の下にどんなものが潜んでいるか知りたかった。科学的と言うより、むしろ感傷的な性質の質問だった。

その問いは教育のある人間に対してなら功を奏したであろう。問いに答えようとして思わず内面を暴露する羽目に陥ったであろうが、接客係には論理にこびへつらわねばならない理由《いわれ》がなかった。「さようですとも、奥様。今日の天気は申し分なしです。お客様にも、干し草にとっても」彼はそう答えると、絵葉書を選んでいる司教のところに足早に去った。

下層の人間の稟質《ひんしつ》について考察しても不思議のないところだったが、レイビー嬢はあっさり敗けを認めた。接客係は、甲斐〲しいという風情で、出しゃばるという風もなく、抜かりはないが同時に恭《うやうや》しく、さまざまな絵葉書を並べて見せていた。レイビー嬢は、彼が必要もない絵葉書まで買わせる様子をじっと見ていた。これがいつか山の上で自分に愛について語った男なのだ。そのときまでは、生来のちょっとした仕草でその男だと分かるに過ぎなかった。上流階級の人間と接触することで、新しい特徴が――礼儀、博識、沈着さ――が生まれていた。昔から分かっていたことなのだ。つまり責任は上流階級にあるということなのだ。人が互いの重荷を分かち合うのは、避けられないし、また望ましいことでもあるのだ。

俗っぽいから、本質的に卑俗な人間だからと言って、フェオを責めるのは馬鹿げている。自分で自分を生んだわけではないからだ。スポーツマン・タイプの男が変身した――脂肪太り、額にかかる黒髪の大きな巻き毛、ワックスで固めた口髭、原始的生命体のように二重の肉になってさらに増殖する顎――と嘆くのは、いっそう理不尽なことだった。二十年近く前、彼女が英国で本を出した瞬間から、男の性格だけでなくその姿まで変わったのだ。彼もまた『永遠なる瞬間』の一産物なのだ。

レイビー嬢は、大いなる優しさに圧倒された――それは世界を創《つく》ったあと、不首尾に終わった世界を見た不器用な造物主《デミウルゴス》を襲った悲しみだった。自分の創った生き物たちに赦しを請いたかった。――たとえそれらが余りに不出来なために赦しを与えることなどできないのだとしても。その日の朝シニョーラ・カンチューの枕元で思いとどまった、告白したいという衝動が、ふたたび肉体的な欲求の激しさで甦った。司教の姿が消えたとき、彼女は男との会話を再開した。以前とは違う台詞で、「そう、とてもいい天気。〈ビシオーネ〉を出て散歩を楽しんでましたの。あそこに泊まってるのよ！」と言った。

男は、相手が話したがっていると見てとって心地よげに答えた。「〈ビシオーネ〉はとても素敵なホテルにちがいありません。評判がよろしいもので。あそこのフレスコ画は非常に綺麗ですし」抜け目のない男だったから、ちょっとばかり相手に情けをかけているのだった。

「それにしても沢山新しいホテルがあること！」レイビー嬢は、ロシア貴族を起こさないように声を落として言った。その男性がそこにいることが、奇妙に気になっていた。

「奥様、私もそう思っております。私の少年時代には――ちょっと失礼」

初めてこの土地へきたアメリカ人の若い女性が、手にいっぱいコインをもって近づいて来た。途方に暮れたように、「いくらになるか分かりませんけど」と両替を頼んだ。

男は何やら説明をして小銭を渡したが、レイビー嬢は、ちゃんとした額だったのかしらと思った。

「少年のころには――」今度はホテルを発つ二人の客を見送らねばならなかった。チップを渡した客に「ありがとうございます」と言った。渡さなかった客にも「ありがとうございます」と言ったが、同じ調子ではなかった。明らかに男にはまだレイビー嬢が思い出せないのだ。

「少年のころには、ヴォルタは貧しい小村でした」

「だけど愉しい村でした？」

「とても愉しかったです、奥様」

「ゴホン！」目を覚ましたロシア貴族が咳をしたので二人は驚いた。フェルト帽をかぶると、ロシア貴族は脱兎のごとく走り出した。健康のための運動だった。あたりにもう人影はなかった。

レイビー嬢がためらうのを止め、かつて二人は会ったことがあると、男に思い出させようと決意したのはそのときのことだった。彼女は一日中、生命の火花を探し求めていた。はるか遠い昔、青春時代の山の頂上で認めたあの焔を男に思い出させることで、その火花も呼びおこせるかもしれないと思った。もし男がそれを識別したとして、男がどうするかは分からないが、男に生命が通い始め、いずれにせよ彼女が招いたその土地と住民の運命から逃れるようになるだろうと思った。

その日に味わった苦しみのために心が頑《かたく》なになっていなかったなら、彼女は敢えて言いだす気にはまずならなかっただろう。あまりに甚だしい痛みは、体裁や外聞を馬鹿馬鹿しいものにする。加えて、彼女が乗り越えねばならなかった壁は性別の壁だけで、男が接客係だという身分の壁ではなかった。彼女はいまだかつて、今の時代にそうであるような、下層身分の人間に対する遠慮などに縛られたことがなかった。

「私、ここ二度目なのよ」彼女は大胆に切り出した。「二十年まえ、〈ビシオーネ〉に泊まったの」

男は初めて感情というものを見せた。〈ビシオーネ〉という言葉を口にしたことが、男を少し怒らせたのだった。

「ここに来ればあなたに会える、って言われたの」彼女は続けた。「あなたのこと、よく覚えてる。私たちを峠の向こうまで連れってってくれたわ」

彼女は男の顔をまじまじと見つめた。それが崩れて笑顔になるとは思ってもみなかった。

「ああ！」と言った男は、とんがり帽子をぬぎ、「とてもよく覚えています、奥様。そう言ってよければ、再会できて嬉しいです」と言った。

「私も嬉しいわ」半信半疑で男を見ながらレイビー嬢は言った。

「あなたともう一人のご婦人でしたよね。名前は――」

「ハーボトル夫人」

「そう、そうですとも。荷物を運びました。ご親切を、今もよく思い出します」

彼女は目を上げた。男は開け放たれた窓の近くに立っていた。その向こうにはお伽話の世界が広がっている。彼女は一瞬正気を失ったが、ゆっくりとした口調で言った。

「私もあなたの親切を片時も忘れたことがないと言ったら、あなた、誤解なさる？」

「ご親切はあなたの方です、奥様。私は務めを果たしたにすぎません」

「務めですって！　務めがどうしたって言うの？」

「あなたとハーボトル夫人は、それはそれは気前のいい方でした。どんなに有難かったか、よく覚えています。いつも正規の料金よりもたくさんお支払いくださいました――」

そのとき彼女は男が何も覚えていないということを理解した。彼女のことも、何が起きたかも、男が若かったころはどんなだったかも覚えていない。

「礼儀作法はなしにしてよね」彼女は冷ややかに言った。「最後に会ったときは、礼儀もなにもなかったわよ」

「申し訳ございません」突然、男は怯えたように叫んだ。

「振り向いて。山を見てちょうだい」

「はい、かしこまりました」男はとろんとした目を不安げにしばたたかせた。チョッキの襞の時計の鎖をいじったあと、駆け出して、展望テラスにいた貧しい身なりの子供たちを追い払った。男が戻ってきたときも、レイビー嬢は執拗だった。

「よく聞いてちょうだい」冷静で事務的な調子で彼女は言った。「道路が迂回してね、南に向かってるあの大きな山を見るの。いいこと、東の中腹の真ん中あたりを見るのよ——花がいっぱい咲いてるあたり。あそこであなたは、むかし自分を投げ出したの」

男は息を呑んだ。彼女を見て恐怖に襲われた。男は思い出したのだが、記憶のもたらす衝撃は譬えようがなかった。

ちょうどそのときレイランド大佐が戻ってきた。

レイビー嬢は歩み寄って、「この人が昨日話した人なの」と言った。

「こんにちは。どの人がです?」せかせかした口調でレイランド大佐が言った。レイビー嬢が紅潮しているのを見て、誰かが失礼なことをしたに違いないと思った。二人の関係はどちらかといえば変則的だったから、なおのことレイビー嬢には敬意を払って礼儀正しく接する必要がある。彼自身はそういう気配りをしてきた。

「私が若いころ恋をした人なのよ」

「そりゃ、ちがう!」憐れなフェオは、すぐさま罠にかかったと見てとって叫んだ。

「ご婦人がそう思いこんでるだけなんです。誓って申しますが——私はまったく、どういうこともなかったんです。若かったですし、礼儀作法も知らなかった。すっかり忘れてしまったことなんです。ご婦人がそれを思い出させて、何が何だか分からなくなってしまっただけなんです」

「こりゃ、たまげた！　いったいぜんたい！」

「馘首《くび》になるかもしれません。妻も子もいるというのに、身の破滅です、旦那さま」

「もういい！」レイランド大佐が叫んだ。「レイビー嬢の意図が何であれ、君を破滅させようなどとは思っとらん」

「誤解よ、それ、フェオ」レイビー嬢が優しい声で言った。

「行き違いになったのは、実に不幸でしたな」平気の平左というつもりの大佐の声は顫《ふる》えていた。「夕食前に、散歩に出ませんか？　今日は泊まられるんでしょ」

レイビー嬢は誘いに乗らなかった。じっとフェオを見ていた。もはや戦々恐々という風はなかった。彼女にとってはいっそう不快な、新しい感情の動きが認められた。男は胸を張り、悩殺的な笑みを浮かべた、レイビー嬢が自分を見ており、レイランド大佐は見ていないことが分かったので、男は彼女にウインクをした。

それは絶望的な光景だった。それまでに彼女がヴォルタで見たもののなかで、最も気の滅入る光景だったが、それが彼女に与えた効果は記念すべきものだった。二十年前の男の完璧な姿が、幻のように顕《あらわ》現れたからである。着ていた衣服と頭髪、手に持った花と手首の擦《す》り傷、解放された人間として話ができるようにというので背中から下した重い荷物──それらが細部にいたるまでありありと見えた。声も聞えた。生意気でもなく、おどおどしてもいず、いささかも恫喝《どうかつ》的でなく、かと言って何か詫《わ》びる風でもない声で、最初は本で習った決まり文句で彼女を誘い込み、感情が激してくるとしどろもどろになり、本気なんです、信じてください、あなたも僕を愛してください、いっしょにイタリアへ高飛びして、いつまでもいっしょに暮らし、永遠に幸せな若い二人でいましょう、と叫ぶように言った。彼女も、若い女性らしく叫び返し、辱しめを受けなくて嬉しい、と言った。そしていま中年の女性になったレイビー嬢は、突然の衝撃と余りの変わりようから顕現を受けたために大声を出した。「いまもあなたを愛してるなんて思わないで！」

なぜなら、彼女は初めて、男を愛していないのはそのときだけだと悟ったからである。山の上での出来事は、彼女の人生における大いなる瞬間のひとつ──ことによると最大の瞬間、疑いもなく最も長く持続する瞬間であり、彼女は木が地下の泉から活力を吸収するように、そこはかとない力と霊感をその出来事から得たのだと悟ったからである。彼女にはもはや、その出来事を、人生の発展過程に起きた半ばユーモラスな事件と考えることはできなかった。その出来事には、それをきっかけとして訪れた成功とさまざまな成果に満ちたそれ以降の全歳月よりも、確かな内実がある。間違わずに振舞い、淑女にふさわしい様子を見せたにもかかわらず、彼女はフェオを愛したのであり、以降は二度とあのような情熱を傾けることもなかった。ひとりの生意気な少年が、彼女を天国の門のところへ連れていったのだ。いっしょにその門をくぐろうとはしなかったが、その幻のような光景のおかげで、人生が永続する良いもののように思えたのである。

彼女のそばにいたレイランド大佐は、その場を取り繕おうとして当たり障りのない言葉を並べた。彼女がとても好きだったから、助け舟を出しているのだった、馬鹿なことをしているのを見るのが辛かったからでもあるし、彼女がフェオに言った最後の言葉に驚愕し、自分自身も何とかして救出しなければならないと思い始めたからでもある。そこにいるのはもう彼らだけではなかった。フロントの女性と若者が、息を凝らして聞き耳を立てていた。ポーターが何人か、上司の失態を見てクスクス笑っていた。フランス人の婦人はもう、あるイギリス人が、妻が接客係に言い寄っている現場を押さえたという愉しいニュースを広めていた。外のテラスでは、母親が娘たちを追い払って他の場所に移動させた。司教はゆるゆると散歩に出る支度をしていた。

レイビー嬢は夢見心地だった。「私、ほんとに分かってなかった！　今の今まで知らなかった。彼を愛していたし、一度もそう言わなかったのは、単なる偶然——差し障《さわ》り、ボタンのかけ違いだったって」

彼女は思ったことを口に出してしまう性質《たち》だった。わけが分からなくなったり、言葉を失わせたりする激情に襲われていたわけでもなかった。依然として彼女は冷静に、山の上で燃えた火を振り返り、あまりにも遠くにあるため熱は感じられないが輝きを増してくるさまに目を瞠《みは》った。そして言葉に出して言うことで、憐れなことだが、分かってもらえるようにしているのだと信じていた。その言葉は、レイランド大佐には名状しがたい野卑な言葉に聞こえたようだった。

「だけど、そう思うのは素晴らしいけど、どうしようもないのよね」レイビー嬢はフェオに向かって話し続けたが、狼狽《うろた》え始めたフェオには、もうダンディーな男の面影《おもかげ》はなかった。「思い出だけに縋《すが》って歳をとり続けられるわけでもないわ。ひとつの生《なま》の事実でも取り戻せるなら、私が壊してしまった一人の人間でももとに戻せるなら、私がもってる想像力や言葉の技、それを全部投げ捨ててもいいと思うの」

「まことにその通りです、奥様」フェオはうつむいたまま答えた。

「この土地で、私のことを分かってくれる人が見つかったら、心の丈《たけ》を打ち明けられる人がいたら、私、今より幸せになるだろうって思うの。ヴォルタには、さんざん悪いことをしたものね、フェオ――」

フェオは顔を上げ、レイランド大佐はステッキで寄木造りの床をコツコツ叩いた。

「――そしてね、最後にあなたに話しかけようと思ったの。ひょっとしたら分かってくれるかもしれないと思って。思い出したのよ。あなたがかつて、私に優渥《ゆうあく》だったたって――そう、優渥――それ以外に言葉はないわ。だけど私、あなたも駄目にしてしまったのね。分かりようがないもの」

「いえ、奥様。完全に分かりますとも」少しばかり立ち直った接客係が言った。評判を落とされ、虚栄心も出鼻をくじかれた、嘆かわしい愁嘆場《しゅうたんば》にケリをつけようと決心していた。「思い違いをされているのは奥様の方なんです。私に悪いことなどぜんぜんなさっていません。良いことをなさったんです」

「まさにその通り」とレイランド大佐が言った。「これで結論が出た。レイビー嬢は、ヴォルタの恩人だってことだ」

「ほんとうにそうです、旦那様。ご婦人のご本が出たあと、外国人がお越しになる、ホテルが建つやらで、みんな暮らし向きがよくなったんです。初めて参ったときは、私も峠を越える荷物を運ぶだけの、無学で賤しいポーターでしかなかったんです。精出して働いて、運が向いてきて、お客様に気に入られて——それが今は何と！」接客係は言葉に詰まった。「むろんいまだに貧乏な男でしかありません。妻がいて、子供がいて——」

「子供ですって！」レイビー嬢に突然、救済の道が見えた。「どんな子供なの？」

「小さな男の子が三人です」熱の入らぬ返事が返ってきた。

「末の子はいくつなの？」

「五歳《いつつ》です、奥様」

「私にその子を呉れないこと？」レイビー嬢は熱っぽい口調で言った。「そしたら、私が育てる。金持ちの世界に住まわせてあげるわ。想像してるような嫌な人たちじゃないって分からせてあげる。体裁ばかり気にして、敬意を金銭で買うような人たちじゃないって分からせてあげる。いい人たちなのよ。思いやりがあって、愛情も欠けていない。真実というものが好きで、他人《ひと》と付き合うときは賢い人なの。その子にそれを分からせてあげる。それからあなたにも分からせるように仕向けてあげる。大きくなって、神の恵みがあれば、金持ちの人に教え諭すの。貧しい人たちに対して愚かであってはならないって。私はそうしようとしたの。でも、私の本を買って、よく書けていると言って、それでお終いだった。だけど私には分かっているの。愚かさが絶えない限り、慈善や布教や教育が無駄なだけじゃなく、私たちの文明全体が無益だってことを」

そんな言葉を聞くのはレイランド大佐には苦痛だった。もう一度助け舟を出そうとして、フランス語で「そんなことを――」とぶっきら棒に言いかけたが、接客係はフランス語ができることを思い出して止めた。しかしフェオは、その言葉も、むろんレイビー嬢の長口上《ながこうじょう》も、うわの空で聞いたにすぎなかった。彼は、妻を説得して小さな子を手放させられるか、もしうまくいったとして、レイビー嬢からいくら貰えるだろうかと思っていた。

「そうなったら私は赦《ゆる》されると思うの」と彼女は続けた。「私が散々ひどいことをしたところから何か善いことが引き出せればね。それは確かにとても美しいものだったけど、思い出はもううんざりなの。いいこと、フェオ、私は何か違ったものを貰いたいの。生身の男の子をね。私いつも困ったことをするけど、どうしようもないの。会ったときに較べるとずいぶん変わったし、あなたも変えてしまった。私たち、以前とは違う新しい人間になってる。それをよく覚えておいてね。別れ際に、一つ質問がしたいからなの。あなたが答えられないはずはないと思うのよ。フェオ！　ちゃんと聞いて」

「何でしょうか、奥様」銭勘定の世界から脱け出しながら接客係が言った。「何か御用でしょうか？」

「イエスかノーか、答えてちょうだい。私のことを愛してるって言ったあの日――本心からそう言ったの？」

たとえ彼に、その日のことについて何か思うところがあったとしても、質問に答えられたかどうかは疑わしいが、彼はとにかく答えを用意しようともしなかった。彼は再び、不細工で干からびた初老の女が、彼の評判と和やかな家庭をぶち壊そうとしている、と悟った。身の縮まる思いでレイランド大佐に話しかけようとしたが、たじろいで何とか言葉を見つけた。「失礼ですが、奥様、家内にはお会いにならない方がいいと思います。ものすごくきつい女ですから。私の小さな子に対する御親切にはお礼の言葉もありませんが、奥様、いや、家内はぜったいに承知しません」

「失礼だぞ！」そう叫んだレイランド大佐は、騎士道精神を発揮して男を叩きのめそうとした。ロビーから恐怖と期待の入り混じった声が届いてきた。誰かが支配人を呼びに走った。

レイビー嬢が割って入り「この人、敬意になんて金輪際《こんりんざい》、縁《えん》のない人なのよ」と言った。フェオに目を向けると、髪は乱れ、汗たらたらの、魅力も何もない太っちょの男が、自分のではなく彼女の失態を悲しそうに笑っていた。再び話しかけるのは無駄だった。彼女の言葉に恐慌を来たし、器用さも礼儀作法も忘れ、あとにはほとんど何も残っていない男だった。びっくりした兎と同じように、ほとんど人間らしいところがなかった。

「可哀想に。混乱させただけだったわ。でも、子供を手放してくれていたら、私の問いに、たとえ同情心からであれ答えていてくれたら――。私が生き続けられるのは何故なのか、そういう種類のことは皆目理解できないんだわ」そうつぶやきながらレイランド大佐を見ると、大佐もまた取り乱した風だった。話しかけている人にだけ気をとられ、そばで聞いている人には注意が向かないのが彼女の癖だった。

「あなたも困らせていたんですね。本当に馬鹿ですね、私」

「私のことを思うには、ちょっと時期を逸してますな」むっつりとしてレイランド大佐が言った。

レイビー嬢は、昨日大佐と交わした言葉を思い出した。すぐに大佐が何を言いたいかが分かったが、細かに説明しようとも思わなかったし、憐れみを感じる優しい心もなかった。この人は、生まれが良く、高度の教育を受け、世に言う利点をすべて具えている。人類が獲得したあらゆる知識と教養と洞察力を具えていると思いこんでいる。けれども私には、彼の精神が恵まれない人たちと同じ水準にあることが分かってしまった。貧しさのために品性が卑しくなった人たち、以前もっていた長所が環境によって破壊された人たち、男らしさと素朴さを金持ちに仕えるうちになくしてしまった人たちと同じなのだ。レイランド大佐もまた彼女がそのときフェオを愛していると思っていたとしても、彼女は誤解を解こうとする気にはならなかっただろうし、誤解が正せるとも思わなかったであろう。

蔭り出した谷間から、歌うような鐘の強い音が湧きあがった。男たちから視線を逸らせ、レイビー嬢は愛《いと》おしそうに鐘の鳴る方向を見た。その一日は、あらゆる希望がついえた挫折感とともに終わろうとしていた。フェオは、鐘の音に触発されて再び話し始めた。山々が鳴動するように彼は言った。「不幸なことと思われませんか？　ある殿方が今朝素晴らしいあの鐘楼に出かけられて、地崩れが始まっているから鐘楼は倒れるとお思いなんです。むろん高い土地にいる私らには一向に害にはなりませんが」

彼の言葉には効き目があった。嵐の場面がおさまり、突然静謐《せいひつ》な終幕が訪れた。彼らは、レイビー嬢が『ベデカー』〔有名な旅行案内書〕を手に取り、悲劇にふさわしい仕草も見せずに立ち去ったことには気づかなかった。最後の失態を演じた瞬間に、彼女はある幻に恵まれ、自分の人生が無駄ではなかったことを知ったのだった。実際の出来事と世俗世界の事実に対する勝利――彼女にしか想像もできない、壮大で冷たく、ほとんど人間のものと言えない勝利を意識した。展望テラスから、色褪せつつある美しい谷間を、永遠のものではない美を見つめたとき、依然として強い愛着を覚えたが、彼女にはそれは、無限の彼方にある星のなかの谷のように思えた。その瞬間にもし優しい声がホテルのなかから彼女を呼んだとしても、彼女が立ち戻ることはなかっただろう。「歳をとるというのはこういうことなんだわ、でもそんなに怖ろしいことじゃない」――彼女はそう思った。

しかし誰も彼女に声をかける者はいなかった。レイランド大佐なら、彼女が不幸な目にあったことが分かっていたからそうしたかったかもしれないが、そうするには彼は余りにも深く傷つきすぎた。彼女は自分の思いと願いを別の階級の人間に向かって曝《さら》け出してしまった。自分自身だけでなく、彼とその同輩をも貶めてしまった。よそ者の前で、彼らの裸身をむき出して見せてしまったのだ。

滞在客が、夕食やコンサート用に着替えるために戻ってきた。広間から活気づいた使用人が流れ出して、舞台に登場したオペラの合唱隊のようにロビーを満たし、支配人の登場を予告した。何も起きなかったかのように装うのは不可能なことだった。醜聞は途方もなく大きなものだから、最善を尽くして抑えこむしかない。

他人の体に触れるのは大嫌いだったが、レイランド大佐はフェオの腕をとると、素早く指を上げて額を指した。

「その通りでございます」接客係は小声で言った。「もちろん、私どもは承知しております——ああ、旦那様、ありがとうございます。本当に、ありがたいことです!」

アンドリューズ氏 *Mr Andrews*

死者の霊魂が「審判」と「天国の門」に向かって昇っていた。四方八方から俗世の魂が彼らを圧しつける。ちょうど大気が上昇するシャボン玉を圧しつけるように、彼らを押しつぶし、彼らの人格という薄い膜を破り、彼らの特性を自分の特性とごちゃ混ぜにしようとして——。しかし彼らは抵抗した。——自分たちの地上での輝かしい個々人の人生のことを思い出し、来るべき個々の生活を希求しながら。

その群れに混じり、アンドリューズ氏の霊魂が上昇していた。慈悲深い立派な生活を送っていた彼は、最近ロンドンの自宅で身罷ったのである。自分には思いやりがあり、品行方正で、信心深いということが分かっていたので、裁きの場にこの上なく謙虚な気持ちで赴くところだったとはいえ、審判の結果についてはいささかの疑念も抱きようがなかった。当節の神は、嫉妬深い神ではない。彼が単に救済を期待しているからという理由で救済を拒むようなことはないであろう。義にあつい霊魂が自分の正しさを意識するのは、然るべきことである。だからアンドリューズ氏も、自分の正しさを自覚していたのである。

「道は遠いですよ」という声がした。「しかし楽しく話し合っていると、その道は短くなる。いっしょに旅をしてあげましょうか?」

「お願いします」アンドリューズ氏はそう言って手を差し出した。そこで二つの霊魂がふわふわと昇っていった。

「私は異教徒と戦っていて殺されたんです」と、彼は誇らしげに言った。「だから、「預言者」が語る歓びの元に直行するんです」

「あなたはキリスト教徒じゃないんですか?」アンドリューズ氏は深刻そうな面持ちで尋ねた。

「いいえ、私は信仰篤《あつ》き者です。でも、きっとあなたはイスラム教徒でいらっしゃる?」

「いいえ、そうじゃありません」とアンドリューズ氏は言った。「私は信仰篤き者です」二つの霊魂は黙って、しかしお互いの手は離さずに、ふわふわと昇っていった。「私は寛大な教会の方です」と、アンドリューズ氏は優しい声で付言したが、「寛大」という言葉は、その空間のなかでは奇妙な震え方をした。

「どんな人生だったか、話して下さいよ」トルコ人がとうとう口を開いた。

「私は中産階級のちゃんとした家に生まれ、ウィンチェスターとオックスフォードで教育を受けたんです。聖職に就くつもりだったんですがね、通産省から誘いが来たんでそこに就職しました。三十二歳で結婚し、子供が四人できました。二人は死にましたが、家内は生きています。もう少し長生きしてれば、ナイトの爵位を貰ったでしょうがね」

「今度は私の番ですな。父親のことはよく知らんのです。母親も別に何ということもない人間です。サロニカのスラム街で育ち、盗賊の一味に入って、異教徒の村で略奪を重ねました。羽振りが良かったんで、妻が三人いました。もうちょっと長生きしてれば、盗賊の親分になってたでしょうな」

「私の息子はマケドニアを旅してるときに殺されたんです。たぶんあなたが殺したんでしょう」

「そりゃあ、大いにありうるこった」

二つの霊魂は、手に手をとってふわふわと昇っていった。アンドリューズ氏はもう何も言わなかった。近づきつつある悲劇がもたらす恐怖に圧倒されていたからである。この男、神を知らぬこと甚だしく、無法を極め、残虐非道で好色な男は、「天国」に入れてもらえると思っている。だが、何という天国だろう! 地上のならず者が手にする生々しい快楽がいっぱい詰まった場所——。しかしアンドリューズ氏は、嫌悪も抱かなかったし、道義心から憤慨することもなかった。彼はただ測り知れないほどの憐れみを感じるばかりだった。自分自身の美徳も何の慰めにもならなかった。以前より強くその手を握りしめている男を救ってやりたかった。その男もまた以前よりもしっかりと私の手を握っている、とアンドリューズ氏は思った。そのため「天国の門」に着いたとき、アンドリューズ氏は、以前そうしようと思っていたように「私は入れます？」と尋ねるかわりに、「彼は入れます？」と大声で言った。その同じ瞬間にトルコ人も大声で同じことを言った。同一の精神の力が、二人の心のなかで働いていたからである。

門のところから答えがあった――「両名とも入ってよろしい」。とても嬉しくなった二人は、いっしょになって速い歩を進めた。

「どんな服を着て入るのか？」――同じ声が続けて言った。

「一番いい服」とトルコ人が叫んだ。「あっしが盗ってきたやつでさあ」と言って、彼は素晴らしいターバンを頭に巻き、銀糸で刺繡されたチョッキとゆったりしたズボン、パイプとピストルと数本の短剣が差し込んである太い帯を身につけた。

「それで、あなたの方はどんな服で入るのか？」同じ声がアンドリューズ氏に言った。

アンドリューズ氏は一張羅《いっちょうら》のことを思い出したが、それをまた着たいとは思わなかった。やっとのことで思い出して、「ローブ」と言った。

「どんな色で、どんな仕立てか？」と声が尋ねた。

アンドリューズ氏はそういうことについてあまり考えたことがなかった。ためらいがちに、「たぶん黄色で、流れるように柔らかい生地」と言うと、すぐにそういうふうな衣服が現われた。「こんな着方でよろしいんでしょうか」と彼は尋ねた。

「好きなように着なさい」と声が答えた。「他に望みのものは？」

「ハープなどはどうでしょう？　小さいやつですが」

するとう、小さな金のハープがアンドリューズ氏の手の上に置かれた。

「それに、棕櫚《しゅろ》の枝を一本――いや、棕櫚を貰うわけにはゆかない。あれは殉教者の褒美ですから。私の人生は静かで幸せな人生でした」

「望みとあらば棕櫚を遣《つか》わすが」

しかしアンドリューズ氏はそれを謝辞し、白いローブに身をつつんで、すでに「天国」に入っているトルコ人のあとを足早に追った。開かれたその門を入ろうとしたとき、彼と同じ格好の男が、ああ、駄目だ、という仕草で門から出てきた。

「あの人はどうして悲しんでるんですか？」とアンドリューズ氏は訊《き》いた。

声は何も答えなかった。

「それに、門のむこうの玉座と山に坐っている人たちは誰なんです？　怖ろし気で、つらそうな、醜い姿の人がそのなかにいるのはどうしてなんですか？」

答えはなかった。アンドリューズ氏は門のなかに入った。坐った人たちは全員、当時地上で崇拝されていた神々だということが分かった。各々の神の周りにはひとかたまりの霊魂が立って賛歌を歌っていたが、神々はそれにはまったく無関心だった。彼らは地上の生者が捧げる祈りに耳を傾けていたからで、それのみが彼らの養分になるからだった。ときおり地上のある宗派の信仰が下火になった。すると神もうなだれ、潮垂《しおた》れ、日毎の抹香《まっこう》を求めて気を失うことがあった。時には、信仰復興運動や大きな記念行事のために、あるいは何かの理由で信仰が強まると、その宗派の神も壮健になった。しかしもっと頻繁に起きたのは、信仰の内容が改変された結果、その宗派の神の顔つきが変わって矛盾した表情になることだった。忘我の恍惚状態から世間的な見栄えの良さへ、柔和で普遍的な愛から戦時の獰猛《どうもう》さに変わった。あるいは時には、一つの神が二つの神に、三つ、あるいはそれ以上の神に分裂し、各々が独自の儀式をもち、行き当たりばったりの祈りが捧げられることもあった。

アンドリューズ氏にはブッダ〔釈迦のこと〕とヴィシュヌ〔ヒンズー教の神〕、アラー〔イスラム教の神〕とエホバ〔旧約聖書の唯一神〕とエロヒム〔ヘブライ人の神〕の姿が見えた。少数の野蛮人によって同じように崇められている、小さくて醜い、眦《まなじり》を決したような神々も見えた。「復興異教主義」〔キリスト教普及以前の宗教を現代的に取り入れようとする運動〕のゼウス〔ギリシャ神話に登場する主神〕の姿は、巨大で蔭った輪郭をまとっていた。残虐な神々、粗野な神々、苦悩する神々、さらに悪いことには、怒りっぽい神々や狡《ずる》い神々、下品《げひん》な神々がいた。人間の願いは何でも叶えられるのである。そればかりか、そう願うものには生と死の中間領域があったし、クリスチャン・サイエンス〔病いをキリスト教の信仰によって直そうとする宗派〕の信者には、彼らがまだ死んではいないことを証明できる場所もあった。

アンドリューズ氏はあまり長い間ハープを弾かずに、死んだ友人の一人を捜そうとしたが見つからなかった。それに、「天国」にはひっきりなしに霊魂が入ってくるのに、そこは奇妙なことにまだ空っぽの場所のように思えた。さらに、期待したものはすべて手にしたのに、大いなる至福も、神秘的な美の瞑想も、神秘的な善との合一も感じなかった。門の外でトルコ人がなかに入れるようにと祈ったとき、そのトルコ人がアンドリューズ氏のために同じ祈りの言葉を口にしているのが聞こえた、あの瞬間に匹敵するものは何もなかった。それでアンドリューズ氏は、連れ合いの姿が見えたとき、人間の歓びの声をあげて呼びかけた。

トルコ人は坐って瞑想しており、その周りを、コーランによって約束された七人の乙女《おとめ》が囲んでいた。

「ああ、かけがえのない友よ!」と彼は叫んだ。「こっちに来れば、二度と別れないでいられる。私の歓びはこんなだが、君にもあげるよ。他の友達はどこにいる? 私が愛した友や、私が殺した友は?」

「私も君だけしか見つけられなかったんだ」アンドリューズ氏はそう言ってトルコ人の傍らに坐った。まったく同じ姿かたちをした乙女たちは、漆黒の瞳で彼らに秋波を送っていた。

「期待したものは皆手に入れたが、無上の悦びなどは感じないんだ。門の外で君がなかに入れるようにと祈ったとき、君が私のために同じ祈りの言葉を口にしているのが聞こえた、あの瞬間に匹敵するものは何もないんだ。この乙女たちは私がこしらえたのと同じぐらい綺麗でよくできているけれど、もっと良ければいいのにと思うんだ」

トルコ人が願ったとおり、乙女たちの体はそれまでよりももっと丸みをおび、眼はもっと大きくて黒くなった。アンドリューズ氏は、同種の願いにより、衣服をより純粋で柔らかくし、ハープをより華麗にした。というのも、その場所は彼らの期待を成就させる場所だったからだが、彼らの希望はというと、それはまた別の話だった。

「私はもう行くことにする」とうとうアンドリューズ氏が言いだした。「欲望は無限だが、そんなものは想像することもできない。どうやってそれが満たされると思える？無限の善とか無限の美とかいうのは、夢の中で想像してるだけなんだ」

「私もいっしょに行く」とトルコ人が言った。

二人はいっしょになって門を探した。トルコ人は乙女たちと別れ、一張羅を脱ぎ捨て、アンドリューズ氏はローブとハープを捨てた。

「出てもよろしいか？」と彼らは尋ねた。

「二人とも、お望みとあらば出てもよろしい。しかし、外に何があるか思い出さねばならん」と声が言った。

門を出るやいなや、彼らは俗世の魂が圧しつけてくるのを感じた。彼らは一瞬立ち止まり、手を取り合ってそれに逆らったが、やがて抵抗を止め、世俗魂が分け入ってくるに任せた。すると、彼ら自身と、彼らが体得したあらゆる経験と、彼らが生み出したあらゆる愛と叡智が、世俗魂のなかに入った。そしてそれは、以前より良いものになった。

ホテル・エンペドクレス *Albergo Empedocle*

ハロルドが私に宛てた最後の手紙はナポリで書かれていた。

たったいまポンペイから戻ってきたばかりだ。概してまったく駄目でつまらない。悪臭と乞食と蚊のせいで、我々はナポリにはうんざりしている。それで計画を変更し、シチリアに行くことにした。観光案内書によると、あっというまに見てまわれる。必見の場所は四つしかなく、それもたいして見るところがない。これはまさしく好都合。ポンペイとここのひどい美術館には七転八倒というところ。――むろんミルドレッドと、たぶんエドウィン卿にとってはそうではないだろうが。

ところで、いっしょに来ないか？　君はシチリアに夢中だし、みんなもそれを望んでいる。考古学の知識を際限なく開陳できる。こんどばかりは君が長々と喋る話に耳を傾けねばならないというわけだ。ミルドレッドと、神殿や神々、その他もろもろのことについて議論するのも楽しいはず。彼女はたくさんのことを教えてくれたが、むろん我々に話をしても全然おもしろくもない。電報を打ってくれ。費用はこっちで持つから。すぐに出発しろ。こっちは待ってるから。ピースレイク一家も同じ意見。とくにミルドレッドはそう。

不眠症と頭痛はよくなった。おかげさま。例の憂鬱症の方はと言うと、婚約して以来いちども罹《かか》っていないし、患《わずら》おうという気もしない。だからもう心配ご無用。

ハロルドより

(追伸)トミー、君が大馬鹿じゃないんなら、こっちに来る費用は僕に払わせろよ。

私は行かなかった。行こうと思えば何とかなったが、当時の私にとってシチリアという名には非常に神聖な響きがあったから、たとえハロルドといっしょにせよ、あっという間に小走りで見て回るのだと思うと気遅れがしたからである。たしかに私はあとになって行ったが、当時ハロルドに同行した人たちはみな私がいま懇意にしている人たちであり、何が起こったかについてのさまざまな情報も得てきた。だから、その事件について私が話せば、他の誰の話よりも分かりやすい話になるのだと思う。

それに、うぬぼれて言うのだが、もし私が同行していれば、私がこの世界で最も愛する男は精神病院に入っていなかった、と思うのである。

I

ピースレイクの一行は、きわめて調和のとれた構成員でできていた。五人のうち四人はピースレイク家の人々で――それがうまくいった理由の一つだが――あとの一人のハロルドは、彼らと同行するために創られたと思えるような人間だった。彼らは、ハロルドがミルドレッド・ピースレイクと婚約したあと、しばらくして英国を発ち、二ヶ月間ヨーロッパを飛びまわっていた。最初は少しばかりその迅速さを恥じたが、やがて次々に税関で検査を受けるのが楽しみになった。「どうぞお入り」や「お湯をお願いします」は、ある国の言葉では何と言うのか、その言葉も覚えぬうちに国境を越えてしまい、また別の言語の言い方を覚える羽目にもなった。

しかしそれは、ハロルドの言に違《たが》わず、「我々はちゃんと物を見ていないとか、地球の放浪者だとか言われるけれど、結局のところ旅をするのは楽しむためで、誰も我々がとてつもなく楽しんでいることは否定できないのだ」というわけである。

旅の一行が本当の意味で調和を保つためには、身体と知性の両面における中心人物が要《い》る。ハロルドは前者の、ミルドレッドは後者の人物に相当した。ある山に登るべきか、むしろ野歩きをすべきかどうかを決めたのはハロルドだったし、生意気なポーターや相場以上の料金をふっかけてくる御者に対して効果があったのはハロルドの断固たる態度だったが、ミルドレッドはと言うと知性の湧き出る泉だった。『ベデカー』〔有名な観光案内書〕を片手にして皆に説明するのはふつう彼女の役割だった。ヨーロッパ大陸を遊歴するつもりでいたから、彼女は数年間その方面の書物をかなり読んだ。記憶力が良かったから、往々にしてその知識を呼び覚まして再現することができた。

しかし、彼女が無味乾燥な百科事典などでないことは、衆目の一致して認めるところだった。彼女のなかで、事実に対する飽くなき欲求と、想像力というものに対する敬意が、程よい均衡を保っていたのである。

「過去を蘇らせてくれるのは想像力なの。想像力のおかげで何百年もの時がいっぺんに戻ってくるの」

「たしかに！」それがハロルドの決まりきった答えだったが、ハロルドは想像力が欠けているので有名な男だった。過去を再現しようとすると、よく頭痛に襲われたし、過ぎたことを思い出そうとしても、ロマンチックとは言えない現在がしつこく付きまとってきた。その現在に、完全に満足しているからだった。生活はかなり豊かだし、体もかなりじょうぶで、とても愛している人もいるし、生活そのものも非常に好きだった。ミルドレッドには彼にはない高い資質がある。それを崇《あが》め祀《まつ》ることに満足していた。

手を携えたその二人が、一行の実質的な指揮者だった。エドウィン卿とレイディ・ピースレイクは、何かを決めたり説明したりする手間が省けて嬉しかった。ときにはエドウィン卿自身観光案内書を開くことがあったが、彼の本当の役割は、日記をつけ、行った先々の地名と出会った人々、汽車の時刻を書きとめておくことだった。レイディ・ピースレイクの管轄は、荷造り、ホテル、数多《あまた》ある社交仲間への贈り物を買うことだった。ミルドレッドの妹リリアンはと言えば、他の人が喜ぶことなら、彼女は何でも気に入った。したがって総じて、とても愉しい一行だった。

しかし彼らも、パレルモからジルジェンティ〔アグリジェントの旧称〕にいたる旅のあいだは、少し寂し気で、口数が少なかった。観光案内書はパレルモ見物のための日数を少なめに見積もっていたのに、それよりもさらに短い日数で見物を終えてしまったからである。その種の大胆な旅程は、もっとも強健な旅人にもこたえる。それに彼らは、ジルジェンティに着いて昼食をとったあと、午後に神殿を見て回り、翌朝はシラクーサに発たねばならないというので、早暁にパレルモを後にしたからだった。

疲れ切ったレイディ・ピースレイクが車窓の風景に一瞥すら与えなかったのも無理からぬこと。ミルドレッドがギリシャ式神殿がギリシャ外部の土地に建てられるようになった経緯《いわれ》を少し説明したとき、ハロルドが欠伸《あくび》をしたことにもまた不思議はなかった。

「あら、可哀想《かわいそう》。疲れてるのね」別に嫌味ではなく、レイディ・ピースレイクが驚きもせずに言った。

無作法に気づいたハロルドは顔を赤くした。

「ほんとに強行軍ね。私、ポッパム夫人にあげるあのシチリアの荷車をまだ買ってないの。あの人にはぴったりなのに。とにかく変わったものを持ちたがるんだから。月並みなのを買ったらろくにお礼も言わない人なの。ねえ、ハロルド、ジルジェンティで探してみてくれない？ きっと値切るのよ。出せるのは四フランまで」

「分かりました、レイディ・ピースレイク」彼女の代わりに買うときのハロルドの流儀は、そっくりそのまま言い値を払い、自分のポケットマネーで差額を埋めるというものだった。

「ジルジェンティの名物はシチリアの荷車だけじゃなくってよ」ミルドレッドが観光案内書のページの皺をのばしながら言った。「古代ギリシャの時代にはシチリアの都市だったんでしょ？ 住民は有能で豊かで、奢侈を好んだというので有名だった。ハロルド、覚えてるでしょ、その町、アクラガス〔ジルジェンティのこと〕って呼ばれていたの」

「アクラガス、アクラガス」ハロルドは、大いなる混沌のなかから一つの語を救出しようとして口ずさんだ。

「ほんとに、ハロルド。へとへとになってるのね」ミルドレッドが笑いながら言った。

「この三日間ほとんど眠ってないんだから」ハロルドは少しばかり深刻そうな声で言っ

た。

「まあ、可哀想。ちっとも知らなかった」

「そうならそうと、なぜ言ってくれなかったんだい？　もっと遅い時間に出発したのに。そう、たしかに疲れてるな」

「とても妙な話なんですが、シチリアに来てからずっとこうなんです。でもジルジェンティに着けばよくなります」

「ナポリから一度も眠っていないのかい？」

「いいえ、昨日《きのう》は一時間ほど眠りました。でも、それは、身代わりの術を使ったからなんです」

「身代わりだって！　そりゃいったいどういうことなんだい？」

「ご存知でしょう？　誰か別の人間だと思うんです。そうするとすぐに眠れます」

「ぜんぜん知らなかったね、そんなことは」エドウィン卿は言葉を強めて言った。

ミルドレッドは好奇心を掻き立てられた。それまでハロルドが何か思いがけないことを言ったためしはなかったからである。もっと詳しく聞いてみる気になった。

「ほんとに面白い話ね。とても興味深いわ。私も知らなかった。それで、その別人って誰なの？」

「ああ、誰でもないさ――誰でもいいのさ。ただ自分に向かって「眠られない人間がいる。疲れてるんなら眠ればいいのに」って言ってみるのさ。そうすると、その男は――つまり僕は――眠ることになる。うまくいくのさ」

「それって、とても素晴らしいことよ。この三日間なぜやってみなかったの?」

「うーん、実を言えば」と、かなり当惑してハロルドは言った。「トミーに二度とやらないって約束したからなんだ。以前は、眠れないときだけじゃなくて、落ち込んでるときにも――なぜ落ちこんでるか、これといった原因はなくて、何となくなんだけど――やってたのさ。それで元気になったわけでもないんだけど、何となく自分が強い人間になったように思えて、落ち込んでるのが気にならなくなるんだ。うまく説明できないけど。ところがある朝トミーが会いに来てね。僕の体を揺するまでトミーだということが分からなかった。当然おそろしく気味悪がってね、二度とやらないって約束させられたんだ」

「それなら、なぜまたやったんだい?」エドウィン卿が尋ねた。

「二晩はもちこたえたんです。でも昨日はどうしようもなく疲れていて、何をしたいかも考えられなくなった――もちろんお分かりですよね。かなりひどい話です。それで一晩中、「僕が眠れない、僕が起きてる、僕が眠られない」って繰り返してたんです。そろそろ起床っていう時間になったとき、うっかりして「あの男が眠れない」って言ってしまった。そうしたら僕のほうが眠ったんです」

「ほんとにそれ、とても面白いわ」とミルドレッドが言った。リリアンは、ほんとうにいい思いつきだわ、今度、歯が痛くなったら試してみるわ、と言った。

「真面目な話、リリアン、そんなことしないでちょうだいね」と母親が言った。

「いや、まったく」と、深刻な顔でエドウィン卿が言った。「君の友人の言う通りだ。頭をペテンにかけるのは、危険きわまりない。私は心底驚いたよ。よりによって君がそんなことをするとは！」

「その通りです」ハロルドはがっしりした手を見ながら言った。「僕は安物のタバコみたいな男なんです。妙な話です。頭脳の働きでもなければ想像力でもない。そういう類《たぐ》いのものじゃなく、ただふりをするだけなんです」

「それって、想像力なのよ」ミルドレッドが、低い声できっぱりと言った。

「何にせよ、止《や》めなきゃならん。危険な習慣だよ。病みつきになる前に縁を切らんとな」

「はい、そうします。トミーに約束したんです。今晩も頑張ります」ああ、草臥《くたび》れた、というようなため息をついてハロルドが言った。

「君と隣り合わせの部屋を取ることにするよ。今夜眠れなかったら、そのときは私に声をかけなさい」

「どうもありがとうございます。あなたが近くにいらっしゃればきっとやらないと思います。ひとりのときしか効き目がないものですから。トミーが止《と》めてくれたときも、同じ家に部屋を借りてくれました。いいことを思いついてくれたものです」

その話題のせいで、今はもうみんなの眼がぱっちりと開いていた。若い女性は二人とも黙り込んでいた。リリアンは圧倒され、ミルドレッドは、両親が想像力に対して余りにも無頓着なので少し腹を立てていた。ハロルドにはほとんど想像力がないから、養分を与えてやらないと消え失せてしまう、とミルドレッドは思った。それで身を乗り出して小声で言った。

「私、とても満足してよ。あなたがそんなだってこと、ちっとも知らなかった。私たち、神秘の国の住人なのよ」

褒められたハロルドは満足そうに微笑《ほほえ》んだが、気の利いたまっとうなことは何も言えないと分かっていたので黙っていた。ミルドレッドはすぐ、新発見のこの彼の力をジルジェンティ讃美の方向に向けさせることにした。

「ねえ、思い出してみて。ジルジェンティの最盛期にあの都市を訪ねた人たちのことを。ピンダロス〔古代ギリシャの詩人〕、アイスキュロス〔古代ギリシャの悲劇詩人〕、プラトン――それに、エンペドクレス〔古代ギリシャの哲学者・政治家〕は無論あそこで生まれたんだわ」

「ほう！」

「ピタゴラスの弟子でね、魂の転生を信じていた人よ」

「ほう！」

「素晴らしい考えじゃない。魂がいくつも違う生活をするなんて」

「だけど、ミルドレッド、私たち、そうじゃないって知ってるわよ」レイディ・ピースレイクが優しい声で言った。

「あら、お母さん、私、そうだって言ったわけじゃないの。素晴らしい考えだって言っただけよ」

「でも、あなた、本当じゃないわ、それ」

「それはそうね」

彼らの声は、魂を話題にするのにふさわしいと思われている、あの抑揚を欠いて単調な、敬意にみちた調子に変わっていた。彼らはみな、ぎこちなく、居心地が悪そうだった。エドウィン卿はチョッキのボタンをいじりながら鼻歌を歌い、ハロルドはパイプの火皿をふうふう吹いた。ミルドレッドは、向こう見ずな自分自身に少し面食らった様子で、話題を変えてローマ人がアクラガスを襲撃した恐ろしい話をした。皆の顔にくつろいだ表情が現われ、いつもの気分が戻ってきた。

「だけど、年代が何だっていうの。事実にだって、人名にさえ意味があるとは思えない。あまりピンと来ないわ。こういう土地では、とにかく感じなきゃだめなんだわ」ミルドレッドはそう言った。

「たしかに」ハロルドが注意を集中させようとして言った。

「その土地の良さを完全に知ろうと思うんなら、過去の時代にどっぷり漬かってみなきゃ。今日は、自分は古代ギリシャ人だって想像してみなきゃいけないのよ」

「やれやれ、ミルドレッド、そりゃ想像が過ぎるってもんだ」

「そうじゃないわ、お父さん。ハロルドには分かってるのよ。ハロルドはね、鉄道とかトマス・クック社〔英国の旅行代理店〕の団体旅行とか、この時代の怖ろしい発明品のことをきれいさっぱり忘れて、二千年以上昔に生きてるって思わなきゃならないのよ。まわりに宮殿や寺院があるところに生きてるってね。そこでギリシャ人のように何かを思ったり、感じたり、行動したりするの。それしかないのよ。つまり、ハロルドはね、ほんとうにギリシャ人にならなきゃならないの」

「海だ！　海だ！」ハロルドが遮《さえぎ》った。「なんて素晴らしいんだろ。僕、きっと泳いでみせる」

「どうしようもない子ね」ミルドレッドが、目論見がはずれたのを笑いに紛らわせて言った。「それじゃあ、その海を私に見せて」

しかし、彼らはシチリアの分水嶺を越えたばかりだったから、海はまだずっと遠いところにあった。あたり一帯は、いつ果てるともない不毛な鉱山地域で、草や樹木のかけらもない。黄ばんだ硫黄のようなものばかりで、それが申し合わせたかのように片田舎のどの駅のプラットフォームにもうず高く積んである。人影《ひとかげ》もまばらなうえに、発育不良で干からびた、残り滓《かす》のような人間しかいない。はるか彼方、黄色い廃棄物の山の下方で、生きた海が動いていた。シチリアが若々しく、繊細で青々としていたころにこの島を囲繞《いにょう》し、いまは萎《しな》びて茶色っぽい、息絶え絶えの同じ島を抱擁している海である。

「私、海よりもずっと面白いものが見えてよ。ジルジェンティが見えるわ」

ミルドレッドが、ずっと下の方の、茶色い小さな丘の尾根を指さした。その頂きに、灰色をした建物が二、三かたまって建っていた。

「ああ、ほんとに怖ろしいところだこと。きっと居心地が悪いに違いないわ」気の毒なレイディ・ピースレイクが言った。

「でも、お母さん、たった一晩だけなのよ。神殿を見に行くんですもの。ちょっとぐらい辛抱しなけりゃ。神殿なのよ。古代ギリシャの神殿！ 聞いただけでぞくぞくしない？」

「べつに。ペスタム〔南イタリアのサレルノ県にある村〕の神殿だけにすればよかった。あまり違わないに決まってる」

「意気地なしの遠征隊ね。最初はハロルド、次にお母さん。私だけがさまになってる。私、今日はギリシャ人になるつもりよ。ところで、ホテルはどこにしたの？」

レイディ・ピースレイクはノートを取り出して言った。「〈グランドホテル・テンプル〉。ディンブルビーさんご推奨のね。景色がいいから裏側の部屋を頼むようにって」

しかし彼らは、ジルジェンティの駅で、〈グランドホテル・テンプル〉の迎えの者からすでに満員だと言われた。それでミルドレッドは、〈ホテル・エンペドクレス〉の地味な送迎バスに目を留《と》め、あのホテルにしてはどうかしら、だって、いかにもそれらしい名じゃない、と言った。

「ハロルド、エンペドクレスの信条、憶えてる？」

憐れなハロルドはすっかり忘れていた。

エドウィン卿はもう、〈ホテル・エンペドクレス〉から遣わされた男にバスに乗るようやんわりと急かされている。

「だけど我々は、君のホテルのことを何も知らないんだ。皆目ね。君、ベッドは清潔にしてるかい？」

〈ホテル・エンペドクレス〉から来た男は、両目を剝《む》き、両手を挙げて天を仰いだ。純粋無垢の毛布と染みひとつないシーツのことを思い出し、恍惚感にひたっている。やっとのことで男は口を開いた。「〈エンペドクレス〉のベッド！　そりゃあ、天国そのままでさあ。一晩眠れば、生涯忘れりゃしませんぜ」

II

エドウィン卿とレイディ・ピースレイクは、ユーノ・ラキニーア神殿のドーリア式の柱に凭《もた》れて坐っていた。クッションには硬すぎ、パラソルには小さすぎる建築部分である。温厚な二人にしては珍しいことに、そのとき彼らは不機嫌だった。汚いホテルの昼食が体に合わなかったばかりか、無料《ただ》のワインのせいで胸やけがしていた。馬車がガタピシ揺れたうえに、一頭の曳《ひ》き馬が転倒してしまった。花と無花果《いちじく》、貝殻と硫黄の結晶、掘り出し物の骨董品を買うのに難儀したし、乞食にしつこく付きまとわれたし、蚤《のみ》にも嚙まれた。シチリア生まれの人間なら、そんなとき何をすればいいかは自明のことで、草であれ、花であれ、神殿の石段であれ、とにかく何の上にでも寝そべり、あたたかい陽に抱かれて、すばらしい午睡をとればいい。ところが彼らは北の国に生まれたから、どうすればいいのか分からない。——たとえ分かったとしても、そんなことはできなかっただろう。

「いったいハロルドとミルドレッドはどこへ行ったのかしら」レイディ・ピースレイクが尋ねた。格別知りたいというわけでもなかったが、疲れのために落ちつかない気分だった。

「なぜ皆でいっしょに行動できないのかね」

「それはね、お父さん」とリリアンが言った。「ミルドレッドはこういう神殿ばかりじゃなく、崩れてしまったのも見てみたいのよ。ハロルドは案内してるってわけ」

「お粗末なガイドだな。実のところ、リリアン、私はハロルドはどっちかと言うと馬鹿なんじゃないかって思い始めてるんだ。むろんあの男は好きだし、百パーセントいい男だよ。青天白日のごとしで、嘘はつかないし、見栄えがよくて体格もいい。——それは大いに評価する——しかし結局のところ、大事なのは頭脳《あたま》なんだ。あの男は鈍《にぶ》いね——どうしようもない頓馬《とんま》だ——こっちの気持ちがまるで分かってない」

「でもお父さん、ハロルドは疲れてるのよ」ハロルドが大好きなリリアンが言った。

「私も疲れてるがね。頭はちゃんと回る。あの男はまるで夢のなかで暮らしてるみたいじゃないか。馬がダウンしたときだって、自分から降りて首を押さえようとしなかった。我々は、すんでのところで蹴られて粉々になるところだった。乞食に会った日にゃあ赤子も同然。なまけ癖がついてるもんだから、まともに歩けない。三度足を踏まれたし、神殿の石段を登るときは、転んでお前のカメラを壊してしまった。目も碌《ろく》に見えないし、耳も聞えない。——口も利けない、って言ってもいいがね。あれは掛け値なしの馬鹿だ。あの種の馬鹿は、例によって、努力すれば治ると思うがね」

リリアンは弁護し続け、ハロルドは三日間ほとんど眠っていない、と繰り返した。

「馬鹿げてるじゃないか。なぜ眠れないんだ？　またしても頓馬の証拠。努力せにゃならん――それだけのこと。その気になれば治せるんだ」

「治し方はむろん分かってるのよ。だけどお父さんは、ハロルドも、思ったんだわ――」リリアンは言った。

絶えてなかったことだが、父親は癇癪《かんしゃく》を起してしまった。

「なんとも腹に据えかねる。奴には頭をいじる権利などないんだぞ。それに私はミルドレッドにも腹が立つ」

「まあ、お父さんったら！」

「ミルドレッドはあいつの間抜けを増長させとる――賢いんだと思わせてな。もう我慢ならん。そのうちに機会を見て二人に言ってやる」

リリアンは、驚いたし、傷つきもした。父親がそんなに激しく人を非難したことはなかった。彼女には――実は父親自身にも――父親が苛立っているのは、本当は消化不良のせいでも、暑さや乞食や蚤のせいでもないということが分からなかった。腹を立てたのは、ハロルドという人間が理解できないからだった。

ミルドレッドは赦《ゆる》せる。単に思慮を欠いていただけだ。小さな子供のころから、お利口さんになろうとしだすと、この種のへまをやらかすような子だった。それに、エドウィン卿は、抜け目なく想像力を働かせ、あの子はときには夢想にふけるかもしれないが、行動する段になれば、完全に慣習《しきたり》どおりの振舞いをするのだと思った。ありがたいことに、書物と人生をごっちゃにするようなへまは犯さなかった！

しかしハロルドの方は、そう簡単に無罪放免にはならなかった。エドウィン卿は、初めてハロルドという人間が理解できなくなったからである。それまでは完全に理解したと思っていた。ハロルドの性格は至って単純で、せいぜいのところ、愛する力と真実への欲求という二つの要素からできているにすぎない。そう思ったエドウィン卿は、物事を賢明に考える多くの人々と同様、複雑でないものは神秘的ではありえないのだと結論づけた。そして、ハロルドの知性は、事実を集めることにも感情を細やかにすることにも向けられていないから、ハロルドは愚かなのだという結論に達した。しかし今、ハロルドが説明不可能な入眠術を使えると知ったエドウィン卿は、神秘というものを垣間見た気がして悩み始めたのである。

エドウィン卿は正しかった。確かに神秘が、それも大いなる神秘があったのである。しかしそれは、愛する力と真実への欲求に較べれば些少《さしょう》で取るに足りない——彼が日々目にし、目にしてきたがために無視されているそれらに較べれば——。

エドウィン卿の思索が形をとった。そして彼は未知なるものに対して、「奇人の娘婿など真っ平ごめんだ！」という挑戦状を叩きつけた。彼は、金色と紫の花の海が廃墟を浸しているドーリア式の神殿に坐っていた。彼方に目を放てば、生きて動く青い海が見える。しかし彼の耳には、過去の谺《こだま》も現在の叫び声も届いてこなかった。突然、自分は結局、こと志に反して、娘をちゃんと育ててこなかったのだという恐怖に襲われ、体が萎《な》えてしまったからだった。

他方、ミルドレッドは、列をなす神殿群の反対の端で、過去から届いてくる谺に耳を澄ませていた。ハロルドの方は、いつにもまして注意散漫で、眠かった。花がひどくきれいだとか、泳いでみれば申し分ないと思うような海に見えるな、と言うだけだった。ゼウスの神殿の壮麗さも悲哀も、まったく感じていなかった。椅子の代用品になると思ったぐらいだった。

「馬車に戻って休んだら？」少し苛立った声でミルドレッドは言った。

坐っていたハロルドは首を振り、海に向かってあくびをしながら、水はどんなに素晴らしい音を立てて体を泡で包むことだろう、岩の間にある薄い青色をした水たまりは、どんなに気持ちのいい冷たさだろうと思った。ミルドレッドは、『ベデカー』の一節を読み聞かせて、もっと高度な楽しみに連れ戻そうとした。

説明しようとしてミルドレッドが振り返ると、ハロルドは消えていた。

彼女は最初、ちょっとした悪ふざけなのだと思った。別に恥ずかしいとも思わずにふざけ合うことがあったからである。そのあとで、気が変わって馬車に戻ったのだと思った。しかし、門のところにいる遺跡の管理人が、外に出て行った者はいないと言ったので、また戻って廃墟のなかを捜した。

ゼウスの神殿——古代ギリシャの領域では三番目に大きい——は、地震のために壊れ、今では毀《こぼ》たれた建造物というより崩れた山に似ていた。良くできた小径があって、瓦礫の山のまわりを巡っていた。要領の良い観光客はその小径で事足りたが、もっと見たいと思う者は、巨大な列柱と漆喰の山をよじ登り、身を細めて切り石の壁の間の隘路《あいろ》を辿らねばならない。

最初の小径にハロルドの姿はなかった。当然にもミルドレッドは少しばかり腹が立った。護衛の同伴者といっしょに出かけ、同伴者抜きで戻ってくることほど、若い女性の神経に触《さわ》ることはない。それでは、道連れの豚の無責任さばかりでなく、当の本人の過ちをも認めることになってしまう。

管理人に、もしハロルドが来て外に出ようとしたら止めてほしいと頼んで、ミルドレッドは系統だった捜査を開始した。混沌に化した廃墟全体が見渡せそうな巨石が目に入ったので、金色と紫の花の海を分け進み、その石を攀《よ》じ登った。

巨石の反対側に、倒壊した二本の柱が寄り添うように横たわっていた。沈泥《ちんでい》が埋めた二本の列柱の間の空間に、花が咲き乱れていた。その上に、ベッドに横たわるように、ハロルドは眠っていた。熱い柱の石に頬をすり寄せ、吐く息で、柱の裂け目に生えた青いアイリスをかすかに揺らしながら――。

ミルドレッドは憤慨し、ハロルドの目を覚まさせようとしたが、まだ消えていない眼の隈《くま》が目に入ったとき声を呑んだ。それに、ハロルドの姿はとても崇高優美《ピクチャレスク》だし、石に坐って彼を見つめている自分自身もまた崇高優美に見えるにちがいないと思えた。誰も見ている者などいないことはわかっていたが、見られているという意識は片時《かたとき》も彼女の心から消えたことがなかった。それは、彼女が洗練された人間になるために払った代償だった。

眠りはこれまで死に譬《たと》えられてきた。しかし眠りには、ほとんど死との共通点がない。ハロルドの手足は完全に弛緩していたが、大地の恵みと温かい陽射しを謳歌しながら、ピリピリと生命を弾《はず》ませていたし、青い小さな花は、強風にあおられる樹木のように撓《たわ》んで揺れていた。光が瞼を打ち、葉がくすぐるように髪に触れているのに、ハロルドは眠り続けているが、野生の生命が与えてくれる最大の贈り物を手にするにつれ、眼の隈《くま》が薄くなってゆく。ミルドレッドは、ハロルドの姿を見つめながら、この場面を絵にすればどんな絵になるかしらと思った。

ミルドレッドはまた別のことを思い始めた。「眠りって、なんて素晴らしいのかしら！　こうして横になっているハロルドの頭の中を何が通り過ぎてるのか、ほんとうに知りたい。とても安らかで幸せそう。可哀想に、目が覚めているときは、この人、困ったような顔をすることがある。それって、話について行けないからだと思う。私の方はできるだけ話を単純にしようとしてるのに。そうよね。だけど、話によってはすぐに分かってしまうこともある。きっと想像力がいっぱい詰まってるんだわ。出そうとしさえすれば、の話だけど。とにかく、この人が大好き。私、もっと好きになりそう。なぜって、この人のなかには想像してた以上にたくさんのものがあるって、思うようになりそうなんだもの」

彼女は突然ハロルドの入眠「術」のことを思い出した。興味と興奮が増した。

「ことによると今も、自分は別人だと思っているんだわ。なんて素敵なアイデアなのかしら！　目が覚めたら何て言うかしら？　物事はすべて、なんて神秘的なのかしら！　それが理解できさえすれば、の話だけれど。よりによって、ごく普通の人間に見えるハロルドがね——それでも私、彼のことが好き。もっと好きになりそう」

彼女は眠りのなかのハロルドのもとに行き、夢路を導き、あなたは正しいと思ってると言って彼を愛したかった。そういう類いのことが書いてある本を読んだことがあった。現代の心霊学小説が奨めている通り、こめかみに両手を当てて精神を集中させた。五分経《た》ったが、軽い頭痛がするだけで、何の効果もなかった。ハロルドは同じ姿勢のまま、ため息すらついていなかった。青い小さな花が、ハロルドの呼気のままに撓んで揺れていた。

覚醒が訪れたとき、ミルドレッドには心の準備ができていなかった。彼女の思いは、ときどきそうなるように、世俗の事柄のあいだを彷徨《さまよ》っていた。その至福の瞬間に、彼女は、ストッキングはイギリスに戻るまでもつかしらと思っていた。ハロルドの方は、誰にもまったく気づかれずに目を覚ました。それまで揺れていた小さな青い花は、ぴたりと静止していた。彼は疲れがとれたから目覚めたのであり。目が覚めると、まわりに、きれいな花々、美しい列柱、明るい陽射しがあり、かたわらに愛するミルドレッドが坐っていた。その瞬間の人生は、あまりにも甘美で、言葉にならなかった。ミルドレッドには、ロマンスがすべて溶け去って行くのが分かった。ハロルドはとても自然で幸せそうだったから、結局彼にはどこにも神秘的なところがなかった。ミルドレッドはハロルドが口を開くのを待った。

十分が経った。しかしハロルドは口をつぐんだままだった。彼の眼はミルドレッドに釘付けにされている。ミルドレッドは緊張のあまりそわそわし始めた。この人なぜ口を利こうとしないのかしら？ 彼女はとうとう自分から沈黙をやぶる決心をして名前を呼んだ。

その結果は凄《すさま》じいものだった。彼の返答が、ミルドレッドの最も放恣な夢想をも凌駕し、想像できないもの、目に見えないものに対する彼女の憧れを、夢にも見ないかたちで成就させたからである。

「僕、以前ここに住んでいたんだ」とハロルドは言った。

ミルドレッドは喉を詰まらせ、何も言うことができなかった。

ハロルドは平然としている。「いつも知っていることだったんだが、心の奥底にあったんだな。いまここで眠ったんで、表面に出てきたんだ。ここに住んだことがあったんだよ」

「まあ、ハロルド！」ミルドレッドは喘《あえ》ぐように言った。

「ミルドレッド！」ハロルドは急に昂《たかぶ》って叫んだ。「君、信じるかい？──僕が以前ここに住んだことがあるって──とても素晴らしい人生を送ったって──僕にはまだ思い出せないんだ──ここで素晴しい人生を送ってた？　喜ばせようと思って言っちゃあ駄目だよ」

ミルドレッドはためらわなかった。その言葉の途方もない素晴らしさ、輝かしいその場面、ハロルドの眼の真摯な美に躰《からだ》ごとさらわれていた。恍惚として、「信じるわ」と彼女は叫んだ。

「そうなんだ。信じてるんだ。もしいま信じないなら、君は永久に信じないだろうな。そうして、君が信じてくれなかったら、僕はどうなってただろう」

「もっと言って。もっと！」言葉が見つかりそうになったミルドレッドは言った。

「どうしてニコニコしてられるの？　なんでそんなに冷静でいられるの？　ああ、なんて素敵なの、これ！　あなたの魂がここに住んでたなんて！　走りまわって、叫んで、歌うところだわ。素敵！　すごい！　なんでそんなに冷静でいられるの？　神秘だわ！　それに詩だわ、詩なのよ、これ！　なんで落ち着いてられるの？　何かまた言ってちょうだいよ！」

「詩なんか、あると思わないな。ただそうなったというだけさ。僕は以前ここに住んでいたのさ」

「あなた、ギリシャ人なのよ！　ギリシャ人だったんだわ！　ああ、でもそれを思い出したら、なぜ死なないのかしら？」

「なぜ死ぬんだい？　君が信じてくれなかったら死んでたかもしれないけど。思い出すようなことじゃないさ」

「打ちのめされてるんじゃない？　へとへとになってるんじゃない？」

「いや、ぴんぴんしてるよ。君がいま信じるか、永久に信じないかのどちらかだってことが分かるんだ。思い出して、強い人間になったんだよ。いまは自分の底の底まで見えるんだ」

「素敵！　素敵！」彼女は繰り返した。

彼はミルドレッドのそばにあった石に飛び乗った。「君は信じてくれた。素敵なのはそれだけだよ。他のことはどうでもいい」そう言って、両腕でぱっと彼女を抱きしめた。

婚約のしるしにおずおずとミルドレッドを抱きしめた、あの儀礼的な抱擁とは大違いだった。ミルドレッドは彼の体にしがみつき、「私、ほんとうに信じるわ」と呟いた。二人は、ひるむことなくお互いの眼を見つめ合った。

ハロルドが沈黙を破った。「これからはとても幸せな人生になるだろうな」と言った。しかしミルドレッドは、依然として過去の栄光に包まれていた。

「もっと！　もっと！」と彼女は叫んだ。「もっと話して！　町はどんなだった？――それに住民は？　あなたは誰だった？」

「まだ思い出せないけど――どうでもいいや、そんなこと」

「ハロルド、隠しごとはしないでね。私、何も言わない。石のように黙ってるから」

「何も秘密になんかしないさ。思い出したら、すぐに彼らに話すよ。誰にも話しちゃいけないなんて法はないだろ？　悪いところなんかないもの」

「お父さんやお母さんは、信じないわよ」

「構わないさ。君のことだけだよ、気になったのは」

「でもね――やっぱり秘密にしておくのが一番いいと思うわ。そうしてくれる？」

「ああ、いいよ――君の方が正しいかもしれないしね。他の人には関係がないことだし。聞いても、面白いとも何とも思わないだろうし」

「そういうことにして、今は考えてみて――誰だったか、一生懸命考えて」

「覚えているのは、ね、その時は僕が今よりずっと立派な人間だったっていうことだけなんだ。今だって今朝に較べると立派だと思うけど――ああ、その時と来たら！」

「分かってたわ！　最初から知ってた！　ずっと分かってたのよ。王様――王様だったのよ！　ギリシャが自由だった時代に、ここを治めてたんだわ」

「えっ！　そういう意味じゃなくて――少なくとも覚えていないということだけど。僕、ギリシャ人だったのかい？」

「ギリシャ人よ！」ミルドレッドは苛立たし気に口ごもった。「むろんでしょ。ギリシャ人、アクロガスのギリシャ人だったのよ」

「ああ、たぶんそうだったんだろうね。でも、それはどうでもいい。信じてもらえるとはね！　考えてもごらん！　君は信じてくれたんだよ！　信じる必要などなかったのに、信じてくれた。人生って、なんて素晴らしいんだろう！」

ハロルドは幸福に酔っていた。恍惚感のなかで、現在以外の時がすべて消え去っていた。しかしミルドレッドは少し失望していた。現在だけでなく、過去に対しても敬意を抱いていたからである。

「それじゃあ、ハロルド、昔はもっと立派だったというのはどういう意味なの？」

「もっと良かったたっていうことさ。もっとよく見えたし、聞えたし、考えられたっていうことさ」

「ああ、そういうこと。分かったわ」ミルドレッドは時計をいじりながら言った。ハロルドは、とても陳腐な言葉で、馬車を待たしてはいけないと言った。それで二人はもと来た小道をたどることにした。

ミルドレッドの恍惚の潮は引き始めていた。ハロルドの一般論にはうんざりだった。細部の事柄、死んだ過去を蘇らせる生き生きとした細部を渇望した。昔はもっと立派な人間だったということなどには、まったく関心がなかった。

「神殿のこと、思い出さない？」

「いや、覚えてないね」

「住民のことは？」

「いや、まだ」

「でも、何世紀に住んでたかは、思い出すでしょ？」

「なんで僕がそんなことを知ってるんだい？」ハロルドは笑って言った。

ミルドレッドは黙りこんでしまった。紀元前五世紀——彼女がギリシャの最盛期だと教えられた時期——と言うだろうと思っていた。しかしハロルドは何も言えなかった。感動した様子さえなかった。彼はポッパム夫人への贈り物について喋《しゃべ》り出した。

ミルドレッドはとうとうハロルドが答えられそうな問いに思い当たった。「でもその頃はもっと愛してたんじゃない？」と小さな声で言った。

「まるで違った愛し方だったな」そう言いながら、彼女のドレスが引っかからないように野ばらの茂みを押さえていた。棘が彼の手を引搔いた。「そうだな、もっと愛してたな」と、膨らんでくる小さな血の滴を見つめながらハロルドは言った。

「どういう意味？　もっと話して」

「それ以上は知らないって、ずっと言ってるよね。今よりずっと立派だったってことを思い出すのは素晴らしいことなんだ。僕は今、ずっと君にふさわしい人間になったんだよ、ミルドレッド。ほんとうに、とても立派だって思うんだ」

「まあ！」つまらなくなってきていたミルドレッドは言った。

彼らはコンコルディア神殿のところまで来ていた。ハロルドは、機転の利かないいつもの自分に戻ったように、「いずれにしても幸せすぎて、まだ戻る気にならないな。君のことがほんとうに好きなんだ。もう一度休もうよ」と言った。

彼らは神殿の石段に腰をおろした。十分後には、ミルドレッドの些細な失望の念はすべて消え去っていた。彼が神秘的な眠りに落ちたこと、そのあとに素晴らしい覚醒が訪れたことだけが記憶に残っていた。満足感が極まったとき、彼女は自分の奥底に新しい驚異が芽生えるのを感じた、

「ハロルド、どうしてあなた思い出せるの？」

「最後に送り出されたとき、上の蓋をちゃんと置いてなかったんだな」

「それって、誰にでも起こるかもしれないわね」ミルドレッドが呟いた。

「起こったと思うよ——大勢の人間に。そういう人は、ただ思い出したいと思えばいいのさ」

「私にだって、起こるかもしれない」

「そうだよ」

「私もよく眠れないことがあったの。ああ、ハロルド、起こるかしらね？」ミルドレッドがゆっくりと言った。

「何が？」

「私が以前生きていたっていうこと」

「むろん、ありうるさ」

「ああ、ハロルド、私も思い出すかもしれなくてよ」

「そうなるよ。この人生よりも素敵な人生を思い出すってことは、素晴らしいことなんだ。それでどんなに幸せになるかは、説明できないけれど。やろうとしたり、心配したりする必要はないんだよ。来てるんなら、来るだろうさ」

「ああ、ハロルド、私いま思い出してる！」

ハロルドは彼女の両手を摑んで叫んだ。「いいことだけ思い出すんだ。昔は今の君より立派だったって！　僕、命がけで手助けするよ」

「もう助けてくれたわ」興奮のあまり震えながらミルドレッドが叫んだ。「みんなぴったり当てはまるわ。みんな、私憶《おぼ》えてる。あなたと知り合ったのは初めてじゃない。私たち、前に会っていたのよ。ぼんやりと、何度そんなふうに感じたことかしら！　あなたが眠っているのを見ていたときに感じたわ――でも、あのときには分からなかった。私たちが愛し合っているのは今じゃない。他でもないこの土地の、偉大な都市があった時代のことなのよ。豪勢な宮殿と、雪のように白い大理石の神殿がいっぱいあって、詩人と音楽があふれて、素晴らしい絵がふんだんにあって、ほとんど夢にも見ない彫刻に満たされて、高貴な人間と高貴な思想に満ちあふれ、サファイア色の海に周りを囲まれ、碧空《あおぞら》が覆いかぶさってくるこの土地で、ギリシャが素晴らしく若かったときに、私はあなたと語らい、あなたを知り、あなたを愛した。私たちは大理石の通りを歩き、厳かに生贄を捧げ、戦に出《い》で発つあなたに鎧を着せ、凱旋するあなたを迎えた。幾世紀ものあいだ別れ別れになっていたけれど、永遠にじゃなかった。ハロルド、私もアクラガスに住んでたのよ！」

突如、角を曲がったピースレイク家の馬車が現われた。ハロルドは急いでミルドレッドの耳元で囁いた。「いや、ミルドレッド、君は住んでなかったよ」

III

〈ホテル・エンペドクレス〉には、汚くて小さなロビーがあった。夕食のあと、ミルドレッドはそこに坐って父親を待っていた。神殿で友人の一行に会ったピースレイク卿が、ミルドレッドといっしょに彼らを訪ねることにしていたからである。寒い夜で、黴と灯油の臭いがした。他にいるのは直立不動といった感じの婦人だけで、三年前の『週刊ホーム・チャット』のバックナンバーを見つけ出して読んでいた。レイディ・ピースレイクとリリアンとハロルドは、全員ピースレイク卿と一緒になって旅行鞄の鍵を捜していた。新しいカラーが全部その鞄に入っているため、鍵が見つかるまでは外出できなかったからである。

ミルドレッドは全くもって惨めだった。長い間苦しんだあとで、自己欺瞞をしていたのだと自分自身に告白していた。アクラガスに住んだことはなかったし、何も憶えてもいなかった。描写した輝かしい言葉は、みな想像力の産物だった。感傷的な興奮の生み出したものだった。例えば「白い大理石の神殿」と口走ったけれど、あれは出鱈目《でたらめ》、まったくの戯言《たわごと》だった。神殿の残骸は見たけれど、孔《あな》だらけの石でできていて、大理石ではなかった。シチリアに住むギリシャ人が神殿に色付きの漆喰《しっくい》を塗ったことを、今頃になって思い出した。最初はそういう異論を突っぱねて、考古学を屈服させる真理を発見したのだと思おうとした。しかしどんな絵画が、どんな音楽が記憶にあるというのだろう？　ハロルドの鎧をとめたというのはいつのことなのか、留め金はどんな形をしていたのか？　二人で一緒に生贄を捧げたというのは、ありそうなことなのか？　目に見える幻は、つねに霞《かすみ》に覆われていたが、霞が薄らぐと消えてしまった。アクラガスに住んだことなどなかったのだ。

しかしそれは、屈辱の始まりでしかなかった。ハロルドは、彼女が間違っているということを証明してしまった。当てにならない、浅はかな偽善者だと見てとってしまった。露見したのちは、彼女はハロルドとふたりきりになろうとしなかった。ハロルドの眼を見ることは一度もなかったし、話をすることも殆どなかった。ハロルドは陽気そうに見えたが、何を考えているのだろう？　許してくれることなどないだろう、と思った。

偽善を許せないのは偽善者だけであり、真実を追求する者は、余りに強く迷路を意識しているために他人に対して厳しくはなれない。もしミルドレッドがそのことだけでも理解していれば、彼女の苦い思いの流れは止まり、破局は避けられたのかもしれない。しかしハロルドが彼女を許してくれることも、あるいはその許しを受け容れることも、彼女には思いもよらぬことだった。彼女にとって許しは、一人の人間が他の人間に勝ったということと同義だった。

そういうわけで、ミルドレッドはさらなる悲しみに向かって進んだ。ハロルドに打ち負かされたと感じ、できるだけ挽回しようと決意したのである。彼は本当に見かけ通り誠実だったのだろうか？　誠実だったかもしれないが、自分とちょうど同じ程度に自己欺瞞に陥っていたかもしれない。そう考えればすべて説明できる。彼もまた美しい景色と、その場所にまつわる素晴らしい事物に魅了された。疲れ果てて眠りに落ち、たぶん彼女も馬鹿げた共感を抱いているという意識があって、目覚めるやいなや想像力を駆け巡らせた。彼女もそれに同調し、互いに励ますように次から次へ馬鹿げたことをした。万事は明々白々だが、どうやればお父さんに知られずにすまされるだろうか？

その問いを繰り返すたびに、問いはいっそう忌まわしい形をとった。ハロルドは自分と同じくらい愚かだったと思ってはいたが、それでもやはり辱《はずか》しめられた気がした。自分の愚行は露見したのに、ハロルドのしくじりは暴かれなかったからである。そして、最後にして最悪の疑念が彼女に迫ってきた。彼は自分と同じように単純な人間なのだろうか？　私を騙そうとしたのではないか？　昔の生活について話すとき、実に慎重だったではないか。今よりも「偉大」だったとか「立派」だったとしか言わなかった――考古学に反駁されるかもしれない細かい事実には一切触れなかった。実に賢明で、一度も冷静さを失くしたことがなかった。私の優れた学識に嫉妬していたから、私を馬鹿にしてやろうと思ったのだ。私の前に巧妙な餌を差し出し、私はそれに食いついた。何と狡猾に、私が思い出すよう仕向けたことか！　私が骨の髄まで愚かな人間だと証明できるように、何と忍耐強く、有頂天になった私の話を聞いていたことだろう！　彼の返答の言葉は、悪魔が使うような言葉だったではないか——「いや、ミルドレッド、君はアクラガスには住んでなかったよ」あの言葉が仄めかしていたのはこういうことだ。「僕の妻になったら、優しくしてあげる、大事にする。だけど君は馬鹿で、感情に溺れやすい、偽善者だってことを思い出さなきゃならない。自分が他人より優れてるって言い張ってきたけど、それも永久に効力失墜。僕より劣った人間だってことを僕が証明したんだから。ちょうど、あらゆる女性が男より劣っているようにね。いいかい、ミルドレッド、君はね、馬鹿なんだよ」

「ああ、我慢できない！　癪《しやく》にさわる！」ミルドレッドは呻き声で言った。「ああ、正体を暴露してやりたい！　あんな人間とは夢にも思わなかった！　警戒心など、私、一度も抱いたことなかったのに！」

ハロルドが急いでロビーに入ってきた。ミルドレッドはすぐに身構えた。お父さんは行く用意ができたと言われ、ミルドレッドは立ち上がったが、意地の悪い言葉を予期して耳が疼いた。それはやって来た——とても微妙なのが。「行く前にキスしておくれよ」——ハロルドの言葉が聞こえ、両肘を摑まれるのが分かった。

「いやっ！」と言ったミルドレッドは、触れられたところから逃げるように、しゃちこばって坐っている婦人の方を眉をひそめて見た。婦人は前よりも少し背筋をこわばらせていた。

「しなきゃ駄目だよ」ハロルドはミルドレッドを抱きとめ——彼は非常に強かった——彼女の体を高々と持ち上げたので、帽子の鳥の羽飾りが天井に当たって壊れてしまった。しかし彼は抱擁を全うすることができなかった。ミルドレッドは激情のあまり言葉にならない金切り声を張り上げたし、エドウィン卿が、「おい、君、止めろよ！　止めろったら」と言うのが聞こえたからである。

ハロルドはミルドレッドを下ろした。彼女は怒りで蒼白になり、「あなたが下劣なペテン師だってこと、そんな風に思う日が来るなんて、考えてもみなかった」と囁いてロビーから出て行った。

ミルドレッドがロビーにとどまっていれば、自分の叱責の言葉がただちに生んだ効果を目の当たりにして満足したことであろう。置き去りにされ、惨めさのあまり口も利けずに立ち尽くしていたハロルドは、突然堰を切ったように泣き出したからである。恥も外聞もなく、堪《こら》えようともせずに彼は泣いた。顔を背《そむ》けようとも、両手で顔を蔽《おお》おうともせず、涙が頬を伝うに任せた。口髭に届く涙もあれば、床に落ちる涙もあった。エドウィン卿は、少なからず心打たれ、一瞬ハロルドの前に立って、叱責と慰めの両方を兼ねた言葉を探して口ごもった。

しかし、世間はとっくに、泣いている二十四歳の男に話しかける言葉を忘れていた。エドウィン卿は娘の後を追い、レイディ・ピースレイクとリリアンを絶望的な眼で見ながら出ていた。

レイディ・ピースレイクは、何事もなかったかのように振舞うことにして、その日の出来事について声高に話し始めた。ハロルドはロビーから出ようともせず、テーブルのそばに立たまま、しゃくりあげるように泣いていた。

リリアンは、母親より深い人情にほだされ、震え声で、何故泣いているのか、と尋ねた。その瞬間、しゃちこばった姿勢で坐って一部始終を見ていた婦人が、ゴキブリに気づいたかのようにスカートをたくし上げ、こっそりロビーから出て行った。

「不幸な人間だから泣いてるんだよ。ミルドレッドが僕に腹を立てたからさ」

「その――ねえ、ミルドレッドなら、きっと泣き止んでほしいと思ってるわよ」レイディ・ピースレイクが言った。

「夕食のとき、ミルドレッドは不満げだなと思ったんです。でも何故？　何故なんだろ？　何も起きなかったのに。幸せなこと以外は何も、っていう意味ですが。僕が愛してるってことを示すには、キスをするのが一番だと思ったんです。そうすればミルドレッドにはまた分かってもらえるだろうって。何でも分かってたからな」

「その通りね」とレイディ・ピースレイクは言い、気分転換をさせるために、「ねえ、私のこの新しい刺繍、どう思う？」と付け加えた。

「ひどいな──実にひどい」勢いづいてハロルドが言った。

「気難《きむずか》しい紳士がいらっしゃる、というわけね」と、お人好しのレイディ・ピースレイクは言った。「でも、これリバティ製なのよ！」

「恐ろしい話だ」とハロルドが言った。ハロルドはもう泣いていなかった。彼の顔は苦痛で歪んでいたが、レイディ・ピースレイクは、そんな風に感情を表すのはかなり男性的だと思い、ほっとした気持になった。

しかしハロルドはまたミルドレッドのことを話し出した。「僕のことを下劣なペテン師って言ったんだ」

「気にしないの！」とリリアンが言った。

「下劣な男かもしれない。下劣な男がどんな男なのか、よくは知らなかったし、誰も説明してくれなかったけど。でも、ペテン師とは！　何でペテン師って言ったんだろ？　いったい僕が何をしたっていうんだろ」

ハロルドは狭いロビーのなかを歩き回った。レイディ・ピースレイクは散歩でもしたらと言ったが、それには耳を貸さずに「ペテン師、ペテン師」と呟き続けた。

「何でこんな絵を掛けとくんだろ？」突然ハロルドが大声で言った。複製の絵の前で立ち止まっていた。才能のない画家が、渾身の力を込めて聖アガサの殉教を描いた絵だった。

「ただの聖人ですよ」レイディ・ピースレイクは落ち着いた声で言った。

「胸が悪くなる――それに何て汚らしい絵なんだろう！」

「その通りね。ローマ教会ですもの」

ハロルドは身震いしながら絵から離れ、永遠の問いを反復し始めた――「何でペテン師って言ったんだろう？」

レイディ・ピースレイクは言うしかないと思った。「ねえ、ハロルド。あなたは娘を怒らせてしまったんです。腹を立てると、出まかせに何でも言ってしまうものなの。自分で経験したから、私には分かるんですよ」

「それにしても、ペテン師とは！　ミルドレッドは僕のことを理解してるんです。それは確かだって分かってる。ただ昼間に、話したんです、僕――」

「あら、そうなの」

「以前ここに住んでいたって言ったんです――二千年以上前に住んでいたって――ミルドレッドはそう思ってる」

「まあ！　ハロルド。何て馬鹿げたことを言ってるの」レイディ・ピースレイクは立ち上がっていた。

「二千年以上前、町が別の名だったときに」

「あら、この人、気が狂ってる！」

「ミルドレッドは、そうは思わなかった。大事なのはミルドレッドなんだよ。リリアン、僕の言葉を信じるかい？」

「いいえ」と口ごもったリリアンは、ドアの方へにじり寄った。

ハロルドは軽蔑したような笑みを浮かべた。

「いいこと、ハロルド。部屋に行って横になるんですよ、いい子だから。必要なのは休息なの。そんなに馬鹿〳〵しい、忌まわしいことを言うんなら、ミルドレッドがペテン師って言うのにも理由があるってことになりますよ。あら！　気絶しそうだわ、リリアン。食堂から水を持ってきて！　いったい何が起きたっていうんでしょう？　今朝はみんな幸せだったのに」

しゃちこばった例の婦人が、髭を生やした痩身の小柄な男に伴われて入ってきた。

「お医者さんなんですか？」レイディ・ピースレイクは大声で言った。

男は医者ではなかったが、手を貸してハロルドをソファーに寝かせた。ハロルドは気絶したのではなかった。彼はまだ喋り続けていた。

「あなたは危うく僕を殺してしまうところだったんですよ」と、ハロルドはレイディ・ピースレイクに向かって言った。「あなたがそんなひどいことを言うなんてね。ミルドレッドは僕が以前住んでいたなんて思っていない、そう言いたいんでしょ。あなたの思い違いだってことは分かってるけど、そんなことを口にされるだけで死にそうになる。僕は以前に暮らしていた——とても素晴らしい生活だったんです。耳にしますよ——ミルドレッドがまた話すでしょうから。話したがらないけど、僕がそうさせる気になればそう言いますよ。そしたら、僕は、汚名を——雪《そそ》げる——ペテン師じゃないって。彼女、どこにいるんです？」

「静かに！」と小柄な男が言った。

「住んでた——住んでたでしょ？　それ、信じます？」

「信じますよ」と小柄な男が言った。

「嘘だ、それ。今では人を見るだけで分かる。ミルドレッドはどこなんです？」

「寝に行かなきゃなりませんよ」

「ミルドレッドが来るまでは口を利かないし、一歩も動かないから」

そういうわけで、ハロルドはソファーに黙ってじっと横たわっていた。彼らはその周りで何か小声で話していた。

ミルドレッドが戻ってきた。以前とは違った気分で。——というのは、父親に二、三質問されたあと、厳しい叱責の言葉を受け、冷静さが戻ったからだった。お前は大変いけないことをした、ハロルドの狂気を煽《あお》り立てた、最初は嗾《けしか》け、次には水を差して——。

お前の野放図な想像はけしからん。抑制するんだな。さもなければ大変なことになるかもしれない。きっぱりと言っておくが、ハロルドが元の状態に戻らないなら、お前たちの結婚など絶対に認めないからな――。ミルドレッドは自分の非を認め、過ちを償おうと決心して戻ってきたのだった。彼女は憐憫と悔悟の念に満たされていたが、同時にとても事務的でドライでもあった。

戻ってきた音が聞こえたのでハロルドは飛び起き、急いでミルドレッドに会いに行った。ミルドレッドも同じだった。彼らは長い廊下で出くわしたが、暗くてお互いの顔は見えなかった。

「私、怖ろしい言葉を使っちゃった。許してくれる?」ミルドレッドが早口で言った。

彼女はハロルドの体に触れようとしたが、ハロルドはそれを振り払って、「明るいところへ行こうよ」と言った。

ホテルの主人がランプを持って来た。ハロルドはそれをミルドレッドの顔にかざした。

「やめて!」ミルドレッドはか細い声で言った。

「ハロルド! 戻ってきなさい!」レイディ・ピースレイクの声がした。

「僕を見るんだ!」

「やめて!」ミルドレッドはそう言って眼を閉じた。

「眼を開けるんだ!」

ミルドレッドは眼を開けてハロルドを見た。そしてキャッと叫び、父親を呼んだ。

「この人、どこかへ連れてって！　怖いわ。狂ってる！　狂ってるのよ！」

「これでお終いだ」ハロルドはとても静かな声で言った。

「その通り。もう寝る時間なんだ」ピースレイク卿が緊張した手でランプを取り上げながら言った。

「あなたが僕のことを気違《きちが》いだと思うんなら、僕は気違いなんです。それだけのことです」

「後生だからもう寝てくれよ」

「六人の人間が僕は気違いだと言う。誰も、ほんとうに誰も、分かってくれる人はいないんだろうか？」

ハロルドは、盲人のようによろめきながら廊下を歩いた。彼が「トミー」と呼ぶ声が聞こえた。

ロビーで、ハロルドは絨毯に足を取られて転んだ。助け起こしたときには呟いていた。

「ハロルドは六人には太刀打ちできない。ハロルドとは何か？　ハロルド、ハロルド、ハロルド。ハロルドとは誰か？」

「止めさせなさい！」と小柄な男が叫んだ。「こりゃ、いけない！　そんなことをしちゃいけない」

彼らはハロルドの体を揺すった。言葉で圧倒して黙らせようとしたが、ハロルドはやはりぶつぶつ言いつづけた。「ハロルドとは何か？　六字である。H・A・R・O・L・D。ハロルド。ハロルド。ハロルド」

「また、気絶しちゃったわ！」レイディ・ピースレイクが叫んだ。「一体どうしたんでしょう？」

「日射病だよ」とピースレイク卿が言った。「今日の昼間、陽の当たるところで眠っていて罹ったんだ。ミルドレッドがみんな話してくれたよ」

彼らはハロルドを持ち上げて彼の部屋へ運び込んだ。

服を脱がせているあいだにハロルドの意識が戻った。ハロルドは奇妙なだみ声で話し始めた。

「僕が最後にソファーを離れたんでしょ？　五人までは数えた――最初の人間が一番賢い――それから確かにワインを十種類数えて、気が遠くなった。君たちの手品師は下手くそだけど――フルート吹きの娘の顔は好きだな」

「ねえ、皆さん、どこかに行きましょうよ。ここにいると良くないんだわ」レイディ・ピースレイクが言った。

「そう、フルート吹きの娘は好きだったな。先週僕が選んだポーターね、あれで良かった？」

「ええ、良かったです」と、相槌《あいづち》を打つのが行動指針になった小柄な男が言った。

「ええっと、あのポーターに家に運ぶのを手伝わせればいいんだ。僕、歩きたくないから。別に難しいことじゃないよね。駕籠《かご》を担ぐのにポーター四人、灯りを持つのに六人。それなら困らないだろ」

「生憎《あいにく》今夜はここにいなけりゃならないですよ」

「よろしい。家に送り返せないというんなら。あっ、ワイン！　ワインだよ！　二日酔いだよ」

「彼、何て言ってるの？」ミルドレッドがドア越しに尋ねた。

「フルート吹きの娘ですか？」ハロルドが関心のありそうな目つきで見上げながら言った。

ピースレイク卿がハロルドの体を押さえつけた。ハロルドは完全に受動的で、動いてみようともしなかった。服を脱がされるままにし、脱がせやすいように体を動かすこともなかった。パジャマを渡されたとき、かすかに笑い声をあげ、それは何のためなのかと尋ねた。

「僕、外が見たいな」彼らは、新鮮な外気が正気に返らせるかもしれないと思い、ハロルドを窓辺に連れて行った。飛び出すといけないのでしっかりと体を摑んでいた。月はなく、樹木と野原の一面の広がりは、暗くて見分けがつかなかった。

「ひとつもないな、通りを動いてる灯りは。きっともう遅いんだ。窓がこんな高いところにあったとはな。通りで灯りが動いてないなんて、こりゃ奇妙だ！」

「その通り。もう遅いんですよ。ここで眠るの、いやじゃないでしょう。引き返すのには、遠すぎますから」と小柄な男が言った。

「遠すぎる――引き返すのには遠すぎる。眠くてしょうがないから、この部屋で永久に眠れる。遠すぎる――遠すぎる――ああ、ワインだ」ハロルドは呟いていた。

彼らが床に就かせると、ハロルドはすぐに眠りこんだ。静かでとても規則正しい息づかいだった。

「日射病だよ」とピースレイク卿が囁いた。「多分、ぐっすり眠れば――私は寝ずにいるから」

しかし翌朝、ハロルドは服の着方を忘れてしまっていた。何か言おうとしたが、言葉が出てこなかった。

IV

翌朝、ジルジェンティ駅に汽車が入ってきたとき、彼らとハロルドのあいだに怖ろしい騒動がもちあがった。それでも彼らはやっとのことでハロルドを車両に押し込み、夕刻までにパレルモに着き、イギリス人の医者に診《み》せた。ハロルドは、付添人と一緒に英国に船で送られた。ピースレイク家の人々は、ミルドレッドの回復を待って、ナポリ経由で帰国した。

ハロルドは、精神病院に着くずっと前から、まったく意味の分からないことを話していた。精神病院に着いた時には、実のところほとんど声というものを出さなかった。その症例はいくぶんか注意を引き、実験のようなものが行なわれた。その結果、彼がギリシャ人の衣服に少しばかり通じていること、ギリシャ語のアルファベットを少し知っているということが判明した。

しかし彼は、古代ギリシャ語であれ現代ギリシャ語であれ、ギリシャ語で話しかけられるとポカンとするだけだった。ギリシャ語の本を渡されると、それをどうすればいいのか分からず、ビリビリと頁を破り始めた。

これらの事実を根拠として、医者たちは、ハロルドは自分をギリシャ人だと思っているに過ぎず、学校で学んだ初歩的な知識に頼り、ギリシャ人ならそう振舞うだろうと思っているように振舞っているのは、その偏執狂の致すところだと結論づけた。

しかし私は、ハロルドがギリシャ人だったこと――いや、いまなおギリシャ人であり、想起の力で前世に連れ戻されたのだと固く信じている。私たちの言うことが彼に解せないのは、私たちの方が彼の発音の仕方を忘れてしまったからなのである。そしてもし私にこの一件を冷静に見る目があれば——それが出来ないのだが——彼に起きたことをただ喜ぶはずだと思う。なぜなら、大事が小事に取って代わったからであり、彼はいま、私たちと過ごした人生よりも偉大だと信じている人生を生きているからである。さらに、もし事態が違った風に進展していたなら、彼はその偉大な人生を、私たちが名前を聞いたことのない二千年前の友人とではなく、私たちに交じっていま生きているかもしれないとも思う。それが、私が生きている限りミルドレッド・ピースレイクを許すことはないだろうと思う理由である。

彼はいま不幸ではない。それは確実なことである。自分で考えていることが彼には甘美なのだ。何時間も何時間も窓から外を眺め、空と海のなかにある私たちが忘れてしまったものを見ている。しかし同胞である人間のことは、まったく意識に上らないようである。私たちと話すことは決してないし、私たちが話しかけても耳に入らない。私たちが存在していることも知らないでいる。

少なくとも、最後に彼を訪ねたときまで、私はそう思った。彼に会いに行くのは私だけで、他の者たちはもう行くのを止めてしまった。前回、私が彼の部屋に入ったときには、彼は立ちあがって私の頰にキスをした。私が彼を理解し、愛しているということが、彼には分かっていたのだと思う。いずれにせよ、そう思うことは慰めになる。

機械は止まる *The Machine Stops*

第一部　飛行船

もしできることなら、小さな部屋、蜂の巣の房室のような六角形の部屋を想像していただきたい。窓から光が入ってくるわけでも、ランプがついているわけでもないが、部屋にはやわらかい光が満ちている。換気口などどこにもないのに、室内の空気は新鮮である。楽器などもないのに、私の瞑想が始まるこの瞬間、この部屋は妙《たえ》なる音で息づいている。肘掛け椅子が中央にあり、そのそばに書見台がある――それが家具のすべてである。その肘掛け椅子に、布で包まれた肉の塊《かたまり》――身長は五フィート〔約一五二センチ〕ぐらいで、茸《きのこ》のように白い顔をした女性――が坐る。その部屋の所有者である。

ベルが鳴る。

その女性はスイッチに触り、音楽が止む。

「誰が来たのか、見に行かないといけないようだわ」彼女はそう思って椅子を動かす。音楽と同様、椅子は機械で操作されていて、部屋の反対側まで彼女を運ぶ。ベルはしつこく鳴り続けている。

「誰？」と彼女は言う。その声は苛立《いらだ》たし気である。音楽が始まった途端に中断しなければならないことが屢々《しばしば》あったからである。彼女には数千人の知人がある。ある方向に、人間との交際が途方もなく進行していた。

しかしレシーバーに耳を傾けると、彼女の白い顔に笑みが広がった。

「分かったわ。話しましょう。遮断しておきますからね。五分間の内に大事なことが起こることなんてないと思うわ。――いいこと、クーノ、たっぷり五分間あげますからね。そのあとで、「オーストラリア時代の音楽」について講演しなきゃならないの」

彼女は遮断スイッチに触れた。他の者は誰も彼女と話すことができなくなった。それから照明装置に触れると、小さな部屋は暗闇のなかに投げ込まれた。

「急いでちょうだい！」と彼女は言った。苛立ちが戻ってきていた。「急いでちょうだいよ、クーノ。暗闇のなかで時間を無駄にしてるんだから」

しかし、手に持った丸い板が光り始めたのは、優に十五秒が経過したときのことだった。青い微かな光が板の上を走り出し、紫色に変わると、やがて息子の像が見えてきた。地球の裏側に住んでいる息子にも彼女が見えるのである。

「クーノ、あなたゆっくりしすぎてるわよ」

クーノは重たげな微笑を浮かべた。

「きっとあなた、愚図〳〵するのが愉しいんだわ」

「前に電話したんだけど。いつも忙しいか、遮断してるかだった。特別に話したいことがあるんだ」

「何なの、それ？ 急いで言ってちょうだいよ。気送便じゃ言えなかったの？」

「こういうことは直接言いたいもんで。実はね——」

「うん？」

「会いに来てほしいんだ」

ヴァシュティは青い板の上の息子の顔を見た。

「だって、あなた。ちゃんと会えてるじゃない！」彼女は叫んだ。「これ以上何が望みだっていうのよ！」

「「機械」を通してじゃなくて会いたい。うんざりする「機械」を通してじゃなくて話したいんだ」

「ちょっと、あなた！」漠然とした恐怖に襲われた母親が言った。「「機械」を貶《けな》すようなことは、絶対に言っちゃ駄目よ」

「どうして？」

「駄目なの！」

「まるで、お母さん、神が「機械」を作ったっていうような言い方だね。悲しいときには「機械」にお祈りするんだろうけど、忘れちゃ駄目だよ、人間が作ったってことを。偉大な人間だったんだろうけど、人間に変わりはない。たしかに「機械」は大したものだけど、すべてじゃないんだ。この板には母さんみたいな人が映ってるけど、母さんを見てるんじゃない。この受話器から母さんみたいな声が聞こえるけど、母さんの声を聞いてるんじゃない。だから来てほしいんだ。こっちへ来て泊まってってよ。訪ねてきてよ。顔を合わせて、いまもってる希望のことを話せるようにね」

　彼女は訪ねて行く時間の余裕はないと答えた。

「飛行船なら、母さんとこから僕のとこへ来るのに二日もかからないよ」

「私、飛行船は嫌いなの」

「どうして？」

「あの嫌な茶色い陸地と海ね、それから暗くなったときの星を見るのが嫌なの。それに飛行船のなかじゃ何も考えられやしない」

「僕はね、他の場所じゃ考えごとができないんだ」

「空にいてどんなことが考えられるっていうの？」

　彼はちょっと間をおいた。

「四つの星が楕円の形を作っててね、その楕円形のまんなかにくっつき合うように三つ星があって、そこからまた別の星が三つぶら下がってる。知ってる？」

「いいえ。星は嫌いだもの。だけどそれで何か思いついたわけ？　面白いじゃない。話してよ」

「その星は人間みたいだって思ったんだ」

「分からないわ」

「四つの大きい星は人間の肩と膝なんだ。真ん中の三つの星は昔人間が着けていた帯で、ぶら下がっている三ツ星は剣みたいだって」

「剣？」

「人間は剣を佩《は》いていたんだな。獣や他の人間を殺すためにね」

「あんまり良い思い付きには思えないけど、独創的なことは確かね。初めてその着想が湧いてきたのはいつのことなの？」

「飛行船のなかで――」彼は言いよどんだ。悲し気に見えたが、確かにそうだとは言えなかった。「機械」には微妙な表情が伝達できない。一般的な概念を伝えるにすぎない――現実の生活では充分役に立つ概念だけれど。ヴァシュティはそう思った。計量不可能な色艶《いろつや》、破産宣告を受けたある哲学者が人の交わりの精髄だと断定したものを、「機械」は正当にも無視した。それは、人工の葡萄栽培業者が計量不可能な葡萄の色艶を無視するのと同じことだった。「充分役に立つ」ものが、長い間人類に受け容れられてきたのだから。

「実を言うと」と彼は言い出した。「あの星をまた見たいんだ。本当に面白い星なんだよ。飛行船のなかからじゃなくて、地球の表面から見たいんだ。何千年も前に僕たちの先祖がそうしたようにね。だから、僕、地球の表面に行きたいんだ」

彼女はまたショックを受けた。

「お母さん、来なくちゃいけないんだよ。地球の表面を訪ねるのがどんな害になるかって、僕に説明するためだけにでもね」

「害にはなりません。でも利益にもなりません。地球の表面は塵《ちり》と泥ばかりで、生きてるものは何も残ってないの。それに、人工呼吸器が必要になるわよ。さもないと、外気の寒さで死んでしまう。外気に触れるとすぐに死ぬのよ」

「知ってるよ、むろん。準備万端整えていくよ」

「それにね――」

「それに、何？」

彼女は考え込み、注意深く言葉を選んだ。息子は奇妙な性質《たち》だから、遠征を断念させられればいいのにと思った。

「時代精神に反します」と彼女は主張した。

「それ、「機械」に反するってこと？」

「ある意味ではね。でも――」

青い板に映った息子の顔がぼやけた。

「クーノ！」

息子がスイッチを切って遮断してしまったのである。

ヴァシュティは一瞬、孤独感に見舞われた。

しばらくして光を生み出すと、明るさと電気ボタンの詰まった部屋を眺めて元気が戻った。いたるところに電気のスイッチとボタンがある——食べ物のためのボタンに音楽のボタン、衣服のボタン。熱い湯のボタンもあり、それを押すと、(人造)大理石の浴槽が床のなかから出てきて、脱臭済みの温かい湯があふれんばかりに満ちる。冷水浴ボタンもあれば、文学を生むボタンもある。むろん友人と交信するためのボタンもある。部屋は空っぽだが、世界中の好ましいと思うものに繋がっているのである。

ヴァシュティが次にしたことは、遮断スイッチをオフにすることだった。すると過去三分間の蓄積が洪水のように押し寄せてきた。ベルの音と通話管の声で部屋が満たされた。新しい食物はいかがでしたか? 推奨できますでしょうか? 最近なにかお考えになりました? 私が考えたことをお話ししましょうか? 早い時期に公立保育園を訪ねる手筈を整えますか——一月後の今日にでも?

それらの質問の大部分に、彼女は苛立《いらだ》たし気に答えた。——苛立ちは、その加速した時代に顕著に現われ出した特徴だった。新しい食べ物はひどかった、と彼女は言った。予定が詰まっているので公立保育園には行けない。新しい着想は浮かばなかったが、ひとつ新しいことを聞いた——四つの星と真ん中の三ツ星が人間に似ているというのだが、あまり大したことはないと思う。そう言って、通信装置のスイッチを切った。オーストラリアの音楽について講演する時間が来ていた。

公《おおや》けの場に集まるという不格好な制度はずっと前に廃止されていたから、ヴァシュティも聴衆も自室を後にしたわけではなかった。肘掛け椅子に坐って彼女は話し、肘掛け椅子に坐って聴衆は彼女の話を聴いた。聴衆にはその声が、かなりよく聞こえ、その姿が、かなりよく見えた。講演の枕に、彼女は前モンゴル時代の音楽について面白おかしく話した。それから続けて、「中国」征服のあとに歌謡が爆発的に流行したと話した。「イー・サン・ソー」とブリスベン楽派の理論はずっと昔の原始的な理論だが、それらを学ぶことは今日《こんにち》の音楽家に益すること大だと思う、それらは新鮮だし、何よりもそこには着想がある、と言った。

十分で終わった彼女の講演は好評だった。講演会の最後に、彼女と大勢の聴衆は海に関する講演を聞いた。多くの着想が海から得られるという話で、話者は最近人工呼吸器をつけて海に行ったのだった。それが終わると彼女は食事をし、大勢の友人と話し、風呂に入り、また会話をしたのちにベッドを呼び出した。

ベッドは彼女の好みに合わなかった。大きすぎたし、彼女はむしろ小さいベッドを好んでいたからだが、苦情を言っても無駄だった。ベッドは世界中で同規格につくられていたからである。かりに大きさを選べるようにするなら、「機械」は膨大な量の変更を余儀なくされる。ヴァシュティは遮断スイッチをオンにした――そうしなければならなかったのは、地下の世界には夜もなければ昼もなかったからである。そうしておいて、前回ベッドを呼び出したときからその時までに起きたことをすべて点検した。着想はどうだったか？　無きに等しい。出来事は――クーノからの招待は出来事といえるだろうか？

傍《かたわ》らの書見台の上には、塵《ごみ》の時代の名残り――一冊の本があった。「機械のご本」である。そこにはあらゆる緊急事態への対処法が記されている。寒かったり暑かったり、消化不良を起こしたり言葉に詰まったりした場合には、その本を参照し、どのボタンを押せばいいか教えてもらう。「中央委員会」の出版したもので、世の趨勢に従い豪華に装丁してあった。

ベッドの上に坐り、彼女はうやうやしく「ご本」を手に取った。誰かが見ているような気がして、明るくなった部屋を見回した。それから半ば恥ずかし気に、半ば欣然《きんぜん》として、「ああ、機械さま！　ああ、機械さま！」と呟き、唇に「ご本」を当てた。三度口づけをし、三度お辞儀をし、三度、黙認の生む忘我の境地に達した。滞りなく儀式を終えると、一三六七頁を開いた。彼女がその地下に住んでいる南半球の島を出発し、息子がその地下に住んでいる北半球の島に到着する、飛行船便の時刻が書いてある。

「だけど時間がない」と彼女は思った。

彼女は部屋を暗くして眠った。目が覚めたときに部屋を明るくした。食事をし、友人たちと意見交換をし、音楽を聴き、講演に列《つら》なり、部屋を暗くして眠った。彼女の上と下、その周りで、「機械」は永遠にブーンという音を立てていた。彼女はしかし、その音に気づかなかった。生まれたときに既に、耳のなかに入っていたからである。彼女を乗せて回転している地球は、静寂《しじま》を進むときにブーンという音を立て、ときには彼女を見えない太陽の方に向かせ、ときには見えない星の方に向かせた。目が覚めて、彼女は部屋を明るくした。

「クーノ！」

「こっちに来るまでは話をしない」クーノはそう答えた。

「この前話をしたあとで、あなた地球の表面に行ってきたの？」

クーノの像がぼやけた。

彼女は再び「ご本」を開いた。とても不安になり、ドキドキしながら椅子に背を預《あず》けた。歯もなければ髪もない、そんな自分を想像したと思えばいい。やがて彼女は、椅子を壁のところに移動させ、今まで押したことのないボタンを押した。壁がゆっくりと開いた。トンネルが見えた。少しカーブしているため行きつく先は見えない。もし仮に息子に会いに行くとしたら、ここが旅の出発点になる。

むろん彼女は交通システムを知悉《ちしつ》していた。交通システムに謎めいたところは何もない。自動車を呼び出せば、自動車は彼女を乗せてトンネルのなかを飛ぶ。着いた先にエレベーターがあって、飛行船駅に通じている。そのシステムは、「機械」が普遍的に確立されるずっと前から、何年ものあいだ用いられている。彼女はまた、むろん現在の文明に先立つ直前の文明について学んでいた。――システムの機能を誤解し、物を人間のところに運ぶのではなく、人間を物のところに運ぶためにシステムを使った文明である。部屋のなかの空気を新しくするのではなく、人間が新鮮な空気を吸いに出かけて行ったなんて、あの古い時代は何ておかしな時代だったんだろう！　にも拘わらず――彼女はトンネルが怖《こわ》かった。末の子供が生まれたとき以来トンネルを見たことがなかったからである。それはカーブしている――しかし彼女が覚えているようにカーブしているわけではない。それは素晴らしい――しかし講演で聞いた印象ほどには素晴らしくない。ヴァシュティは、直接経験というものが与える恐怖に取り憑かれた。竦《すく》み上がって部屋に戻ると、壁がまた閉じた。

「クーノ。お母さん、会いに行けないわ、体の具合が悪いの」と彼女は言った。

途端に巨大な器具が天井から降りてきた。体温計が自動的に口に入り、聴診器が自動的に胸に押し当てられた。なす術《すべ》もなく横たわっている彼女の額に、冷たいタオルが慰めるように載った。クーノが医者に電報を打ったのである。

こうして人間の感情は、なおも「機械」のなかであちこち揺れ動いた。ヴァシュティは医者の投与した薬を嚥《の》み下《くだ》し、器具は天井のなかに退却した。クーノの声がして、加減はどうかと尋ねていた。

「良くなったわ」それから苛立たし気に、「でも、あなた、なぜ会いに来ないのよ」とヴァシュティは言った。

「こっちを留守にできないからね」

「なぜ？」

「なぜって、今にも途轍《とてつ》もないことが起こりそうだからさ」

「地球の表面にね、もう行ってきたの？」

「いや、まだ行ってない」

「それじゃあ、何なの、それ？」

「「機械」のなかじゃ話さないよ」

ヴァシュティは元の生活に戻った。

しかし彼女は、赤ん坊のクーノ、生まれたときのこと、引き離されて公共保育園に連れていかれたときのこと、そこに一度会いに行ったこと、クーノが何度も訪ねてきたこと――それも「機械」がクーノに地球の反対側にある部屋を割り当てたときに途絶えたこと、を思い出した。「ご本」のなかで「機械」は、「親、その義務、出生の瞬間に終わる」（四二二三二七四八三頁）と言っていた。その通りだが、クーノには特別なところがある——私の子供には皆ほんとうに特別なところがあった——それに結局、クーノが望むのなら、私も我慢して旅に出なければならない。それに、「途轍もないことが起こりそうだからさ」って言ってた。どういうことなんだろう？　むろん若い人の戯言《たわごと》なんだろうけど、でも私、行かなきゃならない。——再び彼女は押し慣れないボタンを押し、壁が後ろに開いて、トンネルがカーブして消えて行くのが見えた。彼女は「ご本」を閉じて立ち上がり、よろめきながらプラットフォームに立ち、自動車を呼び出すと部屋が閉まった。北半球への旅が始まったのである。

むろんそれは完全に楽な旅だった。自動車がやってきた。なかを見ると自分の部屋のとまったく同じ肘掛け椅子があった。合図すると自動車は停まり、彼女は蹌踉《よろぼ》い出てエレベーターに乗った。エレベーターにはもう一人客がいたが、直接同じ人間に対面するのは数ヶ月ぶりのことだった。当節旅をする者はほとんどいない。というのも科学の進歩のおかげで、地球はどこもかしこもまったく同じになったからである。先行文明が切望した迅速な相互交流は、結局のところ自滅してしまった。シュルーズベリ〔イングランド中部シュロップシャー州の都市〕が北京とまったく同じなら、北京に行くことにどんな意味があろうか？　北京がシュルーズベリと瓜《うり》二つなら、シュルーズベリに戻ってくる必要があるだろうか？　人間は滅多に体を動かさなくなった。動き止《や》まないものはすべて魂のなかに凝縮されたのである。

飛行船便は先行する時代の遺物だった。それが維持されたのは、廃止したり縮小したりするよりもそのまま続ける方が安易だったからだが、今では人々の需要を大きく上回ってしまった。飛行船は、次から次へとライ〔イングランド南東部イースト・サセックス州の町〕やクライストチャーチ〔イングランド南部ドーセット州にある保養地〕（私は骨董品のような旧名を使っている）の放出口から込み合った空に飛び立ち、南の港に降りる――空っぽのまま。そのシステムは非常に巧く調整されており、各地域の気象に左右されることが皆無なので、晴れていようと曇っていようと、空は同じ模様が周期的に現われる巨大な万華鏡のように見えた。ヴァシュティが利用した便は、ときには日没に、ときには明け方に飛び立ったが、ランス〔フランス北部の商工業都市〕の上空を通過するときにはいつもヘルシンキとブラジルを結ぶ飛行船に接近したし、アルプスを越えるときは三度に一度の割合で、パレルモ〔イタリアのシチリア北部の中心都市〕を出た船団が後方を過《よぎ》った。昼夜の別なく、強風も嵐をも物ともせず、高波も地震にもお構いなく、人類はレヴァイアサン〔海に棲む神話上の怪獣〕を手懐《てなず》けたのであり、「自然」を讃美したり「自然」を恐れたりする昔の文学は、子供のお喋りのように空々しく響いたのである。

しかしヴァシュティが、外気との接触によって汚れた飛行船の巨大な側面を目にしたときには、直接経験の生む恐怖が蘇ってきた。それは映画で見る飛行船とは似ても似つかないものだった。一つにはそれは臭いがした――強い臭い、不快な臭いではないが、とにかく臭った。目を閉じても、何か新しいものが近くにあることに気づいたであろう。

彼女はエレベーターを降りて、それに近づかねばならなかった。他の乗客の視線に曝されねばならなかった。前にいた男が「ご本」を落とした――大したことではなかったが、乗客はみな動転した。部屋のなかで「ご本」を落とせば、床が自動的に拾ってくれるが、飛行船のタラップはそんな風にはできていない。神聖な「ご本」はじっとして動かなかった。乗客はみな立ち止まった――予期に反したことが起きたからで、その男はというと、自分の持ち物を拾うかわりに、腕の筋肉をさすって何故うまく機能しなかったのか知りたがっていた。それから誰かが本当に声を出し、「遅れるぞ」と言った――それでみんな群れをなして乗船したが、ヴァシュティは途中で落ちていた本の頁を踏んでしまった。

なかに入ると彼女の不安は増した。内装が旧式でセンスがなかった。女性の添乗員までいた。旅のあいだじゅう、欲しいものがあればその女性に頼まねばならない。むろん飛行船のなかを巡る巡回通路はついていたが、船室までは自分で歩いていく仕組みになっていた。船室には優劣があり、彼女の部屋は最上の部類ではなかった。添乗員が依怙《えこ》贔屓《ひいき》をしていたのだと思うと、怒りのあまり体が震えた。ガラスのバルブが閉まった。もう後戻りはできない。乗船口のホールの先では、乗ってきたエレベーターが空のまま音もなく昇降していた。ピカピカ光るタイル張りの通路の下には、何層にも重なった部屋があり、地面のなかを長々と下に続いている。一つ一つの部屋には一人の人間がいて、食べたり、眠ったり、新たな着想を得たりしている。その蜜蜂の巣のずっと奥に埋め込まれているのが自分の部屋なのだ。ヴァシュティは怖ろしくなった。

「ああ、機械さま！　ああ、機械さま！」そうつぶやいて「ご本」を撫でるとホッとした気持ちになった。

それから、乗船口のホールの両側の壁が、夢の中で見る通路のように溶けて一つになり、エレベーターが消え、落ちていた「ご本」が左方向に滑って消えた。光沢のあるタイルが川の流れのように過ぎ去ると、微かな軋みとともに飛行船はトンネルを潜り抜け、熱帯の海洋の上に舞い上がった。

夜であった。彼女には一瞬、燐光を発する波に縁取られたスマトラの海岸が見えた。いくつもの灯台が、依然として誰にも顧みられない光線を放っていた。それもまた消え去り、星だけが彼女の目を引いた。星は不動ではなく、頭上であちこちに揺れながら、一つの船窓から他の船窓へと移り動いた。まるで、飛行船ではなく宇宙が疾走しているようだった。よく晴れた夜に始終起きるように、星々はときには遠近法の奥行きがあるようにも、ときには同一平面の上にあるようにも見えた。またときには、幾層にも重なって無限の天に続いているようであり、ときには無限を隠し、人の視野を永久に限定してしまう天井のようでもあった。いずれにせよ彼女には、その星空は耐え難かった。

「暗闇のなかを飛ばねばならないんですか？」と、何人かの乗客が腹を立てて叫んだ。

添乗員は点《つ》け忘れていた灯りのスイッチを入れ、蛇腹《じゃばら》メタルのブラインドを下した。建造された当時は、物を見たいという欲望がまだ世界中を漂っていた。そのため途方もない数の天窓と窓がつくられ、文明化され洗練された者には、それに応じた量の居心地の悪さが生まれたのである。ヴァシュティの客室でさえ、ブラインドの裂け目から星が一つ覗きこんでいた。彼女は数時間うとうとしたのち、馴染みのない光のために目を覚ました。それが黎明《れいめい》だった。

飛行船は西方向に疾走していたが、地球はそれよりも速いスピードで東に回っていたので、ヴァシュティと他の乗客は太陽の方に引き戻された。科学には夜を引き伸ばすことができたが、それはほんの少しだけ延長したにすぎなかった。一日周期の地球の自転作用を相殺するという高邁な願いは、おそらくそれよりも高い希望もろとも消え失せてしまった。「太陽と同じ速度を保つこと」、あるいは太陽を追い越すことが、先行文明の目標であり、その目的を果たすためにレース用飛行船が建造されていた。途方もないスピードの出る、時代の最良の知性で操縦された飛行船が、ぐるぐると、西へ西へと、人類の喝采を受けて地球を回った。しかしそれも無駄だった。地球はさらに速く東に回転したからであり、怖ろしい事故が多発したため、当時名声を博しつつあった「機械委員会」が、その企図は違法かつ非機械的であり、「無宿《ホームレス》」の罪に問われると宣言したからである。

「無宿」についてはのちに述べる。

疑いもなく「委員会」は正しかった。しかし「太陽に勝つ」という企図は、我が人類が天体に対して、あるいは苟《いやしく》も何ごとかに対して抱いた最後の関心事だった。それは人類が、その世界の外部にある力を思うことによって凝縮した一つのものになった最後の機会だった。太陽は勝利したが、それは同時に太陽による精神的支配の終焉でもあった。夜明け、日中、黄昏《たそがれ》、黄道十二宮《こうどうじゆうにきゆう》は、人類の生活にもその心にも触れるのを止め、人類は、解決可能と分かっている問題に集中するため、地面のなかに退却したのである。

そういうわけで、自分の船室が薔薇色の指（ホメロスが黎明に冠した形容辞）の侵略を受けたと気づいたとき、ヴァシュティはむっとして、ブラインドを調整しようとした。しかしブラインド全体が跳ね上がってしまったため、彼女は窓を通して、小さなピンク色の雲が青い空の前で揺れているのを見ることになった。そればかりか、太陽が昇るにつれ、光が直接船室に入りこんで溢れ、壁でかこまれた空間を黄金の海に変えてしまった。光の海は、飛行船の動きに従い、ちょうど波が上下するようにうねったが、それは潮が満ちるように確実に前進していた。気をつけないと顔に当たってしまう――恐怖に怯えて、彼女は添乗員を呼び出した。添乗員も恐怖に襲われたが、なす術《すべ》がなかった。ブラインドの修理は任務外だったからで、出来ることと言えば、部屋を代わるのはどう？　と言うことぐらいだった。ヴァシュティは支度にかかった。

世界中どこでも人間というものは似たり寄ったりだが、添乗員は、おそらくその任務の特殊性のために、少しばかり変わった人間になっていた。しばしば乗客に直接声をかける必要に迫られたので、荒っぽい、独特の作法が生まれていた。光線をさけようとしたヴァシュティが叫び声をあげてよろめいたとき、添乗員は野蛮な振舞いに及んだ――ヴァシュティを支えようとして、彼女はなんと手を差しのべたのである。

「まあ、失礼ね！」と乗客は叫んだ。「血迷ったの、あなた！」

添乗員はうろたえ、倒れるままにしておかなかった非礼を詫《わ》びた。人が互いに触れ合うことなど絶えてなかったからである。そういう習慣は、「機械」のせいでずっと以前に廃《すた》れていた。

「私たち、どこにいるの今？」ヴァシュティは居《い》丈高《たけだか》に訊いた。

「アジアの上空です」礼儀正しく振舞おうと躍起になっている添乗員が答えた。

「アジアですって？」

「下品なわたくしの話し方をどうぞご勘弁ください。上空を飛んでいる場所を機械的でない名で呼ぶ習慣がついてしまっているものですから」

「ああ、思い出したわ。アジアね。モンゴル人はあそこからやってきたのね」

「わたくしどもがいる下の地表に、かつてシムラ〔イギリス統治時代にインド帝国の「夏の首都」とされたインド北部の避暑地〕と呼ばれた都市がありました」

「あなた、モンゴル人のこと、ブリスベン楽派のことを聞いたことがあって？」

「いいえ」

「ブリスベンも地表にあったのよ」

「右側の山並みですけど——ご覧に入れますわ」添乗員が金属ブラインドを押し上げた。ヒマラヤ山脈の主要部分が姿を見せた。「あの山並みは、昔は「世界の屋根」って呼ばれていたんです」

「なんてまあ馬鹿げた名だこと！」

「お思い出しにならなければなりません。文明の黎明前《ぜん》には、あの山並みは星に届くほど、越えがたい高い壁に見えたのです。あの頂に居られるのは、神々だけということになっていました。私たち、なんて進歩したことでしょう！「機械さま」のお蔭です！」

「私たち、なんて進歩したことでしょう！「機械さま」のお蔭です！」ヴァシュティは言った。

「我々は、なんて進歩したことだろう！「機械さま」のお蔭だ！」通路にいた男が繰り返した。昨夜「ご本」を落とした男である。

「あの白い割れ目は——何なの、あれ？」

「名前は憶えておりません」

「窓を閉めて下さらない？　山を見てても着想が湧かないもの」

ヒマラヤ山脈の北側は闇に包まれていた。インドの側の斜面は、ちょうど太陽が支配し始めたところだった。森林は、文書時代に新聞紙用パルプを作るために破壊されていたが、いま雪が目覚めて輝かしい朝に呼応しようとしていた。カンチェンジュンガ〔ネパールとインドの国境にある山群の主峰で、世界第三位の標高をもつ〕の中腹にまだ雲がかかっている。平原には都市の廃墟が見え、その城壁のそばを細くなった川が這うように流れている。それらの傍らに時折り排出口が見えるが、それが現在の都市の位置の標《しるし》である。その景色の上を、信じられないほどの「沈着」さで、飛行船は上下左右に高速で飛ぶ。低空の乱気流を避け、「世界の屋根」を越えたいと思えば、平気の平左《へいざ》で高度を上げる。

「ほんとに私たち進歩しました！「機械さま」のお蔭ですわ！」添乗員が繰《く》り言《ごと》のように言って、金属ブラインドでヒマラヤ山脈を隠した。

日はのろのろと進んで行った。乗客は己《おの》がじし、各自の船室でほとんど肉体的嫌悪感と言ってもいい感情を抱いて他人との接触を避けながら、再び地下に戻りたいと切望していた。八人、あるいは十人の乗客のほとんどが若い男性で、公共保育施設から送り出され、世界各地で死んだ人間の部屋に住みに行くところだった。「ご本」を落とした男は、種族繁殖のためにスマトラに派遣され、いまは帰路の途中である。個人の意思で移動しているのはヴァシュティだけだった。

正午に、彼女はもう一度地上を見た。飛行船は別の山脈を越えていたが、雲に遮られ

て余り見えなかった。黒い岩がいくつも下方に浮き上がり、灰色のなかに溶けてゆく。その形は素晴らしく、なかには臥《ふ》せった人間に似たものもある。「何にも着想が湧かない」と呟いた彼女が金属ブラインドを下ろすと、コーカサス山脈〔黒海からカスピ海まで東西に走る山脈〕が姿を消した。

夕方にもう一度見てみた。金色の海を越えているところで、数多くの小島と半島が一つ見えた。「何にも着想が湧かない」と彼女はまた繰り返した。ギリシャが金属ブラインドの陰に隠れた。

第二部　修理用具

乗船口のホールとエレベーター、管状鉄道とプラットホームにスライド式ドア――それらを出発時とは逆に辿って、ヴァシュティは息子の部屋に着いた。彼女の部屋と寸分《すんぶん》違《たが》わない部屋である。来ても来なくても同じだったじゃない、と言ってもよかったほどだった。各種スイッチと把手《とって》、「ご本」が載った書見台と部屋の温度と空気に照明――すべてみな全く同じだった。もしクーノが、彼女の肉の肉〔『創世記』第二章二十三節のアダムの言葉「我が肉の肉」のもじり〕が傍《かたわ》

らに立ったとしても、それに一体何の意味があっただろうか？　育ちが良かったせいで、彼女は握手などはしなかった。

息子の方を見ずに彼女が口にした言葉は、

「さあ来たわよ。ひどい旅で、おかげで魂の発達がずいぶん遅れたわ。無駄だったわ、これ。クーノ、何の意味もありゃしない。私の時間は貴重この上もないっていうのに。もう少しで太陽光線に触れるとこだった。ひどく礼儀知らずの人間にも会った。二、三分しかいられないの。言いたいこと言ってちょうだい。すぐに帰らなきゃならないの」

「僕、「無宿」処分にするぞって脅されてるんだ」

ヴァシュティはまともに息子を見た。

「「無宿」処分にするぞって脅されてるんだ。そんなこと、「機械」を通して言えなかったんだ」

「無宿」は死を意味した。その刑を受けた者は大気に曝され、そうして死ぬのである。

「この前お母さんと話したあと、僕ずっと外に出てたんだ。物凄いことが起こったんだけど、見つかっちゃったんだ」

「だけど何故外に出てはいけないっていうの？」ヴァシュティは叫んだ。「それ、完全に合法的よ。完全に「機械的」なのよ、外へ出るのは。お母さん、最近海について講演を聞いたことがあるけど、違法じゃない。ただ呼吸器を呼び出して、「外出許可」を貰

うだけのことよ。もっとも信心深い人のすることじゃないけどね。お母さんはお前にしないで頂戴って言ったけど、でも法的には問題ないのよ」

「『外出許可』を貰わなかったんだ」

「じゃあ、どうやって外に出たの？」

「我流で出る方法を見つけたんだ」

　その言葉は彼女には皆目意味をなさなかったので、クーノはもう一度繰り返さねばならなかった。

「我流で？」と彼女は呟いた。「でも、それ、間違ってるわ」

「どうして？」

　その問いは彼女に比類のない衝撃を与えた。

「お母さんは『機械』を信仰し始めてる」クーノは冷然と言い放った。「お母さんは、僕が我流の方法を見つけたのは非宗教的だと思ってる。それは『委員会』が『無宿』処分にするって脅したときに考えたのとまったく同じなんだ」

　ヴァシュティは腹を立て、「私、信仰なんかしてない！」と叫んだ。

「私、一番進歩してる人間よ。だからあなたに信仰心がないなどとは思っていません。宗教なんて、もうかけらも残ってないんですもの。昔あった恐れや迷信は、『機械』が一掃してしまった。私はただ、我流で方法を見つけ出すってことが――それに、外に出る新しい出方なんてないもの」

「いつもそんな風に思われてる」

「放出口を通って出る以外にはね。それには「外出許可」が要る。「ご本」にそう書いてあるわ」

「それじゃあ、「ご本」が間違ってる。だって僕、この二本の足で外に出てきたもの」

というのは、クーノには或る種の筋力が具《そな》わっていたからである。

この時代にはもう、筋力があることはひとつの欠点になっていた。嬰児《えいじ》はみな出生時に検査を受け、相応以上の筋力をもちそうな者は処分された。人道主義者は抗議するかもしれないが、スポーツマンを生かしておくのは真の親切とは言えなかったであろう。「機械」がつくり出した生活環境のなかでは、そういう人間は幸せになれなかったからである。登るために樹があればいいと思い、水浴のできる川が欲しくなり、身体能力を測る牧場と丘を切望したであろう。人はその環境に適合せねばならない――そうではないだろうか？ 人類の黎明期に、虚弱児はタイゲトス山（スパルタ人が不適合と判断した乳児をその深い割れ目に投げ入れたという山）に放棄されねばならなかった。黄昏どきになれば、人類の強固な意志は安楽死を許容する。それもこれも「機械」の発展のため、「機械」進化のため、「機械」が永遠に進歩するためなのである。

「僕たちが空間の感覚を失くしてしまったってこと、知ってるよね。「空間は絶滅した」——僕たちはそう言うけど、絶滅したのは空間じゃなくて、空間の感覚なんだ。つまり僕たちは自分の一部を失くしたんだ。僕はそれを取り戻そうと決心してね、部屋の外の鉄道のプラットホームをね、手始めに行ったり来たりしたんだ。行ったり来たりした――草臥《くたび》れてしまうまでね。そのとき「近い」と「遠い」の意味が取り戻せたんだ。「近い」は、列車や飛行船がすぐに連れてってくれるところじゃなくて、僕がこの足ですぐに行けるところのことなんだ。「遠い」は、この足ですぐに行けないところのこと。放出口は「遠い」んだよ、列車を呼び出せば三十八秒で行けるけどね。人間が尺度なんだ。それが僕が習った最初のこと。人間の足は距離の尺度で、人間の手は所有の尺度。人間の体は、好きになれて、好ましくて、強いものすべての尺度なんだ。それからもっとやってみた。初めてお母さんを呼び出したのはそのときだった。もっともお母さん、来ようとしなかったけど。

「お母さんも知っての通り、この都市は地表のずっと下の深いところにつくられていて、放出口だけが地表に突き出してるんだ。僕の部屋の外のプラットホームを行き来したあとで、エレベーターに乗って次のプラットホームに行き、そこをまた行ったり来たりした。次々にそうやってるうちに一番上のプラットホームに着いた。その上はもう地表になってるんだな。プラットホームはみな寸分違わぬ形をしてるから、行ってみた成果というのは、空間の感覚と筋肉が発達したことだった。思うにそれで満足しておくべきだったんだろう――それって、結構大したことなんだから。でも、歩きながら考えてるうちにね、僕たちの都市は人間がまだ外の空気を吸ってる時代に建設されたんだから、作業員に空気を送るための竪穴があったに違いないって思ったんだ。換気用竪穴以外のものは思いつかなかったけどね。そういう竪穴は、「機械」が最近になって開発した食料管と薬品管と音楽管を取り付ける際にみんな壊されてしまったんだろうか？　それともその跡は残ってるんだろうか？　いろいろ考えた挙句、一つだけ確かなことがあるって思った。つまり、もし僕がどこかでそういう竪穴に出くわすとしたら、最上層の列車用トンネルの中だろうっていうことだ。それ以外の場所じゃ、どの空間もみな使い道が決まってるんだから。

「自分のことを手短かに話してるけど、僕が臆病者じゃなかったり、お母さんに言われて気が滅入ったりしなかったなどと思っちゃいけない。確かにちゃんとしたことじゃないし、機械的でもない。鉄道トンネルのなかを歩くのはね。怖かったのは、電気が通ってるレールに触って感電死するってことじゃなかった。もっと漠然とした――「機械」が考えてなかったことをするってことだった。でも、思ったんだ、「人間が尺度だ」って。そして行ってみて、何度も行った末に、一つ空いてるとこを見つけたんだ。

「トンネルにはもちろん照明があった。どこもかしこも明るい。人工照明で、暗闇というのは想定外なんだな。だから、タイル張りに黒い裂け目があるのを見つけたときは、これが例外なんだと思って嬉しかった。腕を突っ込んでみた――最初はちょっとしか入らなかった――それからグルグル、有頂天になって振りまわした。もう一枚別のタイルを浮かせて、頭を突っ込んで、暗闇に向かって、「行くからね、いま行くからね」って叫んだ。僕の声が果てのない竪穴に反響《こだま》した。それはまるで、毎晩星の光と妻の待つ家に戻っていった、死んだ作業員たちの亡霊がね、屋外で暮らした何世代もの人間の亡霊が、「来なさいね、来てるんだね」って僕に答えてるみたいだった」

クーノはちょっと間を置いた。その話は馬鹿げていたが、ヴァシュティは最後の言葉に心を動かされた。というのも、クーノは父親になりたいと申請したにも拘わらず、「委員会」によって却下されていたからである。クーノは、「機械」が次世代に残したいと思うようなタイプの人間ではなかった。

「それから列車が通り過ぎた。僕のそばを掠《かす》めたけれど、頭と両腕を穴に突っ込んで難を逃れた。一日の仕事としてはそれでもう十分だったから、這《ほ》う這《ほ》うの体《てい》でプラットホームに戻り、エレベーターに乗って、最後にベッドを呼び出したんだ。ああ、そのときの夢ったら！　またお母さんを呼び出したけど、応答拒否だったな」

ヴァシュティは首を振って言った。

「やめて。そんな怖ろしい話はしないで。お母さん、惨めになってしまう。お前は文明を投げ捨ててるのよ」

「だけど僕、空間の感覚を取り戻したんだよ。でも、それで満足っていうわけにはいかないんだ。あの穴に入って、竪穴を登ろうって決心したんだ。それで両腕を鍛えた。筋肉が痛くなるほど、来る日も来る日もおかしな動かし方をした。おかげで、何分間も両手でぶら下がったり、ベッドの枕を持ち上げたりできるようになった。それで呼吸器を呼び出して出発したんだ。

「最初は楽だった。モルタルがまあ腐っていたから、すぐに何枚かタイルを押し外して暗闇のなかに登って行った。死んだ人の霊魂が慰めてくれたしね。何が言いたいのか分からないけど、とにかくそんな風に感じたんだ。生まれて初めて、自分は腐敗に対して抗議をしたって感じた。死んだ人たちが僕を慰めてくれてる、それとちょうど同じように僕はこれから生まれてくる者の慰めになってる、人類は存在してる、それも衣服なしで存在してるって感じたんだ。どうやったら説明できるかな？　人類は裸だった。裸のようだった。こんなチューブやボタンや機械は、僕たちが世界に現われたときにはなかったし、世界から消えていくときにもないだろうし、僕たちがここにいる間もこの上もなく大切なものなんかじゃない。もし僕が強い人間だったら、身につけてるものを全部かなぐり捨てて、真っ裸で外気のなかへ出てゆく。でもそれは僕にはできないし、僕の世代の人間にも叶《かな》わない。それで僕は登っていった、呼吸器をつけ、消毒済みの服を身にまとい、錠剤食料を携帯して！　そんなでも、何もしないよりましだからね。

「梯子《はしご》があった。原始的な金属でできたやつだ。鉄道の光が一番下の段をいくつか照らし出したので、その梯子が竪穴の下の瓦礫から真っすぐ上に伸びてるってことが分かった。多分僕たちの先祖は、建設中に毎日何度も昇り降りしてたんだろう。登ってるとき、梯子のざらざらした縁が手袋を突き破ってね、手から血が出たんだ。灯りはしばらくのあいだ役に立ったけど、そのうちに真っ暗になった。でも、暗闇よりも悪かったのは静寂というやつだった。それが刃物のように耳に刺さった。

「『機械』は音を立ててるんだ。知ってた？　かすかにブーンという音が血のなかに入ってきて、それが多分考えることまで左右してしまうんだ。分かったもんじゃない！　僕はその力の届かないところへ行こうとしてた。それでも僕は思ったな、『この静けさは僕が間違ったことをしてるっていうことだ』って。でも僕には静寂の中で声がするのが聞こえたんだ。それでまた力が出てきた」クーノは笑った。「その声が僕には必要だったんだ。次の瞬間、何かに頭をぶつけてしまった」

ヴァシュティはため息をついた。

「外気から守ってくれてる空気遮断装置ね、あそこに着いてたんだな。飛行船から見て気づいたと思うけど、あれだったんだよ。漆黒の闇のなかで、見えない梯子に足を乗せて、手に怪我をしてる状態をどうやって切り抜けたのか分からないけど、声がやはり励ましてくれたんだ。僕は手探りで留め金を探した。空気遮断装置は直径八フィート

〔約二・五メートル〕ぐらいだったんだと思う。伸ばせるだけ手を伸ばしてみたら、本当にツルツルしてた。中心のとこまで届いたんじゃないかと思ったな。僕の手は短かすぎたから、本当の中心じゃなかったかもしれないけど。そのとき声がしたんだ。「跳《と》んでみろ。やる値打ちはあるんだ。真ん中に把手《とって》があるかもしれんから、それを掴《つか》んで、自分の流儀で俺たちのとこへ来るんだ。把手がなくて、それで落ちて、こなごなになったとしても——やっぱり、やる値打ちはある。いずれにしろ、君は自分流に俺たちのとこに来るんだから」それで僕は跳んだ。把手はあった。それから——」

クーノは言葉につまった。母親が涙をうかべていた。余命わずかしかないことを、母親は知っていたのである。今日死なないとしても明日には命を落とす。この種の人間にはこの世に居場所がないのだ。しかし、ヴァシュティの憐憫には嫌悪感が混じっていた。こんな息子を生んだことが恥ずかしかった。どこに出しても恥ずかしくない立派な自分、着想豊かな自分がこんな息子の母親だったとは——。これが本当に、つまみとボタンの使い方を教えてやったあの子供、「ご本」の手ほどきをしてやった同じ子供なのだろうか？　口元を醜くしている毛自体、ある種類の野蛮人に退化しつつあることを物語っている。先祖返りに対して、「機械」が手心《てごころ》など加えるはずがないのだ。

「把手があったんだ。僕はそれを掴んで、夢中で暗闇の上でぶら下がってた。機械のブーンという音が聞こえたけど、死に際《ぎわ》に見る夢のなかの囁《ささや》き声みたいだった。僕が気にかけてた人たち、あの管を通して話した人たちは、誰も彼《かれ》も無限に小さくなっていった。そのうちに把手が回った。体の重さで何かが作動したんだろうな。僕はゆっくりと回転してね、それから——。

「なんとも表現のしようがないけど、とにかく僕は陽の光の方に顔を向けて寝ていた。鼻と耳から血が流れ出して、轟音がしてた。僕がしがみついてた遮断蓋が、地面から吹き飛ばされた、僕たちが地下でつくってる空気が遮断口を吹き抜けて空に噴出したってことなんだ。噴水みたいにね。僕はその噴出口のとこへ這っていった——というのも上の空気は痛かったから——僕は、言ってみれば、縁から下の空気をいっぱい啜《すす》ったんだ。呼吸器はどこか知らないとこへ飛んで行ってたし、服は裂けてた。僕はただ、口を穴に近づけて這いつくばったまま啜ってたら、そのうちに血が止まった。あんな奇妙なのは想像もできないよ。草が生えてるとこが窪《くぼ》んでてね——すぐに話すけど——そこに陽が射しこんでた。燦々《さんさん》と、っていうんじゃなくて、大理石の模様みたいな雲間《くもま》からなんだけど——あのやすらぎ、気楽さ、空間の感覚ね、それから僕たちの人工空気がすごい音で吹き上げてきて頰をかすめるんだ！　やがて呼吸器が視界に入ってきた。そいつは頭上の気流のなかで浮いたり沈んだりしてた。そのまた上に飛行船がいくつか見えた。でも飛行船から外を見る人間なんていないし、どっちみち、僕を助けに来ることなんかなかっただろうな。だから僕は座礁した船みたいなものだった。陽がちょっと竪穴に射しこんで、梯子の上の方が見えたけど、そこまで行けるはずもなかった。また吹き上げられるか、落ちて死ぬかのどっちかだったろうな。できることは、草の上に寝て、何度も何度も空気を啜り、ときどき周りを見回すことぐらいだった。

「僕がいるのがエセックス〔イングランド東部の州〕だってことは知ってた。ちゃんと用意して、出発前にそういう講演を聴いてたからね。エセックスは僕らがいま話してる部屋の上にあるんだ。昔は重要な州だった。そこの国王たちは、アンドレズヴァルト〔イングランド南東部のケント州、サセックス州にまたがるかつての大森林地帯で普通ウィールドと呼ばれる〕からコーンウォール〔イングランド南西端の州〕に至るまで、南の沿岸地域を全部支配してた。北側はウォンズダイクっていう土塁を丘の上に張りめぐらせて防いでた。講演した人はウェセックス〔イングランド南部および南西部を支配下に置いた王国で、アルフレッド大王で名高い〕の興隆にしか関心がなかったから、エセックスがどれほどの期間、国際的に力があったか知らないし、知ってたとしても役に立たなかっただろうな。実を言うと、そのときは笑うことしかできなかった。空気蓋がそばにあり、呼吸器が上の方でぴょこぴょこ浮き沈みしていて、僕とその二つが、縁に羊歯《しだ》が生えた草の窪地の囚人になってるんだもんな」

クーノはまた真面目な顔になった。

「そこが窪地だったのは幸いだった。何故って、上がった空気がまた下りてきて、水が鉢を満たすように、そこを空気でいっぱいにしてくれたからね。だから這いまわることができて、そのうちに立ちあがったんだ。空気の混ぜ物を吸い込んだけど、窪地の斜面を上がろうとするたびに、痛いほうの空気が多くなった。それでもそんなにひどくなかったな。錠剤は失くしてなかったから、滑稽なほどずっと陽気だった。「機械」の方は、完全に忘れてた。ただ一つの目標は、羊歯が生えてる天辺《てっぺん》のところへ行って、何があるか知らないけど、その向こうにあるものを何でも見てみることだった。

「僕は斜面を駆け上がった。でも新しい空気はやっぱり苦すぎたんで、また転がりながら戻った。一瞬のあいだ何か灰色をしたものが見えただけだった。太陽はものすごく陰《かげ》ってきたんで、「さそり座」のところにいるってことを思い出した――。そういう講演にも出たことがあったんだ。もし太陽が「さそり座」の位置にいて、人がウェセックスにいる場合には、できるだけ急いだほうがいい。さもないと真っ暗になってしまうからね（これが講演を聴いて役に立った最初の知識なんだけど、おそらくそれが最後になるだろうな）。それで、無我夢中で新しい方の空気を吸って、池みたいな窪地からできるだけ離れてみる気になった。窪地に空気が満ちるのにはものすごく時間がかかった。ときどき、下の泉は少しやる気を失くしたんじゃないかって思ったな。呼吸器の方は、前より地面に近いところで踊ってるようだった。轟々《ごうごう》いう音も小さくなってた」

クーノは口を噤《つぐ》んだ。

「お母さんには面白くない話だと思う。これから話すことはもっとつまらないだろうな。新しい着想など何もない。わざわざ来てもらわなかったらよかったのにね。僕たち、違いすぎてるんだよ、お母さん」

しかしヴァシュティは話を続けるようにと言った。

「土手のようなとこを登り終わったときはもう夕方になってた。太陽が空から消える寸前で、景色はあまりよく見えなかった。お母さんは「世界の屋根」を越えてきたばかりだから、僕が見た小っちゃな山並み——低くて何の彩り《いろど》もない山並みのことなんか聞きたくないだろうけど、僕にはね、山は生きてるみたいだった。山を蔽ってる草は皮膚で、その下で筋肉がぴくぴく動いてる。あの山たちは、昔は測り知れない力で人間に呼びかけ、人間も山を愛してたっていう気がした。いまは山たちは眠ってる——永遠に眠ってるのかもしれないけど、山は夢のなかで人類と交わるんだ。ウェセックスの山々、そを覚醒《めざ》めさす男たちは幸せなるかな、女たちは幸せなるかな。だって、山たちは眠ってるけど、けっして死ぬことがないだろうからね」

クーノの声が熱を帯びて高まった。

「みんなには分からないんだろうか？　講演する人も、誰も理解してないんだろうか？　死んでいってるのは僕たちなんだ。この地下の世界で、本当に生きてるのは「機械」だけなんだってことが？　僕たちは「機械」を創《つく》り出した。僕たちの意思を実行するためにだ。でも今は、「機械」に僕たちの意思を実行させることができない。「機械」は僕たちから空間の感覚を奪った。何かに触れるときの感覚を奪ったんだ。人間同士の関係をみんなぼやけたものにしてしまった。愛というものを狭《せば》めて肉体の行為にしてしまったんだ。僕たちの肉体と意思を麻痺させてしまった。そうして否応《いやおう》なしに、僕たちにその「機械」を崇《あが》め祀《まつ》らせてるんだ。「機械」は進歩してる——でも、僕たちの線に沿ってじゃない。「機械」は進んでる——でも、僕たちが目指すゴールに向かってじゃない。僕たちが存在してるのは、ただ「機械」の血管をめぐる血球としてだけなんだ。だからもし「機械」が僕たちなしでも作動できるんなら、僕たちを死なせてしまうだろうな。だけど僕には解決策なんてない——いや、少なくても一つを除いて——みんなに繰り返し繰り返し、僕はウエセックスの山を見たんだ、アルフレッド大王〔イングランドのウエセックス王（在位八七一年—八九九年）〕がデーン人〔スカンジナビア半島の一部地域に居住したゲルマン人で、ヴァイキング時代にイングランドと西ヨーロッパ各地に侵攻した〕を打ち負かしたときに見たように見た、って言うことを除いて——。

「そういうわけで太陽は沈んだ。言い忘れたけど、僕がいる丘と他の丘のあいだには霞の帯があって、真珠色をしてたな」

クーノは言いよどんだ。二度目だった。

「続けなさい」母親が物憂《ものう》げに言った。

クーノは首を振った。

「続けなさいよ。何を聞かされても気落ちしたりしないから。お母さん、もう気丈《きじょう》になってる」

「続きを話すつもりだったんだけど、できないや、もう。できないってことが分かるんだ。さようなら、お母さん」

ヴァシュティは、どうするか決めかねて突っ立っていた。息子の冒瀆《ぼうとく》行為を聞いて、体中の神経が疼《うず》くようだったが、同時に好奇心も刺激された。

「そんなやり方ってないわよ」と彼女は託《かこ》った。「世界の果てから、話を聞きに来いって連れ出したのよ。だから聞きますよ、お母さんは。話してちょうだい――ごく手短にね。だってこれ、途轍《とてつ》もなく時間の無駄ですもの。話してよ、どうやってあなたが文明に戻ったかを」

「ああ――それか！」クーノはぎょっとして言った。「お母さんは文明のことが聞きたいんだ。いいよ。僕の呼吸器が落ちたとこ――そこまでは話したかな？」

「いいえ――でも、今は何もかも分かったわ。呼吸器をつけて、どうにかこうにか地上を歩いて放出口に行ったけど、そこで一部始終「中央委員会」に通報されたんだわ」

「ぜんぜん違うな」

クーノは、強い衝撃を振り払うかのように手で額を拭《ぬぐ》った。話に戻ったとき、彼の口調は熱を帯びていた。

「僕の呼吸器は日没ごろに落下したんだ。空気の噴水が弱くなってたって、言ったよね」

「ええ、聞きましたよ」

「日没のころにね、僕の呼吸器は落ちたんだ。話したとおり、僕は「機械」のことを完全に忘れていて、他のことで忙しかったから、そのときはまったく「機械」に意識が向いてなかった。僕は、空気の水たまりがあって、外の空気に耐えられなくなったらそこに漬かればいいし、風が起こって吹き飛ばされなければ何日ももつ――そう思ってた。そのうちに、空気の噴水が止まったことがどういうことなのかが分かった。でももう手遅れだった。お母さん――トンネルの隙間がね、修理されてしまってたんだ。「修理装置」だよ。「修繕器具」がね、僕の後をつけてたんだ。

「もう一つ、危ないと思ったことがあった。でも僕は無視した。夜の空は昼間より良く晴れてて、太陽のあとから出てきた月が半分くらい昇って、ときどき谷間をものすごく明るく照らしてた。僕はいつもの場所にね――二つの世界の境界にいたんだけど、何か黒いものが谷底を動いて行って竪穴に消えたような気がした。愚かにも僕は走り寄って、竪穴を覗きこんで聞き耳を立ててた。そしたら底で、何かを擦《こす》るような音がかすかに聞こえたような気がしたんだ。

「それを聞いて――時すでに遅しだったけど――こりゃ危ないって思った。それで呼吸器をつけて谷間から出ようって決心したんだ。だけど呼吸器は消えてた。落ちてきた場所はちゃんと知ってた――遮断蓋と穴の間だ――芝土の上についた跡も手で触《さわ》れば分かるほどだった。だけど呼吸器はなくなってた。それで、どす黒い邪悪なものが何かをしてるってことが分かった。もうひとつの空気のところに行った方がいい、それで死んでしまうんだとしても、真珠色をしてたあの雲に向かって走りながら死のうって思った。でも、けっきょく出発しなかった。竪穴の中からね——ああ、今でもぞっとする。蚯蚓《みみず》みたいなのが、長くて白い虫みたいなのが這い出てきて、月の光に照らされた草の上を辷《すべ》るように動いてたんだ。

「僕は思わず悲鳴をあげた。そうして、すべきじゃなかったことをみんなしてしまった。その生き物から逃げるべきだったのに、なぜか踏んづけてしまったんだ。そいつはすぐに踵《かかと》に絡《から》みついた。格闘が始まった。谷間中を走りまわったけど、その間に蚯蚓は僕の脚の上まで這いあがってきた。「助けて！」って叫んだな（ここのところは怖ろしすぎる。お母さんには未来永劫《えいごう》分からないような話なんだ）。「助けて！」って叫んだよ（人間って、なんで黙って苦しまないんだろう？）。「助けて！」って叫んだ。だけど、両足ががんじがらめになってた。それで倒れたら、ずるずる引きずられた。可愛《かわい》らしい羊歯と生きた丘から引き離されてね、巨大な金属栓のとこを過ぎるときに（ここのところはお母さんにも話せる）、僕は把手《とって》を摑《つか》めたらまた助かるかもしれないって思った。でもね、蚯蚓がちゃんと包《くる》んでたんだ。その把手にも蚯蚓がいたんだ。谷間中にそいつらがいた。隈《くま》なく探し回ってね、身ぐるみ剝いでた。必要とあらば馳《は》せ参じますって具合に、白い鼻づらが他の穴から出てたな。動かせるものはみんなそいつらに持ってかれた――落ちてる小枝や羊歯の束、みんな一緒くたにされて地獄行き、ってわけさ。蓋が閉まる前に僕が最後に見たのは幾つかの星だった。そのとき僕は、空には僕みたいな人間が住んでるって気がした。なぜって、僕は闘った、最後の最後まで闘ったんだもんな。梯子に頭をぶつけたときにやっと静かになったんだもんね。目を覚ましたときにはこの部屋にいた。蚯蚓の化け物は消えてた。周りにあるのは、人工空気と人工照明と人工の平和だった。友達が会話チューブから話しかけてきて、最近新しいことを思いついたか知りたがってた」

クーノの話はここで終わった。それについて議論するのは不可能だった。ヴァシュティは背を向けて帰ろうとした。

「行きつく果ては「無宿《ホームレス》」だわね」彼女は静かな口調で言った。

「そうなりゃいいと思うな」とクーノは答えた。

「「機械」はほんとに慈悲深いお方だったわね」

「僕は神様の慈悲の方が好きだな」

「その迷信の言葉で、あなた外気のなかで生きられるって言いたいの？」

「そう」

「排出口の周りに、「大反乱」の後で放り出された人骨がいくつかあったの見た？」

「あの人たちはね、私たちの教化・啓蒙のために死んだ場所に放置されてるの。這い出した人もいたけど、その人らも死んでしまった——そのことは疑えないでしょ？　この時代の「無宿」もそうなる。地球の表面はね、もう生きてるものを養う場所じゃないのよ」

「うん」

「その通り！」

「羊歯とちょっとした草は、生きながらえるかもしれないけど、高等生物はみんな滅亡したのよ。飛行船からそんなものが見えたことがあって？」

「ない」

「講演で、生きてる高等生物の話が出たことある？」

「ない」

「じゃあ、どうしてそんなに頑固なの？」

「僕が見たからだよ」クーノは叫んだ。

「何を見たっていうの？」

「薄明《たそがれ》の光の中で彼女を見たからだよ——僕が助けを求めたときに助けに来てくれたからだよ——彼女も蚯蚓に絡みつかれたけど、運のいいことに、喉を突かれて死んだからだよ」

この子、気が狂ってる。ヴァシュティは去った。その後に起きた面倒ごとの際にも、二度と再び、息子の顔を見ることはなかった。

第三部　無宿者

突拍子《とつぴようし》もないクーノの行動に続く数年間のあいだに、「機械」は二つの重要な点で発展を遂げた。表面《うわべ》だけを見ると革命的だが、両方とも、人の精神にあらかじめ受容する用意ができていたもので、その精神の潜在的な傾向を表現したものでしかなかった。

ひとつ目は呼吸器の廃止だった。

ヴァシュティのような進歩的な考えの持主は、つねづね地球の表面に行くことは愚かなことだと思っていた。なるほど飛行船は必要かもしれない。しかし単なる好奇心を満たすために外に出て、地上車で一、二マイル這いまわることにどんな意味があるというのか？　そういう慣行は俗っぽいばかりか、少しばかり不謹慎でもある。そこからは新しい着想は生まれないし、ほんとうに大事な慣行とは何の関係もない。というわけで呼吸器は廃止され、それに伴ってむろん地上車も廃止された。講演の題目を奪われるというので数人の講演家は苦情を申し立てたが、その発展措置はおおむね無言のまま受け容れられた。それでも地球がどんなものかを知りたいと思う者は、つまるところ蓄音機を聴くか、映画を観ればそれで用が足りた。件《くだん》の講演家たちも、海に関する講演が、既に同じ演目でなされた講演を編集して行なえば同じくらい刺激的になることが判《わか》ったので、黙ってそれに従った。「物からじかに来る想《おも》いに要注意！」と、最も進歩した講演家は叫んだ。「物からじかに来る想いなどというものは実は存在しない。それは愛と恐れが作り出す肉体のなかの印象にすぎない。そんな大雑把な土台のうえにどんな哲学が樹立できるというのか？　諸君の思索は二次的なものにされたい、いや可能なら十次的なものにされたい。何となれば、そのときに初めて、思索はあの攪乱《かくらん》要素から――直接観察から遠く離れることになるのだから。諸君は、私がいま話している講演の主題――「フランス革命」から知識を得てはならない。そうではなく、「フランス革命」について、エニシャルモンが思ったとウリゼン〔ウイリアム・ブレイクの神話体系のなかの一般理性の象徴〕が思ったとグッチ〔歴史家でもあったジャーナリスト、ジョージ・ピーボディ・グーチの名のもじり〕が思ったとホー・ユンが思ったとチ・ボ・シンが思ったとラフカディオ・ハーン〔ギリシャ生まれの元新聞記者、小泉八雲のこと〕が思ったとカーライル〔『フランス革命史』の著書もある英国の思想家〕が思ったとミラボー〔フランス革命初期の中心的指導者〕が言ったと私が思っていることを学習しなさい。これら偉大な十人の思想家という媒介により、パリで流された血とヴェルサイユで壊された窓は、純化され、諸君の日々の生活に役立たせることができる知識に昇華するのです。心して、媒介の数を多く、多種多様にしなさい。なぜなら歴史においては、一つの権威というものは他の権威を相殺するために存在しているからです。ウリゼンはホー・ユンとエニシャルモンの懐疑主義を相殺せねばならず、私自身はグッチの性急さを相殺せねばならない。この講演を聴いている諸君は、私が置かれている立場よりも有利な立場から「フランス革命」について判断を下すことができるし、諸君の後裔はさらに優位に立つであろう。何となれば、私が思ったと諸君が思ったことを学び、もう一つの媒介が鎖に追加されるからです。しこうして時移れば」——講演者の声は熱を帯びた——「一つの世代が誕生するであろう。事実を超越し、印象を超越した、絶対無色の世代、熾天使（天使の位階の一つで、セラフィムに同じ）のごとく、人格という汚れに染まぬ世代が生まれ、「フランス革命」を、それが起きた通りにでも、そうあって欲しかったようにでもなく、「機械」の世に勃発したとすれば纏《まと》ったであろう姿のままに見ることであろう」

万雷の拍手が巻きおこってこの講演を讃えた。しかしその講演は、すでに人々の心のなかにあったもの——地球の表面に関する事実は無視されるべきであり、呼吸器の廃止は一つの大きな収穫だ、という思いを言葉にしたにすぎなかった。飛行船もまた廃止したらどうかとも言われたが、これは実現に至らなかった。飛行船はともかくも「機械」の体系のなかに潜りこんでいたからであり、年を追ってその使用頻度は減少したし、思索家の口にのぼる機会も少なくなった。

二番目の大いなる進歩は宗教の復興だった。

これもまた、既に著名な講演に現われていたものだった。というのも、聴衆の誰も長《なが》口舌《こうぜつ》の結びの言葉に敬意が込められていることを疑わなかったばかりか、その言葉は己《おの》が心に潜んでいた同じ思いを呼び覚ましていたからである。長い間、無言で礼拝を続けていた者たちが、声に出して語り始めた。『「機械」の書』を手にしたときに感じる不思議なやすらぎ、単なる聴覚に対してはほとんど意味をなさない、「ご本」に記されている数字を反復するときの喜悦《きえつ》、どんな些細な用件に関するものであれ、ボタンを押すときに訪れる陶酔、あるいはほんのちょっとでも電動ベルを鳴らすときに覚える無我の境地、について語り始めたのである。

彼らは叫んだ。「「機械」は食べ物をくださる、洋服をくださる、家をくださる。「機械」を通して、我々は互いに話すことができる、お互いを見ることができる。「機械」のなかに我々の存在がある。「機械」は着想の友、迷信の敵。「機械」は万能にして永遠。「機械」に幸いあれ」と。そうして程《まつ》なく、この告諭は「ご本」の巻頭ページに印刷され、版を重ねるたびに、「機械」を祀る儀式は、賛歌と祈禱の入り混じった複雑な体系に膨れ上がった。もっとも「宗教」という語の使用は努めて避けられた。理論上は、「機械」は人間の発明品であり、道具だったからであるが、実際には、数人の反動・退化者を除き、万人が神聖なものとしてこれを祀った。またその礼拝は、集団では行なわれなかった。他の信者の姿を映し出す青色四角板に深い感銘を受けた信者もいれば、罪深いクーノが蚯蚓に譬《たと》えた修理装置に感動する信者もいた。エレベーターに感動する者、「ご本」に感動する者もいた。各人が、各々に感銘を与えるものに祈りを捧げ、全一なる「機械」に結びつける仲介役になって下さいと冀《こいねが》った。宗教的迫害は——それもあったが——やがて述べる理由から行なわれなかった。ただし、それはいつ行なわれても不思議のないものだったし、「非宗派的機械主義」として知られている最小限の綱領を受け容れない者は、「無宿《ホームレス》」の危険に脅かされて生きねばならなかった。知っての通り、「無宿」は死を意味したのである。

しかし、これらの二大改革を「中央委員会」に帰せしめると、文明というものを非常に狭く解釈することになる。「中央委員会」は確かに改革を布告したが、帝国の時代の国王が戦争の原因ではなかったように、「中央委員会」は改革の原因ではなかった。むしろ「中央委員会」は、どこからとも知れず訪れる不可避的な圧力、一度それを嘉納《かのう》してしまうと直ちにまた訪れる不可避的圧力に屈したのであり、そのような事態が、便宜的に進歩と呼ばれたのである。何人《なんぴと》も、「機械」は手に余るものになったと告白しはしなかった。年ごとに、「機械」崇拝の巧妙さ、効率が増し、その知性は減少した。人が「機械」に対する己《おの》が義務について知れば知るほど、隣人の義務については無知になり、世界中で、その怪物を全体として理解する者は皆無になった。そういう卓越した頭脳はすでに死に絶えていた。確かにそれらには多岐《たき》にわたる後継者がいて、各々がその分野を修めたが、「人類」は安楽さを求めて背伸びをしすぎた。自然が埋蔵する富を使い果たしてしまった。静かに、安らかに「人類」は頽廃の淵に沈みこみ、進歩とはすなわち、「機械」の進歩に他ならぬことになった。

ヴァシュティについて言えば、彼女の人生は終末の惨劇に向かってなだらかに進んだ。部屋を暗くして眠りにつき、目覚めると部屋を明るくした。自ら講演し、他の講演にも耳を傾けた。無数の友人と着想を交換し合い、日増しに精神性を増していると信じた。時には友人の一人が「安楽死」を賜《たまわ》り、いかなる人知も理解できない「無宿」に向かって自らの部屋を去った。しかし、彼女はあまり気にしなかった。講演をしくじったときには、何度か「安楽死」の申請をしたこともある。だが、死亡率が出生率を上回ることは許されないので、これまで「機械」はそれを却下してきた。

いざこざは、彼女がそれと気づくずっと前に静かに始まっていた。

ある日ヴァシュティは、息子からの音信《おんしん》に度肝《どぎも》を抜かれた。彼らにはまったく共通点がないので、一度も連絡を取り合うことがなかった。ヴァシュティは、人づてに、息子がまだ生きていて、非行をした北半球から南半球へ――それも彼女の部屋からさして離れていない部屋に移されたと聞いたにすぎなかった。

「あの子、私に会いに来てほしいのかしら?」彼女はそう思った。「もう絶対に行かないわ。金輪際《こんりんざい》。それに時間がないもの」

そうではなく、別の狂気の沙汰《さた》だった。

クーノは青色板に姿を映そうとしなかった。暗闇から厳かな声だけが聞こえた。

「「機械」は止まる」

「なんて言ってるの？」

「「機械」が止まってるんだ。僕には分かる。兆候が見えてるんだ」

ヴァシュティは噴《ふ》き出してしまった。それを聞いてクーノは腹を立てた。それきりで通話は途絶えた。

「そんなに馬鹿げたこと想像できて？」ヴァシュティは友人に向かって大声で言った。「私の息子だった人が、「機械」がいま止まってるって信じてるの。気が狂ったんじゃなければ、冒瀆ね、それ」

「「機械」が止まってる、ですって？」友人は答えた。「どういう意味なの？　そんな言葉、私にはまったく意味をなさないわ」

「私だってそうよ」

「最近、音楽に支障があったってことを言ってるんじゃないって思うけど？」

「むろん違うわ。音楽の話をしましょうよ」

「あなた、当局に苦情申し立てをした？」

「ええ、したわ。修理の必要があるらしいの。それで「修理委員会」を紹介してくれた。

私、ブリスベン楽派の交響曲が台無しになってるって苦情を言ったわ。喘《あえ》ぐような、妙なため息が聞こえるって。誰かが苦しんでるような声だって。「修理委員会」は近日中に修理しますって言ってた」

漠然とした不安を抱いたまま、ヴァシュティはもとの生活に戻った。不安というのは、一つには、音楽の欠陥に苛立ちを覚えたからであり、また一つにはクーノの言葉が忘れられなかったからである。もしクーノが音楽が手入れ不足だということを知っていたのだとしたら――音楽は大嫌いだからそんな筈はないが――音楽に欠陥があることを知っていたとしたら、「「機械」は止まる」という言葉は、クーノが口にしそうなまさしく悪質な言葉ということになる。むろん彼は当てずっぽうでそう言ったにすぎないが、それが偶然ピタリと当たったので腹が立ったのである。なかば癇癪《かんしゃく》を起こして、彼女は「修理委員会」に不平を言った。

答えは以前と同じ、近日中に直ります、だった。

「近日中ですって！ 直《ただ》ちによ！」彼女は言い返した。「なぜ私が欠陥音楽に悩まされねばならないって言うの？ 物事はね、いつも直ちに直されるものなの。すぐに直さないんなら、「中央委員会」に言いつけますからね」

「「中央委員会」は個人的苦情は受けつけません」「修理委員会」はそう答えた。

「それじゃあ、誰を通して苦情を申し立てればいいんですか？」

「私どもです」

「それじゃあ、苦情を言います」

「あなたの苦情は順番待ちです」

「他の人も苦情を言ったんですか？」

この質問は非機械的だった。そのため「修理委員会」は回答を拒否した。

「ひどすぎる！」ヴァシュティは別の友人に大声で言った。「私ぐらい不幸な人間もいないわ。音楽って、何が何だか分からなくなった。呼び出すたびにひどくなるんですもの」

「私にも困ったことがあるの」その友人が言った。「考えごとをしてると、いつもミシミシいう音がして中断してしまうの」

「何なの、それ？」

「頭の中でしてるのか、壁のなかから来るのかどうか分からないの」

「どっちにしても、苦情申し立てだわ」

「もう申し立てたわ。順番が来たら「中央委員会」に取り次ぎます、だって」

時が流れた。彼らはしかし、不具合にもう腹を立てることがなかった。欠陥は修復されなかったが、この後半期の人体組織は極めて従順になっていたので、「機械」を襲うどんな気まぐれにもすぐに順応したからである。ブリスベン楽派の交響曲が最高潮に達したときには吐息が混じる——それももうヴァシュティを苛立たせることがなかった。彼女はそれをメロディーの一部として受け容れた。頭の内《なか》か壁の内《なか》か、出所不明の軋《きし》み音に、友人はもう憤慨することがなかった。黴《かび》の生えた人造果物も同じだった。異臭を放ち始めた浴槽の湯も同じ、詩歌《しいか》機械が放出癖を身につけた欠点だらけの韻律《いんりつ》もそうだった。すべてに関し、最初は猛烈な苦情が殺到したが、やがて丸め込まれ、忘れられた。事態は、妨害に合わぬまま悪化の度合いを増した。

　睡眠装置の故障は別だった。それはもっと深刻な障碍《しょうがい》だった。世界各地で——スマトラ、ウェセックス、クルランド（バルト海に臨む公国で一九一八年にラトビアに併合された）とブラジルの諸都市で——疲労困憊した所有者が呼び出してもベッドが出現しない日が訪れた。噴飯《ふんぱん》ものに見えるかもしれないが、その日を人類崩壊の始まりとしてもいいような日だった。苦情の嵐が所轄の委員会を襲った。委員会は例によって「修理委員会」を紹介し、「修理委員会」は「中央委員会」に取り次ぐのでご安心あれと言ったが、不満は日増しに募《つの》っていった。人類はいまだ、睡眠なしに生きられるほどには進化していなかったのである。

「誰かが「機械」に干渉している——」そういう声が湧きあがった。

「誰かが王様になろうとしている。個人的要素を再導入しようとしている」

「そいつに「無宿」の罰を下せ」

「「機械」を救え！　「機械」の仇《かたき》を討て！　「機械」の仇討《あだう》ちだ！」

「戦争だ！　そいつを殺せ！」

しかしそのとき「修理委員会」が進み出て、選び抜かれた言葉を用いて恐慌状態を鎮《しず》めた。「修理装置」自体が修理を要する――そう告白したのである。

　歯に衣《きぬ》着せぬこの告白の効果は絶大だった。

「論を俟《ま》たぬことです」と、ある著名な講演家が発言した。――「フランス革命」の折りに登場した講演家で、新たに朽ち果てたところが見つかるたびに金メッキを施すのを習性《ならい》にしている男だった。「無論、苦情処理を急《せ》かせないことです。「修理装置」はこれまで実によく健闘したではありませんか。そこから万人の共感が生まれているのです。我々は辛抱強く「修理装置」の回復を待とうではありませんか。時至らば、再び務めを果たしてくれるのです。そのときまで、寝台無し、錠剤無し、細々《こまごま》とした必需品無しで過ごそうではありませんか。それが取りも直さず「機械」の願うところであると、小生は信じて疑いません」

　何千マイルも離れた場所から、聴衆は喝采の拍手を送った。「機械」はまだ連結機能を果たしていたのである。海の底を、山巓《さんてん》の根元のさらに下を、何本もの電線が走り、それを通して彼らは見聞きしていた。巨大な眼と耳が彼らが手にした遺産であり、幾多の作動機が発するブンブンいう音が、彼らの思いを盲従という名の衣服で包んでいた。有難がらないのは老人と病人だけだった。「安楽死装置」も故障しており、苦痛というものが再び出現したという噂が流れていたからである。

　読書をするのも難しくなった。人工空気に濁りが生じ、照明が曇ったからである。ヴァシュティはときどき、部屋のなかを見通せないことがあった。空気自体も汚れてきた。苦情の声は大きくなったが、修理の効果はなかった。叫び声で話す講演家の口調は英雄のそれになった。「勇気です！　勇気を出すんです！　「機械」が動いているかぎり、何ら問題はないのです。「機械」にとって、闇と光は同一なのです」しばらくすると事態は再び改善されたが、昔の明るさは二度と戻ってこなかった。人類は黄昏の時代に踏み込み、そこを脱することがなかった。「対策」とか「暫定的独裁制」についてのヒステリックな議論が交わされた。スマトラの住民に対し、中央発電所の運転に習熟されたい、という要請がなされた――件《くだん》の発電所はフランスにあったにも拘《かか》わらず、である。しかし大抵の場所はパニック状態に陥《おちい》り、人々は精力を尽して、「機械」の万能性を実感できる証しである「ご本」に祈りを捧げた。しかしながら、恐怖にも程度の差があり、時折り希望のもてる噂が流れた――「修理装置」はほとんど修理が終わったという噂――「機械」の敵を制圧したという噂――新「神経中枢」が進化中で、以前にもまして壮大な活動をなすであろうという噂も流布した。しかしついに、何の前触れもなく、劣化の兆候も見せず、世界中で全交信システムが破綻する日が来た。その日を限りとして、人が世界だと思っていたものが滅亡したのである。

ヴァシュティはそのとき講演をしていた。話のところどころで喝采が起きていたが、話し続けるうちに聴衆は沈黙し、結論になると音がしなくなった。漠然とした不満を抱いて、彼女は「同情」を専門分野とする友人を呼び出してみた。全く反応がなかった。明らかに就寝中なのだ。別の友人を呼び出そうとしたが同じだった。そのまた次の友人も反応がなかった。ようやく彼女は謎めいたクーノの言葉を思い出した。――「「機械」は止まる」

その言葉は依然として意味をなさなかった。「永遠」がもし停止しようとしているのだとしても、「永遠」はむろん程なく動くようになる。

何となれば、例えばまだ少量の光もあれば空気もある――空気は数時間前に改善していた。まだ「ご本」があるではないか。「ご本」がある、とはすなわち安全があるということなのだから。

しかしヴァシュティはすぐに参ってしまった。作動停止とともに、予期しなかった恐怖に見舞われたからである。静寂という名の恐怖がそれである。

彼女は静寂を知らなかった。それが訪れることは、半分殺されるに等しかった――事実、静寂は、何千人もの人間を瞬時にして殺したのである。生まれてこの方、ヴァシュティは常時ブーンという音に包まれていた。人工空気に肺が慣れていたように、耳はその音に馴染んでいた。それが失くなった今、錐《きり》が刺さるような痛みが頭のなかを走った。

何をしているのか意識せぬまま、ヴァシュティはよろよろと歩み寄り、滅多に押さないボタンを押した。彼女の部屋が開くボタンを押したのである。

部屋のドアは、一つの簡単な蝶番《ちようつがい》で部屋に繋がっていた。はるか彼方のフランスで今死にかかっている発電所には繋がっていなかった。そのためドアは開き、ヴァシュティの胸に法外な希望が湧きあがった。「機械」の修理が終わったと思ったのである。ドアが開き、朧ろなトンネルがカーブして、はるか彼方の自由の方に向かうのが見えた。しかし一度見ただけでヴァシュティは怯《ひる》んだ。トンネルは人でごった返していたからである——彼女は、危険を感じたその都市の最後の住民に等しかった。

いつの場合も、ヴァシュティは民衆というものを嫌悪した。目の前にいるのは、最悪の悪夢から抜け出てきたような民衆だった。それが這いずりまわり、金切り声を上げ、めそめそと泣き、喘《あえ》ぐような息をし、互いの体に触れ、ときには突き飛ばされて、プラットホームから通電中のレールの上に落ちる。ベルを押そうとして取っ組み合いをする者もいた。呼んでも来ない電車を呼び出すベルである。あるいは「安楽死」をくれ、呼吸器をくれ、と叫ぶ者、「機械」を罵《ののし》る者もいた。また他の者は、自分の部屋のドアのところで立ちすくみ、ヴァシュティがそうだったように、部屋のなかにいるべきか外に出るべきか決めかねていた。それらすべての喧騒の背後に、静寂があった——地球の静寂、何世代にもわたる死者の静寂があった。

いや、行かないわ——あれは孤独よりもっと悪いわ。ヴァシュティはドアを閉めて坐りこみ、最期のときを待った。崩壊は、恐ろしい亀裂と轟音を伴って進んでいた。「医療装置」の収納バルブが緩んだに違いなかった。なかから跳び出し、「医療装置」は天井から垂れ下がっておぞましい姿を曝《さら》けだしていた。床が隆起してまた沈んだ。ヴァシュティは椅子から転げ落ちた。一本の管が蛇のようににじり寄ってきた。とうとう最期の恐怖がやって来た——光が消えて行く、文明の長い日が終わろうとしている。

とにかくこの窮地から逃れようとしてヴァシュティは走りまわった。「ご本」に接吻し、次から次へとボタンを押した。外の喧騒が増し、壁をも素通りしてきた。部屋の照明が薄らぐにつれ、金属スイッチの像も薄れた。今ではもう書見台は見えないし、手に持っている「ご本」も見えない。音の消失のあとに光の消失が続き、光が消えたあとに空気がなくなり、いまは実に長い間閉め出されていた原初の空虚が、穴倉に戻ったのである。

こうしてヴァシュティは、彼女の獄《ひとや》を開けて脱出した——精神において脱出した。少なくとも私には、この瞑想を終えるに当たってそう思える。彼女が肉体において脱出するかどうかは、私には分からない。彼女がたまたま押したボタンはドアを開けるボタンだった。肌に殺到してくる汚い空気と、耳のなかでドクドク鼓動する音が、自分は再びトンネルに向き合っている、と教えた。男たちが取っ組み合いをしていたプラットホームがあると教えたのである。いま男たちの姿はなく、囁き声とすすり泣くような呻きだけが残っていた。何百人もの人間が、暗闇のなかで死ぬところだった。

ヴァシュティは泣きだした。

誰かがつられて泣きだした。

彼らの涙は人類のために流れていた。二人の涙は彼ら自身のための涙ではなかった。彼らは、これが終局になることに耐えられなかった。静寂が完全に支配する前に、彼らの心が開け、かつて地上で大切だったものを知った。あらゆる肉の花である人間、目に見える生物のなかで最も気高い生き物、かつて己《おの》が似姿により神をつくりだし、さまざまな星座に己が姿を映し出した人間、美しい裸身の人間が、自ら紡いだ衣服に首を絞められて死のうとしているのだ。何世紀にもわたって人は刻苦勉励して生きてきた。その報いがこれだ。確かに最初その衣服は至上のものに見えた。文化の色をちりばめ、自己否定という糸で縫いあげた衣服は素晴らしいもののように思えた。衣服がただの衣服であってそれ以上のものでなかったとき、人が思いのままに脱ぎ捨て、魂という本質的なもの、魂と同じくらい素晴らしい肉体という本質的なものによって生きられたときには、衣服は素晴らしかった。肉体に対する罪——彼らが主に涙したのはそのことの故だった——。人類は、筋肉と神経、それによってのみ知覚ができる五感に対し、何世紀にもわたって悪事を重ねた。その悪事を、進化に関する長話で言い繕《つくろ》った結果、肉体は白い粥《かゆ》、無色透明な観念の棲家《すみか》、かつては星をも摑《つか》んだ精神という水たまりのそよぎになってしまった。

「どこにいるの？」彼女は歔泣《すすりな》いた。

暗闇から彼の声が「ここだ」と言った。

「ちょっとでも希望はあるの、クーノ？」

「僕たちにはない」

「どこにいるの？」

彼女は、山のような死体を越えて彼の方へ這っていった。彼の血が彼女の両手に迸《ほとばし》った。

「さあ早く」彼は喘《あえ》ぎながら言った。「僕は死にかかってる——でも触れられる。歩ける。「機械」を通してじゃなく」

彼は母親に接吻した。

「僕たち、自分自身に戻ったんだよ。死ぬけれど、生命《いのち》を取り戻したんだ。アルフレッド大王がデーン人をやっつけたとき、ウェセックスにあった生命なんだ。彼らは外界を知ってた。真珠みたいな雲に住んでた彼らがそれを知ってたってことを、僕らは知ってるんだ」

「だけど、クーノ、それって本当のことなの？　人間がまだ地球の表面にいるの？　これって――この毒みたいなトンネルが――最後じゃないの?」

彼は答えた。

「見たんだよ、僕。話をして、大好きになったんだ。僕らの文明が止まるまで、霧のなかや羊歯のなかに隠れてるんだ。今日は「無宿」だけど――明日《あした》は――」

「ああ、明日――その明日に、どこかの愚か者が「機械」をまた動かすんだわ」

「絶対そうじゃない。絶対に違う。人類は教訓を学んだんだ」

彼がそう言っているあいだに、蜂の巣のような都市が壊れた。飛行船が一機、放出口を通りぬけ、壊れた乗り場に飛びこんで来ていた。それが墜落しながら破裂し、鋼の翼で蜂の巣の階層をことごとく引き裂いた。彼らには一瞬、死者の国の民の姿が見えた。そこに合流する直前、彼らには一点の染みもない空の残片が見えた。

編訳者解説

E・M・フォースター（エドワード・モーガン・フォースター〈Edward Morgan Forster〉）は一八七九年にロンドンで生まれたが、その生涯と文業の性格を決定づける出来事は、彼の出生に先立つ十二年前に起きていた。

フォースターの母アリス（通称リリー）・クレアラ・ウィチェロ（Whichelo）は、一八六七年、十二歳の年に図画教師をしていた父親に死別した。彼女の母親は、その姉が一時期住み込みの召使いとして働かねばならなかったほど、決して裕福とは言えないソーホーの絵具商の出身、四十一歳で死んだその父親が遺したのは十人の子供だけだったから、未亡人となった母親は下宿屋を営んで糊口を凌いだ。同じ年のある日、かかりつけの医師が第三子にして長女のリリーを同じロンドンのクラッパムに居を構えるソーントン家に連れていった。ソーントン家は、一七三五年に戸主がイングランド銀行頭取になったのを機に、ヨークシャーから移り住んできた代々の富豪だったが、敬虔で博愛精神に富む長女マリアンヌ（当時七十歳）は可憐な十二歳の少女が気に入り、やがて彼女の後見役を引き受けることになった。事実上マリアンヌの娘になったリリーは、ブライトンの私立女学校に入学して寄宿舎生活を送り、卒業後はマリアンヌの友人・知己数人の家の住み込み家庭教師として安楽な日々を過ごした（最後に勤めたのが、サリー州で一九五九年までその威容を誇った大邸宅アービンジャー・ホール〔Abinger Hall〕である）。

一八七六年初頭、リリーはマリアンヌの妹の息子エドワード・モーガン・フォースターを相識《あいし》り、年末を待たずに婚約を発表し、翌年初めに結婚式を挙げた。エドワード・フォースターは一八四七年の生まれ。パブリック・スクール（私立中・高校）の名門チャーターハウスを経てケンブリッジ大学のトリニティ・カレッジを卒業したが、法曹界での活躍を願った父親の意に反して建築家の道を歩み始め、リリーと婚約した当時は既に資格試験に合格して独立した生計を営むに至っていた。彼らはドーセット・スクウェア（Dorset Square）に新居を構え、一八七七年の十二月には第一子誕生の期待に胸膨らませた。待望の第一子が死産に終わったのち、一八七九年一月一日に生まれた男子がE・M・フォースターである。当初エドワードの長兄ヘンリー・モーガン・フォースターの名に因んでヘンリー・モーガン・フォースター（Henry Morgan Forster）と命名する心づもりでいたにも拘らず、洗礼式に赴く途上、教会の堂守《どうもり》に洗礼名を訊《き》ねられた父親は、うっかりして自分の名を口にしてしまった。洗礼時に名を訊かれたリリーの母親も堂守が手にしている覚書を指さしたため、その子は父親と同一の名で呼ばれることになった。

エドワード・モーガン・フォースターは、そのジュニアを儲けた約二年後、一八八〇年十月に肺患のため敢え無く他界した。マリアンヌは、目のなかに入れても痛くないほど可愛がった嬰児フォースターと母親を手元に引き取ろうとしたが、リリーはこれを断って四エーカー（約五千坪）の土地付きの貸家に住んだ。ロンドンの北約五十キロ、スティーヴニジにある家賃年五十ポンドのこの邸宅「ルークスネスト（Rooksnest）」は、のちに『ハワーズ・エンド（*Howards End*）』の舞台になる家である。

フォースターは、マリアンヌの断っての希望により、少女の服を着せられ、髪をカールにして幼児期を過ごした。五歳の年に撮《うつ》された写真のなかで、母親にうしろから抱きかかえられ、しなだれるように片手をついてつぶらな瞳を開いているのは紛れもない「少女」である。運命の女神とも言うべきそのマリアンヌはフォースター八歳の年に鬼籍に入り、リリーに二千ポンド、フォースターに八千ポンドの遺産を遺し置いた（因みに、例えば当時の正規小学校教員の年俸は、ノッティンガムで約八十ポンド、ロンドンで百ポンド程度であるから、フォースターの遺産はその八十年分以上に相当する）。

少年期のフォースターの日常は、勢い母方、父方双方の親類縁者との交際を軸にして営まれたが、リリーはフォースターに庭園で働く男の子たちと遊ぶことを勧め、水曜の午後をそのための時間として確保した。フォースターは、しばしば週末にまでなだれ込んだその時間に知り合った六人の少年の名を晩年に至るまで覚えていたというが、なかでも短編小説の題名にもなったアンセル（Ansell）は忘れ難い記憶を遺した友人だった。彼は年上のこの少年とブランコをしたり、干し草の山のなかでふざけ合って楽しむ傍ら、無学なアンセルに勉強を教えようとした。他方家庭教師に来ていた近在の私立学校の教師は、「パニックの話」がそうだったように、フォースターが下層階級の少年と戯れるのを良しとせず、紳士にふさわしいクリケットなどの球技を始めさせようとした。つまり中産階級と貴族の子弟にとって、少年期は、中・高等教育に進むための準備段階に他ならないというのである。

十一歳になったフォースターは、イーストボーン（Eastbourne）にあるプレパラトリースクールに入れられ、寄宿舎生活を送ることになった。パブリック・スクール進学のための準備教育を目的とする私立上級小学校であるが、自家のあるスティーヴニジはロンドンの北約五十キロ、イーストボーンはロンドンの南約百五キロの地点にある海辺の保養地であるから、百五十キロも離れた土地で、周りの自然も含め、従前とは全く異なる環境下での生活が始まった。リリーが何故これほど遠隔の地の、しかも創設後三年しか経っていないケント・ハウスという小学校に一人息子を入れたのか、その理由は判然としないが、全校生徒三十人に混じって、フォースターは、入学直後の学期《ターム》を除けば格別のホームシックに襲われることもなく、水泳等の授業を受けながら毎日を過ごした。交友関係に関して特筆すべきこととしては、水泳ができないにも拘らず深みに跳びこんで友人たちの賞賛を得ようとしたこと、積極的に友人をつくろうとしたこと、あまり好かれていない校友に接近し、キリスト教の知識に欠けるこの友人を教化したこと等が挙げられる。怪事件が起きたのは、二番目の学期の冬のある午後。丘陵地を散歩するように言われたフォースターが歩いていると、ニッカーボッカーを穿《は》き、ハンティング帽をかぶった中年の男が、彼の方に向かってこれ見よがしに放尿した。男はフォースターに声をかけ、ゴースの茂みの傍に敷いたレインコートの上に誘《いざな》い、二言三言話したのちにズボンの前を開いて性器を取り出し、「いじってみろ」と言った。フォースターが命じられた通りにすると、やがてそれは大きくなり、気がつくと何か白い液体が垂れ落ちていた。男は急に関心を失った様子で、どこに住んでいるのかと尋ね、一シリング銀貨を差し出したが、フォースターはこれを受取らず、動転して帰路に着いた、という出来事である。

フォースターは翌日の手紙で母親にこの事件を告げ、リリーは自身の手紙を同封した上で校長に相談しなさいと書いた。校長は、曖昧な言葉でフォースターにも責任の一端があるという内容のことを言い、聖書の「大罪」について話し、警察署に随行した。校長は途次、さらに聖書を引き合いに出して意味不明の教訓を垂れ、「無実の人間を陥れるという過ち」もあると諭したが、ファースターは、件《くだん》の男は「腸《バウアルズ》を病んでいた」からはっきり識別できると言って譲らず、捜査が開始されたものの、結局「犯人」は見つからなかった。

十一歳までの少年フォースターには、「汚いこと《ダーティー・トリック》」という言葉を使い、「お祈り」の際に「汚いこと」を止めさせて下さい」という習慣があったというから、「自慰」の何たるかは分かっていたと考えられるが、右の事件を語る彼が（たとえ校長に向かってであれ）男性器を「腸《バウアルズ》」という奇妙な語で代替した事実は、「性」に関する知識が曖昧模糊とした非科学的なものであったことを物語っている。級友が「フォースターのチンポコ（cock）見たことあるかい？　物凄く小《ちい》ちゃくて茶色いんだよな」というのを小耳にはさんで落胆したともいうから、少なくともその卑語がペニスを指し、男性器の大小に何らかの価値が与えられていることも意識していた筈である。しかしフォースターは、「一緒に寝る」っていうのがどういうことなのか分かったよ、男の腹を女の腹に圧しつけるっていうことで、温かくなってきたときに頂点《クライシス》が来るんだよ、と母親に語るほど、性交に関しては無邪気な想像を廻らせていたにすぎない。彼自身の回顧談を信じれば、三十歳になるまで「性交」が具体的に何を意味するかさえ知らなかったという。

新しい友人もでき、古典語、フランス語、聖書《スクリプチャー》でクラスの首席にもなったケント・ハウスでの生活は、一八九三年、フォースター十四歳の春に終りを告げる。秋の新学期に入学を予定されたパブリック・スクールは、スティーヴニジの北五百キロほどのアッピンガム（Uppingham）にあった。それまでの暫定期間を、フォースターは、昔の家庭教師が教鞭を取る地元の私立学校「ザ・グレインジ（The Grange）」の寄宿舎で過ごすことになった。新しい生活の開始直後に虐《いじ》めにあったフォースターは、果敢に闘おうとしたものの衆寡敵せず、恐慌状態に陥って母親に助けを求めた。虐めの具体的内容は不明だが、枕を奪われたり、顔を殴られたり、無理やり「猥談」を聞かされたりしたようである。

泣きじゃくりながら自宅に戻ったフォースターに、予定されたアッピンガムで寄宿舎生活を送らせることはできない。折り合いの悪い家主との賃貸契約が切れる時期に差しかかっていたのを幸い、リリーは、一人息子が通学生として入学できるパブリック・スクールのある土地に転居することにした。白羽の矢が立ったのはケント州のトンブリッジ（Tonbrige）。ロンドンの南東約四十七キロの地点に位置するこの町には、一五五三年の創設になるパブリック・スクールの名門トンブリッジ・スクールがあった。現在もなお十三歳から十八歳の少年八百名の在学する名門校である。

この学校での四年間の歳月は平穏無事に過ぎた。トンブリッジ・スクールを第二部のモデルとする長編小説『ザ・ロンゲスト・ジャーニー（*The Longest Journey*）』への「序文」によれば、「そこでの生活は、非常に幸せでもなければ、非常に不幸せでもなかった」。通学生だったフォースターが、若年男子のみによって構成されるパブリック・スクールに固有の閉鎖空間を免れたこと、健康上の理由から所謂体育の授業を免除されたことがその理由であろう。古典語の授業が週十九時間、数時間のフランス語と数学、ごくわずかの歴史と地理というカリキュラムも全く苦にはならなかった。特筆すべきは、在学中の一八九五年の春、自ら計画を立てて母親と共にフランスのノルマンディー地方を旅行したことである。ジョン・ラスキンの『建築の七燈（*The Seven Lamps of Architecture*）』に刺激され、ゴシック様式で建てられた教会を経めぐった最初の外国旅行であるが、彼はこの旅行中にバイユーのタペストリー（Tapisserie de Bayeux）に関してても細かなメモを作成している。

最終学年にフォースターは、「トラファルガー」と題されたラテン語の詩と、「気候及び物理的環境の与える国民性への影響」という英語のエッセイで賞を獲得した。後者には、文体と内容双方にラスキンの強い影響が見られる。

一八九七年の秋、十八歳のフォースターはケンブリッジ大学のキングズ・カレッジに入学した。キングズ・カレッジは、鉄道のケンブリッジ駅から二キロほど離れた町の中心部、トリニティ・ストリートの西側に、セント・ジョンズ・カレッジ、トリニティ・カレッジ、クレア・カレッジに続いて南北に並んでいるカレッジであり、これらとさらに南に位置するクイーンズ・カレッジの裏にはケム川が流れている。「ザ・バックス

（The Backs）」と呼ばれるその付近一帯の景観は、街中としてはおそらく世界で最も美しい。

学生は全員が寄宿舎住まいを義務づけられたが、一年目にフォースターに割り当てられたのは、カレッジの門から東方向徒歩数分のところにある「スポールディング・ホステル（Spalding Hostel）」だったようである。二年目以降の住居は、構内の南西端、ケム川に面した「ボドレーズ・コート（Bodley's Court）」の最上階W・七に変わった。

一年目に交際したのは、主としてトンブリッジ・スクール出身者と、父方の伯母ローラが紹介してくれたダーウィン家の人々、「進化論」で有名なチャールズ・ダーウィンの孫娘たちで、自転車の遠乗りやカードゲームをしたり、ゴルフを習ったりして遊んだ。礼拝は義務づけられていなかったため、キングズ・カレッジの有名な教会に頻繁《ひんぱん》に通ったわけではないが、礼拝に出ない学生は朝の八時までに学寮長公舎に記帳しに行かねばならなかったという。

古典語を専攻したフォースターは、J・E・ニクソン（Nixon）と歴史学者ナサニエル・ウェッド（Nathaniel Wedd）の個人指導を受けた。キングズ・カレッジの名物教授とも言うべきオスカー・ブラウニング（Oscar Browning）からは昼食に招かれ、一緒にシューベルトのデュエットを弾いたりした。彼らは大学構内に住んで自室で授業をしたから、フォースターの勉学の場は取りも直さず美しい環境に恵まれた生活の場でもあった。

大学の授業の他にも、一年目のフォースターは、アクトン卿（Lord Acton）のフランス革命に関する講演、スレイド美術講座教授（Slade Professor of Fine Art）にしてキングズ・カレッジのフェロー（客員研究員）、チャールズ・ヴァルトシュタイン（Charles Waldstein）によるフランドル美術についての講演を聴いた。さらに後者に薦められ、ロジャー・フライ（Roger Eliot Fry）によるヴェネツィア派の画家に関する有料連続講演の席にも列なった。

ロジャー・フライは、一八六六年に厳格なクエーカー教徒の家に生まれたが、科学に関心をもち始め、小遣いを貯めて買い求めた動物の死骸を解剖するのを楽しみにするような少年に育った。キングズ・カレッジでも「科学《サイエンス》」を専攻したが、教授や友人の感化もあって哲学・芸術の世界に魅了され、絵を描いたり展覧会を見て回るようになった。年俸一万ポンドの弁護士をしていた父親は、息子が、自らはクエーカー教徒であるために入学できなかったケンブリッジ大学のフェローとして生涯を終えるのを夢見ていたため、「優等《ファースト》」の成績で卒業したフライは客員研究員の試験に臨んだ。一度目も二度目も不首尾に終わったため、善後策として父親は、ベイズウォーターの自家から息子をハマースミスに住む画家フランシス・ベイト（H. Francis Bate）のもとに通わせて修業させ、画家志望の熱が冷めるときを待ったが功を奏せず、やむなく一八九一年の春、数ヶ月に及ぶイタリア旅行を許した。フライが美術評論家として大成する道はこうして父親によって開かれたが、フォースターがフライによる講筵《こうえん》に列なった一八九八年は、二年前に画家志望の女性と結婚し、半年以上に及ぶイタリアでの新婚旅行を終えて帰国したフライが、自活の道を探っていた時期に当たる。フォースターは講演のあと、フライが泊っているキングズ・カレッジ構内のヴァルトシュタインの部屋を友人と共に訪ね、数多くの美術写真を見せてもらったという。以降さまざまな形で係わりをもつことになる十三歳年上の「知友」との交際の端緒である。

大学一年の最終試験は、一日目の午前に論文執筆（「テオクリトスの英才《ジーニアス》」）、午後にギリシャ及びローマ史、二日目から六日目にかけて、ラテン語による詩の創作、ギリシャ語の詩の翻訳、短長格《アイアンビック》のギリシャ諷刺詩、文法、ラテン語による散文創作と散文の翻訳、ギリシャ語による散文創作、ラテン語の詩の翻訳、ギリシャ語の散文の翻訳であった。「良《セカンド》」の成績で終わった五月の最終試験ののち、リリーとフォースターは、パブリック・スクールに通学する目的で移り住んだトンブリッジを引き払うことに決め、貸家探しに奔走した。落ち着いた先は、同じケント州にあるタンブリッジ・ウェルズ（Tunbridge Wells）のアールズ・ロウド（Earl's Road）十番。現存するこの家屋は、何の変哲もない郊外の二軒続きの一軒《セミディタッチト・ハウス》であり、フォースターは当然のように、この家と周囲一帯を「汚らしい、偽善的な土地」として嫌った。

大学二年目に親しくなった人物にゴウルズワージー・ディキンソン（Goldsworthy Lowes Dickinson）がいる。一八六二年に著名な肖像画家（Lowes Cato Dickinson）を父として生まれたディキンソンの経歴は一風変わっている。有名なパブリック・スクール、チャーターハウスを経て、一八八一年にキングズ・カレッジの四十ポンドの奨学生《イクショビショナー》として入学し、古典語を専攻して優等の成績で卒業したところまでは典型的なエリートコースだが、卒業後は数ヶ月オランダとドイツを旅したあと、翌一八八五年の五月と六月にはサリー州の共同農場で農夫として働いた。インドで大学教授として招聘されたがこれを謝絶し、同年の秋から翌年春まで大学の公開講座を担当し、マンスフィールド、チェスター、サウスポートを経めぐって、カーライル、エマソン、ブラウニング、テニソンについて講義したあと、ウェールズでの野歩きや登山を楽しんだ。このころ愛読していたゲーテの影響によるものか、「神秘主義と科学と人間」を結び付けることが肝要と考えるに至ったディキンソンは、一八八六年十月、父親の許可を得て医学士の学位を取るべく再びケンブリッジ大学に入学した。途中で放棄しかかったものの一八八八年には学位を取得したが、結局医者には不向きだというので、一八八七年にプロティノスに関する論文によりフェローに選ばれていたのを幸いとして、大学に居残ることにした。

伯母ローラの紹介でフォースターがディキンソンから昼食に招かれた一八九九年ごろ、

ディキンソンは、フェロー職更新の代替措置として任命された図書館司書の職を解かれ、専任講師として三学期のうちの二学期だけ学生を教えていた。フォースターは後にインド旅行を共にするほどディキンソンと親しくなり、彼の死後、その草稿・書簡を託され、遺族の依頼を受けて伝記一巻を書くことになる。

二年次に相識となり、生涯の友となったのは、同じ「ボドレーズ・コート」の同一の階段で結ばれたフラットに住む、H・O・Mことヒュー・メレディス（Hugh Owen Meredith）だった。長身で容色に恵まれたスポーツ青年であり、同時に十代にして既に無神論者を標榜するほど、知的には早熟で議論好きの、万事につけフォースターとは正反対の若者である。フォースターがメレディスに魅了される様は、後に執筆する長編小説『モーリス（*Mauris*）』の登場人物モーリスとクライヴの交遊関係の実質によって窺うことができる。フォースターはメレディスのフラットに入り浸り、キリスト教に対する懐疑を育むようになった。二人の関係はホモセクシャルのそれにまで発展するが、抱き合って接吻する域を出なかったようである。数年後フォースターがメレディスと同居する意向を洩らしたとき、リリーが強硬に反対したのは、二人が特殊な絆で結ばれていることに気づいていたからなのであろう。卒業後メレディスは妻帯し、一九一一年から一九四五年までベルファストの大学で経済学教授として教鞭をとる。因みに言えば、一九〇八年に出版されたフォースターの三作目の小説『眺めのいい部屋（*A Room with a View*)』はメレディスに捧げられている。

第三学年が始まった一八九九年の晩秋、フォースターは伯母ローラに勧められ、トリニティ・カレッジのフェローにして著名な歴史学者G・M・トレヴェリアン（G. M. Trevelyan）の講演を聴き、講演のあと昼食に誘われた。その席に、トリニティ・カレッジの十九歳の学生リットン・ストレイチー（Lytton Strachey）が居合わせていた。一九一八年に出版された『ヴィクトリア朝著名人（*Eminent Victorians*）』によって一躍有名人になった著述家であり、のちに所謂「ブルームズベリー・グループ」の一員としてフォースターとも交際するようになる。

年が明けた一九〇〇年二月から六月までの間に、フォースターは四篇の短いエッセイを交友雑誌に発表した。「散歩（On Grinds）」「サイクリング論（On Bicycling）」「ケンブリッジのテオフラスタス——露天商の女（The Cambridge Theophrastus: The Stall-holder）」「長い一日（A Long Day）」がそれである。

第三学年の成績は第二学年と同じく「良《セカンド》」だった。そのためフォースターは専攻を古典語から歴史に変えて第四学年に臨んだ。

エッセイの雑誌掲載は第四学年目にも行なわれ、一九〇〇年十一月から翌年七月までに、「アンキセスの荷物（The Pack of Anchises）」「ケンブリッジのテオフラスタス——昔の父親（The Cambridge Theophrastus:The Early Father）」「爽やかな散歩（A

Brisk Walk)」「歴史的文体を求めて（Strivings after Historical Style）」が活字になった。同じ期間には、ギリシャ悲劇のパロディの体裁をもつ戯曲「悲劇の内側（A Tragic Interior）」第一部と第二部も発表している。さらに、前記指導教官ナサニエル・ウェッドから、学者には不向きだから卒業後の進路として作家の道を考えてもいいのではないかと言われたことも手伝い、「彼らはノッティンガムのレースだった」という書き出しで始まる小説（通称「ノッティンガム・レース」）を書き始めた。

第四学年で特記すべきは、フォースターが一九〇一年二月に、一般には「使徒会《アポスルズ》」と呼ばれるクラブへの入会を許されたことである。

一八二〇年に十二人の会員によりケンブリッジ懇話会《コンヴェルティオーネ》として発足したこの会の目的は、会員相互の自由な討論の場を保証するところにあった。毎週土曜の夜に会合を開き、「福音書は今日の聖職者によってまともに解釈されているか？」という類の問題を論じ、投票に付するというものである。その会が神秘的な性格を帯びるようになったのは一八四〇年代、極端な秘密主義が取られたのは一八五〇年頃のこと。「胎児《エンブリオ》」は会員候補者、「兄弟《ブラザーズ》」は会員、「聖櫃《アーク》」は会合の席で発表される論文《ペイパー》と記録を保存するトランクを指すという具合に、会員間にしか通用しない隠語が定着していった。

既に名を挙げた人物は皆「使徒会」の「兄弟《ブラザーズ》」ないしは任意に会に出席できる名誉会員「天使《エンジェルズ》」だったから、文字通りこれはケンブリッジ大学のエリート・クラブであるが、一九〇一年ごろの「使徒会」は、既に『倫理学原理』を著していたG・E・ムア(Moore、一八九四年入会)やバートランド・ラッセル(Bertrand Russell、一八九二年入会)を擁して哲学全盛時代を迎えていた。その会が公然たるホモセクシャルの集団に変わるのは、前記リットン・ストレイチー(一九〇二年入会)とジョン・メイナード・ケインズ(John Maynard Keynes、一九〇三年入会)が会の主導権を握った一九一〇年ごろのことである。これも既に名を挙げた人物は、バートランド・ラッセルを除き、いずれもホモセクシャルかバイセクシャルだったが、一九一〇年以前における会員の選出は、飽くまでも学問的、知的基準に基づいて行われていたと言うことができる。

卒業を間近に控えたフォースターは、将来の進路についてオスカー・ブラウニングに相談した。その際にフォースターは、最終学年の成績も「良《セカンド》」に終わったためフェロー職に応募することはできないし、パブリック・スクールの教師になるためには彼自身も経営しているような教員養成所でさらに研鑽を積んで正式免許を取らねばならない、と言われた(オスカー・ブラウニングは自らフェロー採用制度に改革を加え、「優等《ファースト》」取得者以外にも論文提出とその審査による採用の道を拓いていたが、なぜかフォースターはこの方途を取らなかった)。伯母のローラは、彼女の親戚が勤めている教育省か、サウス・ケンジントン博物館、あるいは下院の事務員はどうかと提案した。

いずれにも決めかねたフォースターは、母親と外国の旅に出ることにした。行き先をイタリアにしたのは、ナサニエル・ウェッドとメレディスの強い勧めがあったからである。

彼らはトンブリッジの家を引き払って十月三日に出発し、カレー、パリ経由で、イタリアのコモ湖の畔にあるカデナビッァ（Cadenabbia）で旅装を解いた。当時人気の観光地だったこの小村のホテルは、イギリス人観光客でいっぱいだったという。彼らは十日後にミラノに移動し、二週間の滞在を経て、十月二十八日にフィレンツェの小ホテル、アルベルゴ・ボンキアーニ（Albergo Bonciani）に着いた。駅から南東方向にパンツァーニ通り（Via Panzani）を徒歩で数分行ったところ、繁華街の真ん中に位置するこのホテルは、地の便が良いだけで長期の滞在には向いていなかった。「母はアルノ川の景観に恋焦がれている」（十月三十日付書簡）というわけで、三日の滞在ののち、彼らは十月三十一日にアルノ川に面したペンシオーネ・シミ（Pensione Simi）に落ち着くことになった。ルンガルノ通り二番（2 Lungarno delle Grazie）にある四階建ての建物の一、二階部分がそれで、三、四階は、一九三〇年代に階下を統合して現在のジェニングズ・リッチオーリ・ホテル（Hotel Jennings Riccioli）に名を改めた所有者が、同名のペンションを経営していた。

六週間フィレンツェに滞在したあと、彼らは南下してコルトーナ（Cortona）に向かい、十二月九日には南東方向三十キロのところに位置するアッシジに赴いた。有名なサン・フランチェスコの聖堂のある村であるが、この聖堂を見た後で引き返してペルージャに行った。若いイギリス人女性が経営するグランド・ホテル・ブルファーニには、エミリー・スペンダー（Emily Spender）という女流作家が滞在していた。六十に手の届きそうなこの女権拡張論者は、つまらないことを大袈裟に話す独身女性で、将校に熱を上げるあまり彼らと同じ青いマントを羽織っていたという。小説『眺めのいい部屋』に登場する女流作家は、この人物にヒントを得て造型されたと思われる。

クリスマスが近づくころに、彼らはローマへ移動した。投宿したペンシオーネ・ヘイドン（Pensione Haydon）は、イタリア人の女性が経営するペンションだったが、他のペンション同様、滞在客は殆どがイギリスの老婦人で、例外はフォースターとアメリカ人とイタリア人の男性各一名だったという。

このペンションの階段を降りるとき、フォースターは足首を捻挫した。さらに翌一九〇二年の二月、サン・ピエトロ寺院の階段を上っていたときには、転んで右腕を骨折した。ペンションの女性陣は、捻挫の時と同様、総出で看病に当たったが、フォースターが左手で字を書かねばならぬことに変わりはなかった。リリーとフォースターが、四月にギリシャでキングズ・カレッジの一行に合流するという当初の計画を変更し、ギリシャではなく、ナポリ経由でシチリアに向かったのは、この二度の怪我によるものである。

フォースターは、三月二十五日付ゴウルズワージー・ディキンソン宛て書簡で、「僕はイタリアが好きになりつつある。……ナポリは今まで訪れたイタリアの土地のなかで最も素晴らしいところだ。……同程度の大きさの他の町に較べると、イギリス人に毒されている度合いが最も小さい」と書いた。三月末以降訪れたシチリアに関しては、「黄と紫の花のなかに象嵌された」ジルジェンティ（現在のアグリジェント）の神殿は素晴らしい……「タオルミーナは世界で三番目に美しいところだ」「僕を最も感銘させたのはシラクーサだ」（四月二十三日付デント宛て書簡）と書いた。本書にも収録した「ホテル・エンペドクレス」はこの頃執筆されたと思われるが、その時期は確定できない。

五月になってシチリアを後にした彼らは、イタリア半島を北上し、ナポリの南東約三十七キロのところにある、有名なアマルフィ海岸のラヴェッロ（Ravello）に行った。ホテル・ペンション・パルンボ（Palumbo）がその投宿先であるが、五十年後の回想によれば、「ラヴェッロの近くを散歩し、町から数マイル離れた谷間に坐っていたとき、突如その短篇小説の第一章が私の心のなかに雪崩れ込んで来た。まるでその場所で私を待ち構えていたかのように。私はそれを一つの実体として受け取り、ホテルに戻るとすぐそれを書きとめたが、まだ未完のように思えたので、三日後に続きを書くと、結局三倍の長さになった」。短篇小説とはすなわち本書にも収録した「パニックの話」である。

彼らはその後、サン・ジミニャーニ、ヴォルテッラ、ピサ、ルッカ、ヴェローナを経めぐった。第一作目の小説『天使も踏むを恐れるところ（*Where Angels Fear to*

Tread)』の着想を得たのはこのころのことである。イタリアの暑気も耐え難いほどになったため、七月に彼らはヴェネツィア行きを断念し、山岳の保養地コルティーナ・ダンペッツォ（Cortina d'Ampezzo）に移動した。八月十七日付デント宛て書簡には、基金集めのためのコンサートがあったが、とても盛況だったから、「この土地は程なく、確実にイギリスの教会によって毒されることになるだろう」という文章が見える。

「今夜、ご存知でしょうか、「英国人教会」にステンドグラスをつくるためのコンサートが開かれます。チケット購入をお勧めしたいのですが。よく言われてきたように、イギリス人が集会場をもつのはとても大事なことですものね」
「とても大事です。でも、集会場はイギリス国内にお願いしたいですわ」

（本書146頁）

本書にも収録した「永遠なる瞬間」のなかの右の会話と響き合う文章である。

一ヶ月半に及ぶコルティーナ・ダンペッツォ滞在中に、フォースターは単身オーストリアのインスブルックに足を運び、キングズ・カレッジの友人エドワード・デント（Edward Joseph Dent）と五日間を共に過ごした。デントは「可《サード》」の成績で卒業したにも拘わらず、前記提出論文審査制度によりこの年にフェロー職を得ていた。一九二六年から一九四一年までケンブリッジ大学教授職に就き、音楽批評家・作曲家として勇名を馳せることになる人物であり、学生時代から夏をイタリアで過ごすのを常としていた。フォースターのイタリア旅行も一つには彼の勧めによるものだった。

九月に、彼らはミュンヘン、ニューレンベルグ、ハイデルベルグ、ケルンを訪ね、十月の第一週目にベルギーのブリュッセルに着いた。ブリュッセルには旧友のジョージ・バーガー（George Barger）がいた。キングズ・カレッジ・フェローの地位にあり、一九一九年以降は王立学会会員（Fellow of the Royal Society）として、同年から一九三七年までエディンバラ大学教授として、科学の分野で大きな功績を残すことになる人物であるが、当時は植物学教授の助手として勤務していた。フォースターは彼と美術館を訪ねたり、オペラを観たりした。

ほぼ一年に及ぶ海外旅行を終えて帰国したリリーとフォースターは、ロンドンのブルームズベリーにあるキングズレー・テンパランス・ホテル（Kingsley Temperance Hotel）を仮の住まいとし、三週間にわたって親類縁者の家を訪問した。その折に又しても定職に就くよう勧められたフォースターは、半年前のトレヴェリヤンの誘いを僥倖として「労働者学校（Working Men's College）」で週に一度ラテン語を教えることにした。一八五四年に熟練労働者を対象として設立された成人教育機関であり、ジョン・ラスキンも、前記メレディスを含むケンブリッジ大学の教師も多数ここで教鞭をとったことがある。フォースターはさらに、十一月二十二日にケンブリッジ大学の成人学校(Cambidge University Local Lectures Board) 講師の職にも応募した。翌週には「フィレンツェ共和国、一一一五―一五三〇年」と題する模擬講義を行ない、好評を博したにも拘らず、採用通知はいつになっても届かなかった。ケンブリッジ大学の教官ウィリアム・レッダウェイ (William Fiddian Reddaway) のそれ自体は好意的な照会状《レファランス》に、フォースターには巡回講師として地方を回らねばならない職務に耐えられる頑健さがないと書かれていたのが障害になったようである。

翌一九〇三年の春、フォースターは再び旅の人となった。母親と彼女のトンブリッジ時代の友人をフィレンツェのペンシオーネ・シミに残し、キングズ・カレッジ時代の恩師ナサニエル・ウェッドらに合流してギリシャを経めぐる旅である。ゴンヴィル・アンド・キーズ・カレッジ (Gonville and Caius College) 出身の考古学者E・A・ガードナー (Ernest Arthur Gardner) が主催して毎年行なわれるこの謂わば研修旅行で、フォースターを含む二十一人の一行は、アテネ滞在の後、四月二日のデロス島を皮切りに、サントリーニ島、ロードス島、エーゲ海東岸のクニドス (Cnidus) とプリエーネ(Priene) とスミュルナ (Smyrna) およびトロイ、レスボス島のミティリーニ(Mytilene) とミティムナ (Metymna) を巡航した。ギリシャ本土では、マラトン、デルフィ、オリンピア、ピロス、ミストラ（Mistra）、ミケーネ（Mycenae）を訪ねた。

本書に収録した「コロヌスからの道」の出来事が四月十八日に起きたことになっているのは、フォースターにこの短篇小説の着想を得た日の痕跡を作品のなかに留める意図があったためと思われる（但し当日は火曜ではなく土曜日に当たっていた）。のちにフォースター自身、「『コロヌスからの道』全篇は、オリンピアから程遠からぬ土地にある、空洞のある樹のなかにぶら下がっていた」と書いている。

クルーズを終えたフォースターは、母親と合流し、五月はフィレンツェの、六、七月はコルティーナ・ダンペッツォの前回と同じペンション、ホテルに滞在した。フォースターは、このときのコルティーナ・ダンペッツォ滞在中に、前記「永遠なる瞬間」と「アンセル」に加え、母親と一緒に山中のホテルに来た若者ラルフがトニーとマーガレットという兄妹に出会う、四十枚の未刊の短篇小説「ラルフとトニー（Ralf and Tony）」を執筆した。

帰国して数日が経った八月のある日、前記キングズレー・テンパランス・ホテルに滞在していたフォースターの許に、ケンブリッジ大学成人学校から講師採用の通知が届いた。ハートフォードシャーのハーペンデン（Harpenden）で、十月以降隔週の木曜日に都合六回「フィレンツェ共和国」と題して講義するというもので、報酬十二ポンド、交通費支給とあった。

この講義が始まるまでの日々を、フォースターは母親と借家を物色したり、ケンブリッジ大学の「使徒会」に出席したりして過ごしていた。そこにまた思いがけず舞いこんできたのが、トレヴェリアンらケンブリッジ大学出身者が創刊する月刊誌『インディペンダント・レヴュー（*Independent Review*）』の原稿依頼だった。ロジャー・フライの装丁による『インディペンダント・レヴュー』第二号（十一月発行）に載った「マコールニアの買い物（Macolnia Shops）」は、フォースターの一般誌へのデヴュー作になった。世界最古と言われるローマのキルヒナー博物館（Kirchner Museum）が収蔵する化粧箱を、古代ローマの一婦人ディンディア・マコールニアが娘のために買い求めた品と仮定し、その絵柄からギリシャ神話の一場面を紡ぎ出して描写する短いエッセイである。

翌十二月、本書にも収録した「ホテル・エンペドクレス」が『テンプル・バー（*Temple Bar*）』という雑誌に掲載されたことも手伝い、創作意欲を掻き立てられたフォースターは、『眺めのいい部屋』第一草稿（通称「オールド・ルーシー（Old Lucy）」）を破棄し、第二草稿（通称「ニュー・ルーシー（New Lucy）」の稿を起こした。

六回の講義を無事に終えた翌一九〇四年の春、リリーとフォースターは、半年の賃貸契約でサウスケンジントン、ドゥレイトン・コート（Drayton Court。現在はロウド〈Road〉）十一番のフラットに移った。フォースターは、セミ・ディタッチト・ハウス

（二軒続きの家の一軒）のタンブリッジ・ウェルズ時代の家とその環境を好まなかった。今度は同じような環境下にあるテラスハウス（長屋式住宅）の、しかもフラットだったから、彼は当然にもこの住居を嫌い、大英博物館が目睫の距離にあったキングズレー・テンパランス・ホテルを懐かしがった。二十五歳のフォースターにとって、いまや慰めは旧友との交際と執筆だけになった。「僕は世捨て人《ソリタリー》とは言わずとも少数者《マイノリティ》になろうとしている」と記された三月二十一日の日記は、彼がこの頃ホモセクシャルの人間に強いられる孤独を自覚したことを物語っている。

五月に『パイロット（*Pilot*）』誌が、二人のドイツ人観光客を主人公とする短篇小説「休日（A Day Off）」を、六月には『インディペンダント・レヴュー』が「コロヌスからの道」を掲載した。七月六日には『インディペンダント・レヴュー』の編集者からの手紙で「パニックの話」の句読法を大幅に変える旨知らされたフォースターは激怒したが、結局コンマを随時セミコロンに変えたり、引用符を勝手に付加した草稿が八月号に載ることになった。

「パニックの話」が掲載されるやいなや、一八六三年の創刊になる権威ある週刊誌『チャーチ・タイムズ（*The Church Times*）』は、「かくも度し難い愚かな作品には長い間お目にかかっていない」、「『インディペンダント・レヴュー』が放恣な言葉を並べ立てた作品を載せたのは遺憾である」と難詰した。ケンブリッジ大学では、図書館員にして詩人のチャールズ・セイルズ（Charles Edward Sayle）が、ユースタス少年はホテルのボーイに不自然な行為をされ、山羊と獣姦に及んだ、と言って騒ぎ立てた。「今でもびっくりしている……怖ろしい……作者に是非とも会いたいと思っている」と聞かされたメイナード・ケインズは、それを触れて回って「パニックの話」を推奨したという。

このころから、無聊を託つフォースターにトレッキングを楽しむ習慣がついた。八月にコーンウォール半島の中部デヴォン（Devon）州にあるダートムーア（Dartmoor）を歩き、九月にはウィルトシャーのフィグズベリー・リング（Figsbury Ring）を散策した。ストーンヘンジで名高いソールズベリーの町から北東方向約三キロのところに位置する、土塁で囲まれた六・四ヘクタール（約一万八千坪）の草地である。太古の時代の遺跡とも言われる広大な草地でひとり物思いに耽っているとき、フォースターはここはイングランドという生きた肉体の心臓《ハート》なのだという霊感に打たれた。それを裏書きするかのように、突如、足の不自由な一人の羊飼いの少年が現われた。話しかけてみると、気さくな少年で、フォースターに対して「サー（Sir）」を用いることもない。パイプを喫わせてくれたので、別れ際に六ペンス銅貨を渡そうとしたがそれも受け取らない。九月九日の出来事であるが、二日後に同じ場所に行ったものの少年の姿はなく、少年はウエセックス王国の時代に栄えたウィルトン（Wilton）に行ったと言われた。四日後にまたその場所を訪ねると、今度は少年の父親に会うことができ、少年に対して抱いた、それまでに会った最も目覚ましい人間の一人という同じ印象を受けた。

醒めた目でみれば他愛もないこの出来事から、フォースターは多大な滋養分を得た。『ザ・ロンゲスト・ジャーニー』第十三章で、主人公のリキーは、明らかに「フィグズベリー・リング」に因んだ「カドベリー・リングズ（Cadbury Rings）」付近を散策しながら、「ここに僕たちの島の心臓《ハート》がある。……イングランドの繊維組織がウィルトシャーで統合し、僕たちはうやうやしくイングランドを祀《まつ》る。ここに国民の社《やしろ》を建てるべきなんだ」と思う。その直後に教会の鐘の音が届いてくる。それはしかも「パン！(Pang!)」「パン！」「パン！」という笑いを誘う音で鳴るのである。「パン！」は「パニックの話」の牧神「パン」のもじりに他ならないから、フォースターはイングランドの中心部に放縦な異神を招きよせたことになる。さらに、主人公リキーを足の不自由な(lame)男とした不可思議な設定も、おそらく右の出来事と無関係とは言えない。ことさら述べるまでもなく、少年に出会ったフォースターはホモセクシャルの関係を念頭に置いているから、本書収録作品のうち露骨な形で「ホモセクシャル」を扱った「アーサー・スナッチフォールド」で、主人公が、事が終わったあと、「必要になるかもしれないと思って持って来た紙幣を差し出」すことにも、右の出来事の記憶が影を落としている可能性がある。あるいは、十一歳のフォースターが丘陵地で遭遇した男が、目的を達したあとで一シリング銀貨を差し出したことと関係があるかもしれない。

現実の社会に容れられない生命ある価値が或る土地に残っており、それが「地霊」(genius loci)として現在も生きているという思いは、「機械は止まる」の反逆者クーノの最後の言葉によっても表明されている。――「僕たち、自分自身に戻ったんだよ。死ぬけれど、生命《いのち》を取り戻したんだ。アルフレッド大王がデーン人をやっつけたとき、ウエセックスにあった生命なんだ」。

ウィルトシャーから戻ったのちにリリーとフォースターは再び転居した。ロンドンの南西約二十七キロのところに位置するサリー州の小村ウェイブリッジ(Weybridge)の一軒家、モニュメント・グリーン十九番がそれで、家賃は年五十五ポンド。庭は狭いが背後には野原と森が控えている。一階は居間と食堂と台所、二階に広い寝室二部屋、三階の屋根裏部屋として、小さな書斎と召使のための寝室二室があった。彼らはタンブリッジ・ウェルズ時代の料理人を呼び寄せ、新たに地元の女性を女中として雇い、爾後二十年「ハーナム(Harnham)」と名付けたこの家で暮らすことになる。フォースターは、散歩をしたり、二、三時間ピアノを弾くことを除けば、小さなこの書斎で、ウェルギリウスの叙事詩『アエネーイス(*Aeneis*)』を編纂したり、「紫色の封筒(The Purple Enverope)」という題の短篇小説を書いたりしたが、いずれも出版には至らなかった。

年が明けた一九〇五年の初頭、フォースターは、同じサリー州のギルフォード(Guildford)でケンブリッジ大学成人学校の連続講義を行なった。このときケンブリッジ大学時代の学友で文学志望の青年シドニー・ウォーターロウ（Sydney Waterlow）との親交が生まれた。ウォーターロウがドイツ在住の伯母にフォースターについて書き送ったところ、娘の家庭教師の候補者に適任のようだから是非話を進めてほしいとの返信があった。フォースターは、ドイツに永住することはできないし、数学も教えられない、教えられるのは英語とイタリア語を少しという程度でしかない、と返書をしたためたが、それこそまさに望むところと慫慂すること頻りの書簡に接し、四月から七月末まで家庭教師としてドイツに住むことに合意せざるを得なかった。

ウォーターロウの伯母というのは、一八九八年に匿名で出版された『エリザベスと彼女のドイツの庭園（*Elizabeth and Her German Garden*）』で一躍有名になり、その一作だけで一万ポンドの収入を得ていた小説家エリザベス・フォン・アーニム（Elizabeth von Arnim）だった。シドニーに生まれた彼女の本名はメアリー・アネット・ビーチャム（Mary Annette Beauchamp）。父親と行ったイタリア旅行で知り合ったプロイセンの貴族ヘニング・アウグスト・フォン・アルニム‐シュラーゲンティン伯爵（Henning August Graf von Arnim-Schlagenthin）と、一八九一年、二十四歳の年に結婚し、一男と四女を儲けていた。その住まいは、六年間のベルリン生活の後、フォン・アルニム家の所領地、ポメラニア（Pomerania）（現在のポーランド北西部ジェンジニ〔Rzędziny〕）にあるナッセンハイデ（Nassenheide）に移っていた。

フォースターは、ドイツに向けて発つ前に、『天使も踏むを恐れるところ』を書き終えてブラックウッズ（Blackwoods）社に送り、すでに出版の許諾を得ていた。

彼は途次立ち寄ったベルリンを甚だしく嫌悪した。ポメラニアで下車したときも、出迎える人もなく、農場のただなかの暗闇に置き去りにされて不安が募った。幸い駅員が農場労働者を見つけて案内を頼んでくれたので、泥水をはねあげながら闇のなかを行くと、屋敷らしきものが見えてきた。呼び鈴らしき紐を引っぱっていると、猟犬が吠え始めた。そのせいかどうか、だらしない身なりの少年が現われ、剝製の獣頭が壁じゅうにかかっている円天井の部屋に通された。さらに待たされた挙句、ようやく現われてきたのは寝間着姿のドイツ人の家庭教師で、フォースターは翌日到着する予定であり、したがって前任者はフォースターが寝ることになっているベッドでいまも眠っている、と言った。

その夜フォースターがどこで眠ったかは不明であるが、ナッセンハイデ到着の際のこのエピソードは、イタリア旅行中に方々で忘れ物をしたため、母親が外出するフォースターには財布を持たせなかったほどに甚だしい、フォースターの疎《そ》慢《まん》な性向を物語っている。翌朝食事を共にした女主人エリザベス・フォン・アーニムは、この一件だけで彼を解雇するところだった、と後にフォースターに話したという。しかしエリザベス自身、常識を欠いた、情緒不安定でそのときの気分で好き勝手に振舞う、伯爵夫人の名にふさわしからぬ女性だった。しかも彼女には、他人を虐めたり辛辣な皮肉を言うのを愉しみにするサディスティックな性向があった。フォースターが教えた十二歳と十一歳の娘たちも、パンと偽って石鹼をフォースターに食べさせたりしたが、フォースターは一家の生活に馴染み、他の家庭教師たちとも仲良くなって、無事家庭教師の役割を果たした。八月になって帰路に就いたフォースターは、母親の依頼でルークス・ネスト時代の家庭教師ハーヴェイをキール（Kiel）に訪ねたあと、同じバルト海に面した都市ロストック（Rostock）とヴィスマール（Wismar）でその景観を嘆賞した。

英国ではすでに『インディペンダント』誌が、六月、七月、八月の三度に分けて「永遠なる瞬間」を掲載していた。加えて八月には処女作『天使も踏むを恐れるところ』が刊行された。権威ある『タイムズ文藝付録（*Times Literary Supplement*）』に載った最初の書評は、件の小説は独創的でよく書けており、時折機智の閃きが見える、と書いた。後続する書評も、『マンチェスター・ガーディアン（*The Manchester Guardian*）』紙のそれが、題名は「甘ったるいところもセンティメンタルなところもなく、凡庸でもない」この小説に似合わないので好きでない、と留保をつけたことを除けばすべて好意的だった（因みにその題名は、フォースターが提案した「モントリアーノ」が採用されなかったため、出版社の案に従ったものである）。

一九〇六年の秋、フォースターは母親に頼まれ、著名な思想家にして教育者だったサイド・アフマド・ハーン(Sir Syed Ahmad Khan)の孫にラテン語を教えることになった。六フィート(約一八三センチ)を超える長身と容貌に恵まれたこの精悍な青年マスード(Masood)は、祖父の創設したインドのアリーガル・ムスリム大学を了え、オックスフォード大学進学に備えてイギリスに移り住んでいた。フォースターは十歳年下のこの若者に魅了された。キングズ・カレッジ時代にヒュー・メレディスに対して抱いた愛情にも比すべき思慕の念に襲われたが、近所に住む家庭教師という立場上の制約も手伝い、二人の関係は進展を見ぬまま推移した。

マスードがオックスフォード大学に入学したのち、フォースターは何度もオックスフォードに足を運んだし、一九〇九年には誘われてパリに同行した。一九一一年にはルガーノ湖に近い山中の小村テッセレーテ(Tesserete)で夏の休暇を共に過ごしたばかりか、一九一二年と一九二一年の二度にわたりインドに渡航してマスードに会いに行ったが、マスードはフォースターの愛に応えることがなかった。

一九〇七年は『ザ・ロンゲスト・ジャーニー』が出版された年である。四月に出版されたこの二作目の小説は、しかしあまり好評ではなかった。

この作に較べると、翌一九〇八年十月に刊行された『眺めのいい部屋』はずっと好意的に迎えられたが、売り上げは伸びなかった。

フォースターに名声をもたらしたのは、一九一〇年十月に出版された『ハワーズ・エンド』である。『デイリー・テレグラフ（*The Daily Telegraph*）』紙の書評子は「E・M・フォースターが最も偉大な小説家のひとりであることに疑いの余地はない」と書き、『パンチ（*Punch*）』誌も、作中のウィルコックス家はイングランドそのものであると断定した。出版社が、いまだ完成していないこの作品に対し、八月に百三十ポンドの前払い金を支払ったことも、フォースターにとっては初めての吉事だった。

翌一九一一年の春には、本書収録に係わる「パニックの話」「コロヌスからの道」他、都合六篇の短篇小説をまとめた『天上の乗り合いバス（*The Celestial Omnibus*）』が出版された。

以上が作家的名声を確立するまでのフォースターの人生の概略であるが、二、三付言すると、本書に収録した「機械は止まる」「アンドリューズ氏」「シレーヌの話」「永遠なる瞬間」は、一九二八年に刊行された都合六篇の第二の短篇小説集『永遠なる瞬間』に収められたものである。「アーサー・スナッチフォールド」「ホテル・エンペドクレス」は、フォースターの死から二年を経た一九七二年に、総計十三篇を集めて『来るべき生（*The Life to Come*）』という題で出版された短篇小説集に収録された。「アーサー・スナッチフォールド」がフォースターの生前に日の目を見ることがなかったのは、それが男色行為（sodomy）を扱った作品だからである。男色行為すなわち

「肛門性交」は、一九六六年までの英国の刑法ではbuggeryの名の下に「獣姦(bestiality)」と同列に扱われ、たとえそれが夫婦間の密事であっても、殺人、強盗並みの重罪《フェラニー》とされた。二十一歳以上の男性二人が合意のもとに私的に行なう限り罪にならないとされたのは、一九六七年の改正によってである。一九九四年にこの年齢は十八歳に引き下げられ、同時に十八歳以上の男女の「肛門性交」も認められた。二〇〇〇年の法改正の際に、十八歳は十六歳に引き下げられ、「私的に」の内容は当事者以外の「未成年の居ない状態」に変更された。

ただし「獣姦」は、二〇〇三年の法改正でも罪とされ、男性が動物に対して性行為を行なった場合は六ヶ月以下、女性の場合は二年以下の禁錮刑が科せられて現在に至っている。

本書の翻訳に当たっては、以下をテクストとして用いた。

The Collected Short Stories of E. M. Forster, Sidgwick and Jackson, London, 1948
E. M. Forster, *The Life to Come and Other Short Stories*, W. W. Norton, New York & London, 1972

*

「編訳書解説」を執筆中に、慶應大学准教授近藤康裕氏はフォースターの初期のエッセイを入手して下さった。元筑摩書房の湯原法史氏からはさまざまな貴重な指摘を賜った。末尾ながら記してここに感謝申し上げげる。

本書はちくま文庫のためのオリジナル編集・新訳である。

素粒子
ミシェル・ウエルベック
野崎歓訳
人類の孤独の極北にゆらめく絶望的な愛——二人の異父兄弟の人生をたどり、希薄で怠惰な現代の一面を描き上げた、鬼才ウエルベックの衝撃作。

地図と領土
ミシェル・ウエルベック
野崎歓訳
孤独な天才芸術家ジェドは、世捨て人作家ウエルベックと出会い友情を育むが、作家は何者かに惨殺される——。最高傑作と名高いゴンクール賞受賞作。

フラナリー・オコナー全短篇(上・下)
フラナリー・オコナー
横山貞子訳
キリスト教を下敷きに、残酷さとユーモアのまじりあう独特の世界を描いた第一短篇集『善人はなかなかいない』を収録。個人全訳。　（蜂飼耳）

動物農場
ジョージ・オーウェル
開高健訳
自由と平等を旗印に、いつのまにか全体主義や恐怖政治が社会を覆っていく様を痛烈に描き出す。『一九八四年』と並ぶG・オーウェルの代表作。

O・ヘンリー ニューヨーク小説集
青山南＋戸山翻訳農場訳
烈しく変貌した二十世紀初頭のニューヨークへタイムスリップ！　まったく新しいO・ヘンリーの読み方。同時代の絵画・写真を多数掲載。　（青山南）

エレンディラ
G・ガルシア＝マルケス
鼓直／木村榮一訳
大人のための残酷物語として書かれたといわれる中・短篇。「孤独と死」をモチーフに、大著『族長の秋』につらなるマルケスの真価を発揮した作品集。

カポーティ短篇集
T・カポーティ
河野一郎編訳
妻をなくした中年男の一日を、一抹の悲哀をこめ、ややユーモラスに描いた本邦初訳の「楽園の小道」他、選びぬかれた11篇。文庫オリジナル。

氷
アンナ・カヴァン
山田和子訳
氷が全世界を覆いつくそうとしていた。私は少女の行方を必死に探し求める。恐ろしくも美しい終末のヴィジョンで読者を魅了した伝説的名作。

アサイラム・ピース
アンナ・カヴァン
山田和子訳
出口なしの閉塞感と絶対の孤独、謎と不条理に満ちた世界を先鋭的スタイルで描き、作家アンナ・カヴァンの誕生を告げた最初の傑作。　（皆川博子）

謎の物語
紀田順一郎編
それから、どうなったのか——結末は霧のなか、謎は謎として残り解釈は読者に委ねられる。不思議な「謎の物語」15篇。女か虎か／謎のカード／園丁 他

猫語のノート
ポール・ギャリコ
西川治 写真
灰島かり 訳
猫たちのつぶやきを集めた小さなノート。その時の猫たちの思いが写真とともに1冊になった。『猫語の教科書』姉妹篇。 （大島弓子・角田光代）

郵便局と蛇
A・E・コッパード
西崎憲 編訳
日常の裏側にひそむ神秘と怪奇を淡々とした筆致で描く、孤高の英国作家の詩情あふれる作品集。新訳一篇を追加し、巻末に訳者による評伝を収録。

世界の果てまで連れてって！…
ブレーズ・サンドラール
生田耕作 訳
第二次大戦後パリの狂気、突然の事件、精力絶倫の老女優テレーズの「とてつもない」生……。横溢する言葉の力に圧倒される、伝説の怪作。 （野崎歓）

スターメイカー
オラフ・ステープルドン
浜口稔 訳
宇宙の発生から滅亡までを壮大なスケールで描いた幻想の宇宙誌。1937年の発表以来、各方面に多大な影響を与えてきたSFの古典を全面改訳で。

バベットの晩餐会
I・ディーネセン
桝田啓介 訳
バベットが祝宴に用意した料理とは……。一九八七年アカデミー賞外国語映画賞受賞作の原作と遺作「エーレンガート」を収録。 （田中優子）

トーベ・ヤンソン短篇集
トーベ・ヤンソン
冨原眞弓 編訳
ムーミンの作家にとどまらないヤンソンの作品の奥行きと背景を伝える短篇のベスト・セレクション。「愛の物語」「時間の感覚」「雨」など、全20篇。

オシリスの眼
R・オースティン・フリーマン
渕上痩平 訳
忽然と消えたエジプト学者は殺害されたのか？ 名探偵ホームズ最強のライバル、ソーンダイク博士が緻密なロジックで事件に挑む。英国探偵小説の古典。

キャッツ・アイ
R・オースティン・フリーマン
渕上痩平 訳
宝石収集家の死、姉弟に迫る怪しい影、聖書の暗号に隠された秘密。複雑に絡み合う謎にソーンダイク博士が挑む。英国黄金時代ミステリの名作。

パヴァーヌ
キース・ロバーツ
越智道雄 訳
1588年エリザベス1世暗殺。法王が権力を握り、蒸気機関が発達した「もう一つの世界」で20世紀、反乱の火の手が上がる。名作、復刊。 （大野万紀）

隔離の島
J・M・G・ル・クレジオ
中地義和 訳
フランス発モーリシャス行きの船で天然痘が発生、一行は目的地に近い島で40日間隔離される。死が忍びよる極限状態を描く、ノーベル賞作家の代表作。

ちくま文庫

E・M・フォースター短篇集《たんぺんしゅう》

二〇二二年六月十日　第一刷発行

著　者　E・M・フォースター
編訳者　井上義夫（いのうえ・よしお）
発行者　喜入冬子
発行所　株式会社　筑摩書房
東京都台東区蔵前二―五―三　〒一一一―八七五五
電話番号　〇三―五六八七―二六〇一（代表）
装幀者　安野光雅
印刷所　星野精版印刷株式会社
製本所　株式会社積信堂

ISBN978-4-480-43809-6 C0197